U0097364

古典詩歌研究彙刊

第十一輯

龔鵬程 主編

第 26 冊

明代女詞人群體關係研究

王 秋 文 著

國家圖書館出版品預行編目資料

明代女詞人群體關係研究／王秋文 著 —— 初版 —— 新北市：花
木蘭文化出版社，2012〔民 101〕

目 4+190 面；17×24 公分

（古典詩歌研究彙刊 第十一輯；第 26 冊）

ISBN 978-986-254-744-1（精裝）

1. 明代詞 2. 詞論 3. 女作家

820.91   101001404

ISBN-978-986-254-744-1

9 789862 547441

古典詩歌研究彙刊
第十一輯　第二六冊　　　　　ISBN：978-986-254-744-1

明代女詞人群體關係研究

作　　　者　王秋文
主　　　編　龔鵬程
總 編 輯　杜潔祥
出　　　版　花木蘭文化出版社
發 行 所　花木蘭文化出版社
發 行 人　高小娟
聯 絡 地 址　新北市永和區中正路五九五號七樓
　　　　　　電話：02-2923-1455／傳眞：02-2923-1452
網　　　址　http://www.huamulan.tw 信箱 sut81518@gmail.com
印　　　刷　普羅文化出版廣告事業
初　　　版　2012 年 3 月
定　　　價　第十一輯 30 冊（精裝）新台幣 42,000 元
版權所有 · 請勿翻印

明代女詞人群體關係研究

王秋文 著

作者簡介

王秋文，1979 年生，臺灣臺北人。東吳大學中文研究所碩士，臺北市立教育大學中語系博士候選人。現任臺北市立松山家商國文教師。曾發表〈眩惑語言下的逆向思維——談老子的言言風格及其思維特色〉、〈文本細讀——論崔鶯鶯的人物樣貌〉、〈陳廷焯《詞則》初探〉、〈蘇軾徐州詞初探〉、〈姑妄言之姑聽之？——試論《閱微草堂筆記》的實證精神〉等單篇論文。

提　　要

　　本論文旨在歸納明代女詞人之間各種正式、非正式的酬唱情形，期呈現其連結關係與交遊狀況，並深究詞人群體關係對於詞章創作的影響。研究對象以《全明詞》所收錄的三百七十六位女詞人為主，計有詞作兩千兩百四十闋。其中，更著眼於女詞人間的五十五首和韻作品，冀能透過作者生平及其與親友間往來酬贈的詞作，連結詞人的群己關係。

　　基於血親關係而形成的家庭式女詞人群，可再細分為母女詞人、姊妹詞人；因為表親、姻親關係而結合的親戚式女詞人群，有姑姪詞人、表姊妹詞人、姑嫂詞人、妗甥詞人等；社交式女詞人群，則透過友朋間的詞作酬贈產生交集。綜言之，女詞人群聚叢出的模式以家庭式最具代表性，尤以母女詞人、姊妹詞人之間的互動最為密切；而明代女詞人在清代詞壇的影響力，也隨著群體關係往下延伸，連綿不輟。

目

次

第一章　緒　論

　　清人尤侗〈眾香詞序〉云：「若耶溪上舊唱浣沙，長信宮中新翻
搗練；虞美人分明畫影，祝英臺彷彿呼名；長歌寫念奴之嬌，小令譜
昭君之怨。」〔註1〕尤氏透過一連串的並列詞語，將女性樣態與詞牌
名稱緊密綰合，詞華典贍，寄意悠遠，旨在說明女性稟賦與詞體的本
質相近。而詞乃女子之歌、女子之樂，兩者向來給予世人如出一轍的
唯美印象——柔媚婉約。理所當然地，女性與詞體總是牽繫糾結，如
一段窮年累世的不解之緣。其中，由女性作家所書寫的女性詞〔註2〕，
可謂探究這段因緣最直接的依據。

〔註1〕　〔清〕徐樹敏、錢岳同選：《眾香詞・尤序》（清海陽程氏彤雲軒藍
　　　　格鈔本），葉二上。按：清鈔本《眾香詞》今僅存禮、樂、射、御四
　　　　卷，四卷除外之書、數二集，本文則遂以排印本《眾香詞》（臺北：
　　　　富之江出版社，1997 年 1 月）爲引用依據。

〔註2〕　本文所論之「女性詞」，乃是指稱女性作家所創作的詞篇。「女性
　　　　詞」此一詞彙，於學界尚有其他的定義，如陳秀芳在《歐陽修詞
　　　　中女性描寫藝術研究》（嘉義：南華大學文學研究所碩士論文，陳
　　　　章錫教授指導，2003 年）一文中指出：「所謂女性詞，是指詞作者
　　　　雖是男性，但觀其內容，乃是一副女性的聲腔口吻。」邐寶東〈試
　　　　論東坡的女性詞〉（刊於《天津大學學報（社科版）》，第一卷第四
　　　　期，1999 年 12 月）一文則視內容上描摹女性情貌、題詠女性形象
　　　　的詞章爲「女性詞」。

第一節　研究動機

　　女性作家在中國文學史上向來地位不彰，對於這個文學群體的關注，民國以來，當推一九一六年，謝无量《中國婦女文學史》〔註3〕、一九三○年，譚正璧《中國女性的文學生活》〔註4〕、一九三二年，梁乙眞《中國婦女文學史綱》〔註5〕等書的整理出版，首開風氣。其後，女子藝文志的代表作問世，一九五七年胡文楷撰就《歷代婦女著作考》〔註6〕，自漢魏以迄近代，輯得四千餘家，成績卓著。而近年來的中國婦女相關研究，則明顯從中古時期轉移到明清兩朝，此不僅證驗明清婦女作家及其作品集大量湧現的歷史事實，亦揭示著傳統女性書寫本僅是涓涓細流，至此終於水到渠成。只是由於傳播管道上的弱勢與研究視野上的侷限，至今仍有爲數不少的婦女文獻湮沒不聞，是以，有志者莫不孜孜矻矻，在文獻考索、資料判讀、理論批評與婦女文學史建構上貢獻心力。

　　面對這樣的努力，國內相關單位亦不吝於提供實質上的獎助，以嘉勉學子。例如行政院國家科學委員會便在二○○四年六月三十日通過由大專學生——國立暨南國際大學中國語文學系大三學生林津羽申請、楊玉成教授指導，名稱爲「晚明葉小鸞《返生香》的性別書寫」的專題研究計畫補助。葉小鸞仙姿玉質，詩詞均擅，死後成仙之說尤富傳奇色彩，是個相當具有延展性的研究題材，本論題的提出，以及所蒙受的重視，皆可見婦女文學研究日益成熟的學

〔註3〕　謝无量：《中國婦女文學史》（上海：中華書局，1916年9月初版），總346頁。

〔註4〕　譚正璧：《中國女性的文學生活》於1930年11月初版，1931年、上海：光明書局補正再版。是書另有《中國女性文學史》、《中國女性文學史話》兩種別名。

〔註5〕　梁乙眞：《中國婦女文學史綱》（上海：開明書店，1932年9月初版），總429頁。

〔註6〕　胡文楷：《歷代婦女著作考》（上海：商務印書館，1957年9月初版），總896頁。

界，已將研究觸角從過去的女性作家與作品概論〔註7〕，轉而深入辨析其性別書寫特色，甚至廣及其他。由此亦可想見中國古代女性文集正一步步走出歷史暗室，綻放光芒，有朝一日當能引發更多學者的探索興趣，進而促成熱烈討論。

筆者自高中時代便偏好諷讀詩詞，迄今十餘寒暑，初始不甚經意，只每每心折於幽邈曲致的詞章風貌，便竊以為足；大學時代，幸得徐照華師引介教導，雖猶未窺得堂奧，然已能識得詞體之性質、詞人之典範；修讀碩士班期間，王偉勇師授以研究方法、示以學詞門徑，方始探索博大精深的詞學義理。整個學詞過程中，雖喜東坡疏曠，更愛漱玉芳馨；每誦歌筵豔曲，久戀花間本色；亦歷經幾番思忖，千年詞史裡，婉約、豪放儘管分庭抗禮，卻泰半出自男性之手，莫非男子才能遣辭謀篇、表情達意？然宋代李清照以一介女流，蜚聲詞壇，博

〔註7〕以晚明女性葉小鸞為例，二十世紀以來的相關研究論述，有期刊論文四篇：區宗坤〈葉小鸞及其詞〉（《廈大周刊》第十二卷第八期，1932年11月，頁數不詳）、謝康〈葉小鸞與疏香閣集〉（《書和人》129期，1970年2月21日，頁1017～1024）、夏咸淳〈明末才女葉小鸞述概〉（《古典文學知識》1991年第4期，1991年7月20日，頁60～68）、蘇菁媛〈不禁憔悴一春中——葉小鸞《返生香詞》研究〉（《東方人文學誌》第三卷第四期，2004年12月，頁151～167）。周宗盛《詞林探勝》（臺北：水牛出版社，1992年11月，二版，頁289～298）以及吳秀華、林岩合著《楓冷亂紅凋——葉氏三姊妹傳》（石家莊：花山文藝出版社，2001年1月，頁110～172）二書別立一章，專事探討。學位論文則有李栩鈺《午夢堂集女性作品研究》（新竹：國立清華大學文學研究所碩士論文，陳萬益教授指導，1993年，總175頁）、蔡靜平《明清之際汾湖葉氏文學世家研究》（上海：復旦大學中國語言文學系博士論文，蔣凡教授指導，2003年4月，總213頁）二編談及葉小鸞其人其事。然觀其內容，多屬總說概論之作。篇章寥落之況，與明清以來詞論家，如清‧尤侗〈林下詞選序〉云：「葉小鸞之《返生香》，仙姿獨秀，雖使《漱玉》再生，猶當北面，何論餘子！」見〔清〕周銘輯《林下詞選》，〈尤序〉，葉六，《續修四庫全書》集部詞類，冊1729。〔清〕陳廷焯《白雨齋詞話》卷五：「閨秀工為詞者，前則李易安，後則徐湘蘋。明末葉小鸞，較勝於朱淑真，可謂李、徐之亞。」《詞話叢編》（北京：中華書局，1986年1月），冊四，頁3895。……等等的讚譽語句，形成強烈對比。

得婉約之宗的美譽〔註8〕，可見女子亦有能詞者，只是古往今來寡聞罕見，唯魏夫人〔註9〕、朱淑眞、張玉孃等人，略有才名傳世，若揆諸傳統文學史頁，易安始終一枝獨秀。此現象想必是中國社會給予女性諸多桎梏，強橫壓縮婦女的發言空間所致。那麼在這座封建巨塔中屢番脫軌演出的明清女性，賦詩塡詞、酬和對唱之情事，時有所聞，且典籍俱在，又該歸因於怎樣的社會變革與文化潮流？

　　凡此種種，皆屬個人在研讀歷程中所疑惑迷惘的問題，也是本論文的寫作緣起。以往對於女性詞家，不論在群體或個別研究上，常是孤軍奮戰、獨立無援的，一直無法順利連成一氣，持續而廣泛地探討，以致於所謂的女詞人或女性詞領域如同蒙上了一層神秘面紗，曖昧且模糊。譬如歷代女詞人及其創作之詞篇有哪些？數量有多少？他們之間的共性與特性爲何？甚而女性詞人與男性詞人之所以值得分別論述，他們根本的不同在哪？至今仍未見一個圓滿的答案。筆者基於對女性詞人的好奇與偏愛，在閱讀相關研究篇章之後，對這個領域漸漸有了些粗淺的認識，更意外地發現，中國詞史在有明一代走入黑暗時期，女詞人卻也在明代成群結隊，攜手走出她們的一片天地，可見明詞並不全然無所可取，女詞人亦非如過去所想像的稀疏零落、各自爲政，然而以明詞之衰，如何能夠成就明代女詞人之盛？箇中道理令人費解。

　　因此，筆者打算藉由回顧過去相關研究成果，來解答心中的困惑。近年來，在女詞人群的歷時性研究上，首推鄧紅梅《女性詞史》〔註10〕一書，厥功居偉。是書綜觀歷代女詞人之生平梗概與文學成就，提綱

〔註8〕〔清〕王士禛嘗曰：「張南湖論詞派有二：一曰婉約，一曰豪放。僕謂婉約以易安爲宗，豪放惟幼安稱首。」詳見王氏《花草蒙拾》，收入《詞話叢編》（北京：中華書局，1986年1月），冊一，頁685。

〔註9〕〔清〕沈雄《古今詞話·詞評上卷》嘗轉引朱熹《朱子語類》云：「本朝婦人能詞者，唯魏夫人及李易安二人而已。」魏夫人，本名玩，近人周泳先輯其詞十四首，名《魯國夫人詞》。詳見馬興榮〈讀詞三記〉，《楚雄師專學報》1997年第2期，頁22。

〔註10〕鄧紅梅：《女性詞史》（濟南：山東教育出版社，2000年7月），總615頁。

挈領地作一脈絡式的爬梳，並以「花期」爲喻，衡鑒古今流變。對於明代女性詞的發展，鄧氏認爲明初以至嘉靖年間可視爲花之羃萎期，明萬曆至明亡期間則如同花之初放期，萬曆以後的詞壇發展蓬勃，堪稱一片榮景，此時期的女詞人不論在數量上、素質上均較明代前中期愈發出色，「整體水平比之兩宋時代的女詞人也有顯著提升」〔註11〕。而明代女詞人群的共時性研究，直至張仲謀《明詞史》一書面世，女詞人的全貌才得以勾描出一個初步的輪廓。張氏以爲明代中後期的社會思想漸趨開明，教育與文化亦獲得長足的進步，「下逮萬曆時期，則女詞人成批湧現，不可勝數矣。」〔註12〕其論點與鄧紅梅教授所見略同，亦與筆者在資料蒐集過程中概括性的觀察相一致。

　　過去的研究著作裡，少數爲論者所青睞的明代女詞人，當以沈葉家族諸女與秦淮名妓柳如是最受矚目〔註13〕，其餘零星見載於各大學學報刊物者，亦以晚明時期的女性作家居多。然而迭興於明萬曆以後的女詞人，除了沈葉諸女與柳如是之外，尚有哪些人氏？果真是不可勝數的嗎？倘若不能以全數的明代女詞人作爲研究對

〔註11〕同註10，頁182。

〔註12〕張仲謀：《明詞史》（北京：人民文學出版社，2002年2月），頁245。

〔註13〕沈葉家族諸女，其中又以大家長沈宜修（1590～1635）及宜修長女葉紈紈（1610～1632）、次女葉小紈（1613～1657）、季女葉小鸞（1616～1632）四人爲家族核心。以沈葉家族女詞人爲研究對象的代表著作有冀勤《午夢堂集》（北京：中華書局，1998年11月，全二冊，總1145頁）、李栩鈺《午夢堂集女性作品研究》（臺北：里仁書局，2000年10月，三刷，總174頁）、李眞瑜〈略論明清吳江沈氏世家之女作家〉（《中華女子學院學報》第十三卷第四十八期，2001年8月，頁59～63）、陳書錄〈「德、才、色」主體意識的復甦與女性群體文學的興盛——明代吳江葉氏家族女性文學研究〉（《南京師大學報（社科版）》第五期，2001年9月，頁132～137）、郝麗霞〈吳江沈氏女作家群的家族特質及成因〉（《山西大學學報（哲社版）》第二十六卷第六期，2003年12月，頁49～54）……等。而柳如是研究之代表作品則有孫康宜著、李奭學譯《陳子龍柳如是詩詞情緣》（西安：陝西師範大學出版社，1998年9月，總245頁）、陳寅恪《柳如是別傳》（北京：三聯書店，2001年4月，總1253頁）……等書。

象,如何可以明確知曉其整體水平呢?這個問題,煩擾筆者甚久,這也是何以稱說上述心得僅為「概括性觀察」的原因。二〇〇四年一月,《全明詞》終於出版,其所收明代詞家凡一千三百九十餘人,詞作近兩萬首,解決了本論題文本依據的駁雜問題,亦卸除了筆者四處搜羅明代女詞人、詞作的重擔。

二十世紀以來,女詞人研究在前輩學者的努力下,已然展示了其不可小覷的獨特魅力。一九六六年,陸完貞完成學位論文《中國女詞人敘錄》〔註14〕;翌年,黃淑慎在其碩士論文《宋代女詞人研究》〔註15〕中提到當時可知存有作品的宋代女詞人有九十四位,而他們的創作十之八九都帶有濃郁的傷感氛圍,無法跨越傳統藩籬,亦缺乏深入的思考。一九八二年,任日鎬撰就《宋代女詞人及其詞作之研究》〔註16〕,提出宋代女詞人中名姓可知者計一百三十餘位,此文著意於詞家考述與詞作評賞,庶免珠玉見棄,乃廣蒐博探,用力甚勤。中國大陸方面,南京大學碩士生高波寫就《清代女詞人研究》〔註17〕,以探析清代女性詞中的情感和自我形象塑造為主線,並旁及女性詞評價標準、男女性詞作比較等問題。筆者竊以前人研究精神自勉,且有感於明代女詞人、詞作長年湮沒不聞,如今承《全明詞》的整理出版,嘉惠學林,乃決心以「明代女詞人群體關係研究」為論文題目,集中探討女詞人之間的連結關係、交遊情況,據實呈現其本然面貌,冀能歸納出各種正式、非正式的酬答情事,與詞人群體關係對於詞章創作的影響脈絡,以為「清代女詞人研

〔註14〕陸完貞:《中國女詞人敘錄》(臺北:臺灣省立師範大學國文研究所碩士論文,1965年),汪經昌教授指導,總95頁。

〔註15〕黃淑慎:《宋代女詞人研究》(臺北:私立中國文化學院中文研究所碩士論文,1966年),楊家駱教授指導,總196頁。

〔註16〕任日鎬:《宋代女詞人及其詞作研究》(臺北:國立政治大學中國文學研究所博士論文,1982年),鄭騫、蕭繼宗教授指導,總394頁。1984年12月,由臺北:臺灣商務印書館以專書形式付梓發行,並於2001年5月再刷出版,總268頁。

〔註17〕高波:《清代女詞人研究》(南京:南京師範大學中國語言文學系碩士論文,2002年6月),王星琦教授指導,總52頁。

究」之先導，與「歷代女詞人研究」之基點。

第二節　「明代女詞人」義界

　　由於本論題乃針對特定時代——明代，特定對象——女詞人爲研究中心，執筆之初，旋即面臨詞人身分特殊、跨代作家之時代歸屬，以及詞作互見等問題，在在影響研究範圍的劃分，因此須開宗明義，研訂準據，以爲憑依。本文所界定之明代女詞人，一以《全明詞》所收錄之女性作家爲主，計得女詞人三百七十六位，詞作兩千兩百四十闋。文中所引明代女詞人之詞作內容，包含斷句、標點，悉依《全明詞》，其冊數、頁碼逐標於作品之後，不另附注，以省篇幅。

　　《全明詞》六冊，蒐羅廣博，然體製龐大，難免有失周全；加上詞人身分、性別與詞作隸屬之釐清，在無相關文獻史料可供參證的情形下，一時茫無頭緒，孰是孰非，難以決斷。如第四冊頁 2160 徐士俊爲男性文人，其詞〈惜春容〉（題馮又今《和鳴集》）〔註18〕一闋卻錄自女性詞選集《眾香詞》，乍看之下，似有未妥；其實此詞乃徐士俊爲女詞人馮嫻《和鳴集》一書所寫之題詞，吾人一旦失察，遽以《全明詞》書中所題之詞作出處爲據，便視之爲女性詞，豈不貽笑大方？又：第五冊頁 2550 沈心蓮之生平不詳，其姓名看來雖然極爲女性化，但苦無其他線索可爲佐證，以致雌雄莫辨，只得逕行割捨。而第六冊頁 3308 沈士立〈謁金門〉（閨情）與第一冊頁 252 權貴妃詞〈謁金門〉、頁 253 玄妙洞天少女〈謁金門〉（閨情）顯然爲同一闋詞〔註19〕；沈士立其人生平

〔註18〕明清女詞人馮嫻，字又令，適同邑諸生錢廷枚，爲蕉園詩社成員之一，著有《和鳴集》，詳見《全明詞》第六冊，頁 3029、《全清詞》第四冊，頁 2373。《全明詞》此處與《全清詞》第一冊，頁 168 均作「馮又今」，誤，疑爲襲鈔《眾香詞》而來。詳見〔清〕徐樹敏、錢岳同選：《眾香詞・射集》（清海陽程氏彤雲軒藍格鈔本），葉三十六上。
〔註19〕三人之詞作內容大同小異，茲錄原詞如下：

事跡不詳,性別爲何亦無從查明,目前僅知存詞一首,此闋詞究歸誰屬,實難判別。諸如此類,不勝枚舉,以下即就身分特殊、橫跨兩代、詞作互見三個子目,逐一闡明本文對於研究對象的取捨標準。

一、身分特殊者

《全明詞》所錄之女詞人,若依其個人平生境遇,可概分爲閨秀詞人、青樓詞人兩大群體。此外,另有生平不詳者數人,如第三冊頁1394素貞、第三冊頁1478索四娘、第五冊頁2521陳玉娟等,無從歸併編類;以及俠女、侍女、尼姑、道姑等身分的女詞人,本文逕以「其他女詞人」統稱之,俟他日文獻俱齊,再予探究。而少數非身分不明,但稍有爭議,有必要加以澄清者,則分同人異名、僅有字號而姓名不詳、鬼魅乩仙、域外女詞人、無名氏五類,說明如下:

(一)同人異名

本文既以女詞人之間的連結關係、交遊情況爲探討核心,在相關文獻資料有限的情況下,同人異名現象容易造成行文論述時,對詞人生平事跡的掌握失準,因此,對於女詞人的身分,尤以姓名、字號、別稱相混淆的情形亟須慎思明辨。

詞牌	詞題	冊頁	姓名	詞　作	出　處
謁金門		第一冊頁252	權貴妃	眞堪惜。錦帳夜長虛擲。挑盡銀燈情脈脈。描龍無氣力。　宮女聲停刀尺。百和御香撲鼻。簾捲西風窺夜色。天青星欲滴。	《眾香詞》禮集
	閨情	第一冊頁253	玄妙洞天少女	眞堪惜。錦帳夜長虛擲。挑盡銀燈情脈脈。繡花無氣力。　女伴聲停刀尺。蟋蟀爭啼四壁。自起捲簾窺夜色。天青星欲滴。	《明詞綜》卷十二
	閨情	第六冊頁3308	沈士立	眞堪惜。錦帳夜長虛擲。挑盡銀燈情脈脈。繡花無氣力。　女伴聲停刀尺。蟋蟀爭吟四壁。自起捲簾窺夜色。天青星欲滴。	《蘭皐明詞匯選》

1、姓名與字號、別稱並列

平心而論，《全明詞》所錄三百七十六位女詞人乃博采眾書所得，來源廣泛，不免疏忽。如第三冊頁 1011「趙今燕」與同冊頁 1130「趙燕」名下均收〈長相思〉（去悠悠）一詞，且二者姓名相似、出身相仿；加以《歷代婦女著作考》云：「彩姬，字今燕」〔註20〕，可知趙今燕一名趙彩姬，證諸《全明詞》第三冊頁 1130 詞人小傳「趙燕，字彩姬」一語，可知趙燕亦名趙彩姬，故趙今燕與趙燕實爲同一人，殆異名耳。

第三冊頁 1478 詞人小傳云：「馮玄玄，字小青」，無獨有偶，第五冊頁 2668 亦見詞人「小青」，根據前後小傳所述，馮玄玄見嫉正室，抑鬱病卒，小青則嫁憨跳之婿，憂憤而卒，二者同感抑鬱，憂悒以終，應爲同一人無疑。只是二者名下均自《古今詞統》錄出〈天仙子〉（文姬遠嫁昭君塞）詞，筆者翻查該書，僅得小青詞，未見馮玄玄，此詞何以重複收羅，且分別置於第三冊、第五冊？令人不解。

其餘字號、別稱與姓名混用，即同人而異名者，尚有林韞（林少君）、張嫻婧（張長文）、馬守貞（馬湘蘭）、鍾清（鍾娘）四人，情形相類，諸人姓名、字號、詞作複沓之處，詳參《全明詞》，茲不贅述。

2、以「某氏」、「某夫人」省稱

《全明詞》中，尚有不少女詞人係逕稱某氏、某夫人，如劉氏、朱氏、顧氏等，根據其人之小傳、詞作內容等線索，不難稽考名字者，亦將之歸入同人異名之列。如第二冊頁 492 劉氏與同冊頁 872 劉碧、第三冊頁 1012 劉氏三者名下之〈浪淘沙〉（昨夜雨綿綿）分別錄自《歷代詩餘》卷二十六、《眾香詞・射集》、《歷代閨秀詩餘》下冊，來源不同，但內容幾乎無差，顯然爲同一闋詞。冊三之「劉氏」小傳云此姝「少年夭亡」，與冊二「劉碧」小傳所述之「少年夭歿」，背景一致；且冊二、冊三之「劉氏」同屬楚地女子，傳世作品皆僅存與劉碧重出

〔註20〕胡文楷：《歷代婦女著作考（增訂本）》（上海：上海古籍出版社，1985年 7 月），頁 153。

之〈浪淘沙〉詞，因此，前後兩位劉氏與劉碧應爲同一人，無可非議。

第二冊頁 944 朱柔英與第三冊頁 1009 朱氏名下詞作，共計有七闋詞重出，前者錄自《雙星館集》，後者錄自《歷代閨秀詩餘》下冊，由前後小傳可知，朱氏、朱柔英俱屬崑山人，夫婿顧蓉山、顧懋宏亦僅僅別號與本名之差耳〔註21〕，由此判斷，朱氏確爲朱柔英無誤。再者，第五冊頁 2810 顧貞立與第六冊頁 2999 顧氏，有〈浣溪沙〉（百囀嬌鶯喚獨眠）、〈滿江紅〉（爲問嫦娥）二闋詞重出，前者錄自《棲香閣詞》，後者錄自《瑤華集》，根據生平資料所述，可推知顧氏即爲顧貞立。第六冊頁 3028 卞氏，查檢《全清詞》第一冊頁 53 可知，卞氏名爲卞夢鈺，字元文，號篆生，乃明代女詞人吳山之女。

此外，尚有部分只知姓氏、未詳其名之女性詞人。如第三冊頁 1062 錢氏，雖知即爲同冊頁 1506 錢夫人，御史唐世濟妻室，芳名爲何仍無從知曉；而趙家姊妹趙氏、趙承光，同爲湖南觀察趙雲岑之女，第五冊頁 2726 趙氏卻不若趙承光姓名俱在、清楚明白。餘如第一冊頁 365 吳氏、第二冊頁 412 儲氏、第二冊頁 836 劉夫人、第三冊頁 1012 孟氏、第三冊頁 1338 武氏、第三冊頁 1502 陳氏、第五冊頁 2668 薛氏、第五冊頁 2778 劉氏、第六冊頁 3081 尹氏、第六冊頁 3323 鄧氏、第六冊頁 3357 秦氏等，均爲有姓無名之人，生平梗概亦粗疏簡略，多爲世忘。乩仙王氏（第三冊頁 1565）與域外女詞人成氏（第一冊頁 265）、權貴妃（第一冊頁 252）名號不詳，朝鮮人俞汝舟妻（第一冊頁 265）更藉夫婿之名見於載籍，古代女性地位之不彰，由此可見一斑。

（二）僅有別號而姓名不詳

《全明詞》中，女詞人獨以別號行，不以姓字傳者，有蓑衣道人、花麗春二侍姬、蓬萊宮娥、鴛湖女郎、成都女郎、蓉湖女子、京師妓

〔註21〕顧懋宏，字靖甫，別號蓉山，初名熹，字茂儉。詳參林玫儀：〈詞學研究之新方法——結構性資料庫的建置與應用〉，《慶賀葉嘉瑩教授八十華誕暨國際詞學研討會》宣讀論文，天津：南開大學主辦，2004年 10 月，頁 15。

諸人，或間有片段事跡可循，如「鴛湖」（今浙江省嘉興市）、「成都」等地名透露出其活動區域所在；「道人」、「侍姬」、「宮娥」、「妓」表明其職業類別，但因姓名失傳、完整生平資料取得不易，其家族淵源、交遊情形亦無從查起。僅第六冊頁3436自閑道人，約略可從小傳所述拼湊其姓字，傳云：「自閑道人，字一揆。浙江仁和人。丁藥園女弟，樓雄聖庵。」丁藥園，即清順治乙未進士丁澎，自閑道人乃丁澎女弟，可知姓丁，字一揆。而《全清詞》第六冊頁3202「丁一揆」小傳云：「號自閑道人。」可知自閑道人又名丁一揆，然「一揆」是名是字，則尚待查證。

（三）鬼魅乩仙

在統計之初，筆者爲求謹愼，亦將鬼魅乩仙之屬暫時歸入女詞人行列。這是由於神仙、乩仙、鬼魅之詞雖爲他人依託之作，然實難斷言作者性別；未免魚目混珠之譏，此處仍有必要稍加說明。女仙，有玄妙洞天少女、瑤宮花史、楚江三名，瑤宮花史一名何月兒，楚江乃花史侍女，兩人爲主僕關係；乩仙，有沈靜筠、王氏、乩仙（姓氏不詳）三名。女鬼，則有鄭婉娥、王秋英、翠微三名。上述諸人之詞雖不知出自誰人手筆［註22］，但鬼魅不賴詞傳，詞或藉精怪傳奇以傳，女性詞選集多予以綴輯，故筆者以爲，粗估明代女性詞人詞作數量之際，亦宜廣納之。

（四）域外女詞人

非中土人氏的外國女詞人，共計六位，包括波斯國的鎖懋堅，以及朝鮮國的權貴妃、蘇世讓、成氏、俞汝舟妻、李淑媛等人，至今仍無文獻可稽；而諸人與中原女詞人實有往來情事，是以筆者僅將之歸入明代女詞人之列，不擬納進本論文的討論範圍；至於域外女詞人之

［註22］女鬼鄭婉娥乃明人李昌祺《剪燈餘話》卷二〈秋夕訪琵琶亭記〉中的人物，其詞極可能出自小說作者李昌祺之手；而女仙玄妙洞天少女據《古今詞統》卷五所載，當出自玄之〈夢遊仙詞序〉，玄之，不知何許人也。除上述二例外，儘管已知仙鬼乩仙之詞係明人依託之作，然究出誰人手筆，仍屬一大疑問。

生平事跡，詳參文後附錄一「明代女詞人小傳」。

（五）無名氏

身分尤其特殊的莫過於第六冊頁 3440、3449、3450 無名氏三名，此三人之詞作分別錄自《歷代閨秀詩餘》、《林下詞選》、《女子絕妙好詞》等女性詞選，儘管生平不詳，無法得知此三位作者是否眞爲三人，抑或只是一人、兩人，至少可確知其爲女性作者，故爲求審愼，暫且以三人計入明代女詞人之列。

二、橫跨兩代者

明代女詞人的時代歸屬問題，與任何一個涉及朝代斷限的論題一樣，必須先行釐定歸屬原則；而女詞人之生平資料普遍不足，是以生卒年不詳、明遺民入清、清人誤作明人的情況，才會層見疊出，引起不少爭議。《全明詞》編者之一張璋先生嘗言：「在處理這一問題時，不應簡單地按年齡或生活時間長短來作人爲的判定，因爲朝代劃分本身是一個政治問題，所以必須依照作者政治態度的原則加以處理。」〔註23〕此言雖屬高見，然而女性作家的政治態度隱晦，隨丈夫出處進退者有之、隱忍沉默者有之，幾乎無足夠例證能夠探知其政治立場。

有明一代自明太祖朱元璋即位（洪武元年正月，即西元一三六八年元月）到明思宗崇禎皇帝煤山自縊（崇禎十七年三月，即西元一六四四年三月），歷時三百七十六年。崇禎亡後，南明繼起，與清代順康兩朝並峙；當此廟朝改易之際，自然形成一批橫跨明清兩代的無辜生民。根據筆者統計，《全明詞》與《全清詞·順康卷》重複收錄的女詞人共兩百五十四位〔註24〕，亦即三分之二的明代女詞人也可稱爲清代女詞人；且清詞之乾嘉卷、道光卷尙未出版，難保此數據不會繼續攀升。《全明詞》所錄之女性作家，竟然高達三分之二屬於跨代女詞人，

〔註23〕張璋：〈聽我說句公道話——論明代的詞及《全明詞》的編纂〉，《國文天地》六卷二期（1990 年 7 月），頁 41。
〔註24〕詳參附錄二「全明詞、全清詞重收女詞人名錄」。

實在令人驚詫，尤以第六冊中的一百四十七位爲數最多。此訊息揭示著極大多數的明代女詞人不完全代表明代女性，亦透露出明代女詞人與清代女詞人之間連綿不斷的關係，甚至已經融合一體，無法割裂。

如前文所揭，本文對「明代女詞人」的定義規準，乃是以《全明詞》所收之女性作家爲主要範疇。在此大原則下而出現的矛盾、爭議，筆者儘量就個人能力所及提出說明。此中，除身分特殊者各有其不同類型外，所謂跨代女詞人，亦即《全明詞》、《全清詞・順康卷》重複收錄之女性作家及其詞作，在兩相對照之後，多有可議之處。

首先，就詞人而言，《全清詞》的里籍著錄較《全明詞》清楚，詞人小傳詳略之間，或可藉以增補作者名諱。如《全明詞》第六冊頁3028卞氏即爲《全清詞》第一冊頁53卞夢鈺；另，比較兩書收錄情形，發現《全清詞》第三冊頁1601顧媚生於明萬曆四十七年（1619），卒於清康熙三年（1664），與柳如是生卒年幾乎相合；但柳如是見收於《全明詞》第五冊頁2443，顧媚卻未見之，理由爲何？

就詞作考查，兩書所收諸詞，首數有別，內容亦頗有出入。如《全明詞》第三冊頁1368張嫻婧與《全清詞》第二十冊頁11795張蓼仙應爲同一人，所收錄的詞卻完全不同。兩書若能相互參看，截長補短，堪收比照校補之效。〔註25〕

三、詞作重出者

除詞人身分、時代需加以細別外，假使作品互見淆雜，也會導致下文對於連結女詞人關係的判斷失眞。故筆者詳列明代女詞人之重出詞作計六十二例，約分爲三大類。第一類「錯把一闋當兩闋」有九個詞例，第二類「誤將一家作兩家」有十五個詞例，第三類「一闋詞分屬兩人」有三十八個詞例。其中較爲特殊的〈長相思〉（去悠悠）一

〔註25〕如《全明詞》第六冊頁3000吳汧〈臨江仙・詠臘梅〉（百卉凋殘花事盡）一闋，有「紫心差向我」一句，文意不通，查諸《全清詞》第二十冊頁11774作「紫心羞向我」，可知乃形近訛誤，當以後者爲是。

闋,《全明詞》第三冊頁 1011、1131、1424 分別題曰趙今燕、趙燕、鄭妥所作,趙今燕、趙燕實爲同一個人,筆者將之納入「誤將一家作兩家」一類,又此一闋詞互見於趙今燕(趙燕)、鄭妥兩位作家,故將之再列入「一闋詞分屬兩人」一類,特此說明。

(一)錯把一闋當兩闋

《全明詞》重複收錄詞作的情形,出現於楊宛、葉紈紈、葉小鸞、顧貞立四位作者名下,所謂「錯把一闋當兩闋」,乃指明顯爲同一人、同一闋詞,詞作內容卻有出入。如第四冊頁 1779 楊宛〈江城子〉(晚妝纔罷月初生)與同冊頁 1787〈江城子〉(晚雲收盡四天清),首句不同,前者詞題曰「夏閨」,後者無詞題,字句亦稍有差異,謹表列如下:

姓名	詞牌	詞題	卷頁	詞　作	出　處
楊宛	江城子	夏閨	第四冊頁 1779	晚妝纔罷月初生。淡雲輕。拜雙星。怕人偷覷,伴做數流螢。又到愁來無意緒,人不見,露泠泠。	《惜陰堂叢書·鍾山獻詩餘》
			第四冊頁 1787	晚雲收盡四天清。背銀屏。拜雙星。怕人瞧見,伴做數流螢。一陣新涼侵薄袂,斜月轉,露泠泠。	《歷代閨秀詩餘》下冊

其中「拜雙星」、「伴做數流螢」等句並無二致,韻腳除「泠」字出韻,恐係誤刻外,餘均係第十一部平聲韻,此或由於作者偏愛而再度塡之,或爲編者著意改詞。查諸《惜陰堂叢書·鍾山獻詩餘》只見前闋,未見後闋,故暫時歸入詞作互見之例。

他如第四冊頁 2174 葉紈紈〈滿江紅〉(桂苑香消)與同冊頁 2177〈滿江紅〉(桂子香消),第五冊頁 2379 葉小鸞〈訴衷情令〉(蛩聲泣罷夜初闌)與同冊頁 2389〈訴衷情〉(剪刀初放夜將闌)……,皆同此類,詳見附錄三「明代女詞人詞作重出對照表」。

(二)誤將一家作兩家

所謂「誤將一家作兩家」,則是同一闋詞分屬兩人名下,而此兩

人實爲同一人。如前舉劉碧（劉氏）、朱柔英（朱氏）、趙燕（趙今燕）、錢氏（錢夫人）、馮玄玄（小青）、顧貞立（顧氏）與林韞（林少君），即是其例。設若將此類同人異名者之詞作相互比校，或可收補缺詞題與版本比對之功。如劉碧（劉氏）〈浪淘沙・新秋〉一詞，「綠葉尙新鮮」一作「綠葉故新鮮」，「眼底韶光容易過」一作「眼底韶光容易改」，僅一字之差，意義相去無多；林韞（林少君）〈浣溪沙・贈程村〉「詩王金誥佩隨身」一作「詩如李杜是前身」，全詞獨抽換此句，餘句皆同；而「金誥隨身」、「李杜前身」，各具勝義，其餘詞例詳見附錄三「明代女詞人詞作重出對照表」。

（三）一闋詞分屬兩人

　　在重出之詞作中，一闋詞分屬兩個作者情形最夥，混淆最甚。這讓原本已經撲朔迷離的明代女性詞頓時如墜五里霧中。其中有詞作內容一模一樣，亦有不盡相同者。查諸各詞之出處來源，可知此現象非獨《全明詞》爲然，選集在收錄之時，即已雜混，《全明詞》不過是照單全收，未加詳察而已。

　　第五冊頁 2841 徐元端〈朝中措・春情〉：

　　　鏡中蹙損小雙蛾。憔悴卻因何。新作傷春一曲，綠窗教取
　　　鸚歌。　　瀟瀟風雨慊慊，愁緒九十都過。試問落花流泪，
　　　一春誰少誰多。

與第六冊頁 3088 李萼〈朝中措・春悶〉兩詞同調異題，且句式迥異，李詞云：

　　　曉來對鏡損雙蛾。憔悴卻因何。新製惜春一曲，簷前教學
　　　鸚哥。　　五更風雨，千迴愁緒，九十都過。試問泪流花
　　　落，日來誰少誰多。

前者爲「7.5.66。66.66」，後者爲「7.5.66。444.66」，經查萬樹《詞律》，〈朝中措〉確有兩體，皆四十八字，正體、又一體前後片結尾二句皆爲六六，唯又一體後起二句七字五字。故此處李萼詞乃正體，徐元端詞則爲句讀之誤，此詞應斷作「鏡中蹙損小雙蛾。憔悴卻因何。新作

傷春一曲，綠窗教取鸚歌。　　瀟瀟風雨，慊慊愁緒，九十都過。試問落花流淚，一春誰少誰多。」

其餘詞例詳見附錄三「明代女詞人詞作重出對照表」。

此外，沈蘭英存詞一首，與沈憲英詞互見，由詞題云「中秋坐月，和素嘉甥女」一事判斷〔註26〕，此乃沈憲英詞無誤；如此一來，沈蘭英便無詞作傳世，其詞人身分亦需再商榷。

第三節　研究方法

確定研究範圍，界說明代女詞人之具體範疇後，將摘述目前研究概況，歸結「明代女詞人」此專題已知的發展面向，繼而擬定確實的研究步驟，並探討其中形成的問題意識，以開發此論題中可加以拓展的研究層面。

綜觀研究現況，與「明代女詞人」相關的篇章論述中，個別女詞人研究除名妓柳如是與閨秀葉小鸞外，其餘討論女詞人之篇目不過一二，或述其人，或評其詩文，至於專論其詞者屈指可數〔註27〕。甚而在

<hr />

〔註26〕素嘉，即沈樹榮，乃葉小紈女。沈憲英為葉小紈表妹，沈樹榮為沈憲英甥女。

〔註27〕目前可見單篇論文的明代女詞人有沈宜修、葉小鸞、張紅橋、王微、楊宛、商景蘭、顧貞立。或論其生平，少論作品者，如蔡一鵬〈林鴻、張紅橋事跡考〉(《中州學刊》1997 年第六期，頁 117～120)、汪超宏〈范允臨的散曲及生平考略——兼談其妻徐媛的生卒年〉(收入《中華文化論叢（第七十四輯）》，上海：上海古籍出版社，2004 年 1 月，頁 219～234)、蔣星煜〈孫克咸、葛嫩娘之生平與殉難事跡考〉(《上海師範大學學報（哲社版）》第三十一卷第一期，2002 年 1 月，頁 83～88)；或論其詩文，不論其詞，如謝瑜〈文質相稱華實相扶——讀端淑卿的詩〉(《南平師專學報（社科版）》1995 年第三期，頁 31～32)、馬祖熙〈女詞人王微及其期山草詞〉(《中國國學》第二十二期，1994 年 10 月，頁 41～52)、石旻〈亂離中的「玉女」——明末才女商景蘭及其婚姻與家庭〉(《中國典籍與文化》第三十八期，頁 118～124)、鄧紅梅〈孤傲勁爽的顧貞立詞〉(《山東師大學報（社科版）》，1996 年第三期，頁 80～85)、張毅〈摯誠率直的楊宛詞〉(《龍岩師專學報》第十六卷第一期，1998 年 3 月，頁 19～21)、蕭璐〈清幽疏古　含蓄蘊藉

詞人群體研究上，亦幾乎集中在評析沈葉家族及其女性文學特徵，其實沈葉諸女以外猶有繁花錦簇、群芳競妍，如山陰祁氏、嘉興黃氏……等家族女作家均不見經傳，殊爲可惜。若欲全面探討明代女詞人則必由個別作家入手，進一步予以整合，建構女詞人群體面貌；在個別作家研究尚未充足的此刻，利用已知的作者生平、作品內容，連結詞人群，一窺明代女詞人大致的往來狀況與創作內涵，或可開展嶄新的研究空間。

一、資料建檔，分析詞籍原典

筆者首先自胡文楷《歷代婦女著作考》一書揀擇過濾，挑選出有詞集傳世之明代女性作家，按照身分、家族、地域等角度加以條列整理，並翻查原典，參照選集，試圖從詞題、唱和……等線索，確定作者時代與相互間的聯繫。此外，亦參考相關的專書、單篇論文，務求蒐羅詳備，以免遺珠之憾。

在原典資料的判讀過程中，發現明代女詞人之身分、時代、作品，錯雜紛亂，遲遲未能理出頭緒，直至二〇〇四年四月購得《全明詞》一書，方著手進行詞人小傳及其詞作的建檔工作。羅鳳珠嘗云：「引用電腦輔助漢學研究，最可靠、最明確的使用範圍是借助電腦搜集、整理、分析資料」〔註28〕，資料電子化就如此龐大的文獻內容而言，的確可收事半功倍之效。

然而，電腦並不具備有思考功能，所以儘管「電腦的某些特性優於人腦，可以協助從事以人力無法作到的統計工作，但是無法完全取代人在研究中扮演的角色。」〔註29〕筆者運用文書處理軟體（Excel）可任意排列資料順序的功能，將女詞人之姓名、字號、生卒年、籍貫、

　　——論沈宜修的詞〉（《古典文學知識》2004 年第六期，頁 115〜119）、蘇菁媛〈休憐吳地有飛花——沈宜修「鸝吹詞」研究〉（《中學教育學報》第十二期，2005 年 6 月，頁 305〜322）……等。

〔註28〕羅鳳珠：〈在國際網路建立漢學研究環境的重要性及可行性——就中國文學而論〉，《漢學研究通訊》第十六卷第一期（1997 年 2 月），頁 3。

〔註29〕同註 28，頁 8。

親屬或丈夫姓名分欄鍵入,計三百七十六筆;詞作部分則分別鍵入《全明詞》卷頁、作者署名、詞牌、詞題、內容、韻腳等資訊,計得兩千兩百四十筆。首欄逐加序號予以編碼,作爲識別之用;末增「備註欄」,將初步分析結果詳實註記於上。

二、資料繫聯,建構詞人群體

如欲細究女詞人之間的親屬、交遊關係,必須借助電腦重新排列詞人小傳資料中的各項細目,分別予以彙整,歸納出同地域、同姓氏,甚或是有共同親屬者,俾初步勾勒女詞人之人際網絡。其後,重新排列詞作韻腳,尋出步韻之作;韻腳相近卻非完全相似的詞作,則需人工比對,尋出和韻之作。林玫儀曰:「步韻或和韻之作,⋯⋯可能是友朋酬唱之作,故可配合作者之生平,以作爲考訂交遊之重要參考。」〔註30〕根據筆者比對,明代女性詞人之和作凡五十五首,而彼此酬答者計二十二組,輔以作者生平記載所透露的種種訊息,有助於顯現詞人間的群己關係。茲將比對所得,編製成附錄四「明代女性詞和作一覽表」。

除以作者生平、作品作爲分析詞人群體關係的直接證據外,借助相關問題的系統化理論,以爲觀摩借鑑,亦屬不可或缺的研究步驟。前人研究成果中,以高彥頤《閨塾師——明末清初江南才女文化》對本論題之啓發尤深;本文引用高氏揭櫫之家居式結社、親族式結社等概念,加以擴充發揮,使貼近明代女詞人之背景事實。同時透過分類,從群體性、地域性特徵進一步探析女詞人的整體創作軌跡,並藉以瞭解渠等與男性爲主軸架構的文學傳統之間的互動情形。

三、資料解讀,力求論點公允

筆者以爲,更須綜合個人觀察與眾家論點有可觀處,加以科學的客觀分析及智慧的融貫,避免隨感式批評,摻雜一己成見。西方女性

〔註30〕 林玫儀:〈韻律分析在宋詞研究上之意義〉,《中央研究院中國文哲研究集刊》第六期(1995 年 3 月),頁 123。

主義文學批評和性別理論昌盛，在女性文學研究上頻繁應用，是有目共睹的事實；然而理論框架的套用儘管有助於文本解讀，卻存有偏頗之虞，畢竟從女性觀點出發，根本上就已經預設了性別立場，容易陷入性別角力的迷思。

因此，筆者參閱過去探討歷代女性詞家之相關著作，嘗試透過同一文學樣式，基於同樣身為女性創作者的研究層面延伸、推度，進而撰寫明代女詞人之專家述論，以科學的研究判讀、哲學的觀照會通，嘗試從不同的角度切入文本，使相關文史資料能夠「活化」，以尋繹作家與作品的真實生命。其實，不論是男性文本或者婦女創作，皆是以其一己生命為內蘊，生活背景為範疇，益以個人稟賦才性，遂各有發揮；只是在傳統中國社會裡，男女兩性的教育機會、個人認知與社會期許一直存在著頗大的差異。故獨立解析之後，再加以並置觀察，性別差異與文化分歧將自然顯見。

本論文於文末附錄「明代女詞人小傳」、「《全明詞》、《全清詞》重收女詞人名錄」、「明代女詞人詞作重出對照表」、「明代女性詞和作一覽表」、「王微詞補輯」五大表格，從建檔、整理到製表過程，歷經多次校對，以免疏漏。明代女詞人之生平事跡、跨代問題、詞作重出現象，以及群集唱和情形，皆可自附表窺得一二。筆者於行文論述時，為免枝蔓蕪雜，各論題僅擇取數例印證，未及列舉之作品，則透過附錄表格完整呈現；而此部分乃筆者心血所在，目前猶未見其他論文涉及，自不可以附錄而輕忽也。

第四節　研究目的

以生命釀製的瑰寶，必以生命去閱讀。以詞學場域而言，陰柔纖細的女性特質與要眇宜修的詞體特徵不謀而合，李清照、朱淑真輩早負盛名，徐燦、吳藻、賀雙卿之流亦日為世人知曉。傳世女詞人、詞集洋洋大觀，有待發掘。本論文之研究目的在以明代女詞人之群體關

係，作為明清女詞人研究的起點，冀能勾勒出近代才女系譜。以下即從聆聽閨音原唱、剖析女性敘寫、評價明代女詞人三大面向加以說明：

一、聆聽閨音原唱

一般我們所認知「要眇宜修」的詞體風格，大部分是由男性文人之手所塑造。實際上，所謂的花間本色，由男性文人揣度女性思維，亦即「男子而作閨音」的書寫方式，與女性詞人塑造女性形象，宛肖其聲口的表現手法，特別是在女性的言行舉止、心理活動與細膩感情的描摹程度上，終隔一層。「正是音樂的『女音化』，在一定程度上決定了歌詞的婉媚化、女性化」〔註31〕；而部分等而下之的代言、擬聲之作，蒙於文化想像的虛構倒影，不免隔膜之譏，其精神層次與原音原唱的正統閨音終究不同，殊值探索。

二、剖析女性敘寫

近年來，愈趨多元、細分的研究態勢使得女性文學研究逐漸抬頭，暫不論中國傳統婦女文學是否完全等同於西方文論指謂的女性文學，作為基礎研究對象的婦女創作文本其實是一個最坦率的依憑，畢竟女性本來就有以文字表述情感、理念的權利，只是在歷史洪流中屢受壓抑；然而文化的禁錮，始終無法掩蓋女性善感的稟賦、靈敏的觀察力與細緻的文學表現。繇是而觀，女詞人以手寫口的女性敘寫手法，格外值得重視。

筆者認為淒婉纖弱絕非女性詞的唯一特質，但女詞人將己身對於男女情愛的企盼與失落，或者社會性別角色所帶來的侷限，發為聲歎，深度關注自我內心的哀樂情緒，卻是不爭的事實。此一現象，本文儘管不便逕稱它為「陰性文體」，卻不得不強調這樣的傾向。這些能文詞、善吟詠的女性，勇於表達自我，造語新穎淺直，無論是抒情

〔註31〕詳參劉月琴：〈宋詞「女性化」傾向之成因〉，《太原師範學院學報（社科版）》第三卷第二期（2004 年 6 月），頁 84。

感懷或情境描寫，均可見其藝術個性極為鮮明，敘寫手法臻於成熟，且獨樹一格。

三、評價明代女詞人

　　劉揚忠先生嘗言：「學界對於女詞人作品及相關資料的搜集整理、女詞人生平的考訂與詞作的闡釋理解、詞人的藝術源流、藝術成就及總體位置的判斷等構成文學史要素的基礎研究，也冷落得令人心寒。」〔註32〕從側面觀察此語，我們不免好奇，女性詞與男性詞的異同何在？女性詞家的創作意識與審美情趣真迥異於男性詞人？她們看待生命的角度以及對於生活的體驗，是否藉由詞篇一一顯現，發出她們真正的「閨音」？而不只是男性社會文化價值下一種附庸式的存在。

　　「婉約之宗」是清人王士禛對宋代女詞人李清照的推崇之語，用於尚未有明確文學定位的明代女詞人身上，或許言過其實。然詞人之惜情重義，透過彼此的酬對唱和表露無遺，其人格、詞風與成就，皆賴吾人分析探究後予以適當的評價。因此，本論文的研究目的不在於表彰才女、歌頌名媛，而是針對明代女詞人的生存、生活與生命，尤其聚焦於其人際網絡、群己關係，試圖提出一個客觀的觀察心得與成果報告。

〔註32〕劉揚忠：〈填補詞史空白的力作——評鄧紅梅《女性詞史》〉，《文學評論》2001 年第 1 期，頁 144～145。

第二章　明代女詞人的創作背景

　　詞體自唐五代興起，始終不乏女性作者的參與。據統計《全唐五代詞》可知，此二朝之女詞人僅十餘人左右；而宋詞爲一代之勝，宋代女詞人亦不過一百三十餘位，且未見明顯群集現象；至於金元時期的女詞人，更是片玉僅存，「金朝竟然一個也未見，元代包括娼妓在內也不過是十數人，……其中只有一首詞存世的也近一半之數。」〔註1〕然時至明代，一反前代男女兩性詞人比例懸殊之狀，女詞人群聚叢出、成批湧現的態勢，著實教人驚歎。職是之故，如前章所述，儘管多數明代女詞人屬於跨代作家，與清代女詞人之間未可輕易劃界，數量多寡仍無定說，但較諸前朝，其創作背景、時代特徵，乃至群體關係，皆值得我們予以詳加探究。

第一節　明代詞壇的孕育

　　綜觀千年詞史的興衰起落，可知宋詞成就非凡，登峰造極；而清代詞壇則宗派紛呈，一片榮景。相形之下，明詞不振早已是公認的事實；但明詞前承宋元、後啓清代的歷史意義與過渡地位，實在不容輕忽。若是沒有明萬曆至明末這一段時期的醞釀，素有「中興」美譽的清代詞學，其璀璨光芒勢必失色不少。

〔註1〕 黃兆漢：《金元詞史》（臺北：臺灣學生書局，1992 年 12 月），頁 293。

　　明代女詞人之盛，乃茁發自明代詞壇，由此可見，明詞並非一無可取。大體而言，過去視明詞爲末流的刻板印象，多是在宏觀詞史流變之餘所產生的批判，而非就明詞本身作全盤考量之後所獲得的共識。諦辯之，女詞人的蜂擁出現，與表面上看似衰敗的詞壇景況，形成強烈對比，這也意謂著明代詞壇尚有可說，至少它是促使女詞人大量崛起的背後推手。

一、詞風不振，托體不尊

　　儘管明代婦女身處詞風不振的文壇，然凡擅文翰者，不僅詩文皆備，亦不廢小詞。在男性中心的中國社會裡，功名大業向非女子分內之事，故女作家率能不帶功利目的、隨興而作，但此種創作態度所孕育出的詞藝作品便一定是羸弱委頓、纖仄傷格嗎？觀夫明代女性詞可知，其興衰起落大抵與明詞本身的發展趨勢相一致，大部分名筆佳作出現在萬曆以後，清新者有之，沉著者有之，各具風貌，不一而足。明代詞家多沿襲宋人法度，詞風浮靡、詞律混淆且詞論殊少，明代女詞人雖未能跳脫大時代的窠臼，文化場域裡的邊緣處境卻反而帶給她們自出於主流之外、不染纖塵的機會，故能自成一格，率性爲之。

　　更確切的說，晚明心學昌盛，自由之風蔚起，如沈際飛於〈古香岑草堂詩餘序〉云：「詩餘之傳，非傳詩也，傳情也」、「以參差不齊之句，寫郁勃難狀之情，則猶至也。」〔註2〕主情尚眞的風潮影響所及，即非淫詞艷曲，以沉鬱頓挫的標準繩之，亦難尋出上乘之作，無怪乎尊詞體的清代詞論家要大嘆明詞托體不尊。女性創作者獨不以尊體爲念，亦不以小道爲忤，敏銳善感，慣將風雲月露入於筆端，但見其直吐胸臆、情眞意切。她們「充分調動自己的生活感受和審美靈性，來創作較少對文學史的依傍和複雜社會經驗的沉迷的創作。」〔註3〕

〔註2〕〔明〕沈際飛編：《古香岑草堂詩餘》（崇禎初年明末太末翁少麓刊本），頁7～8。

〔註3〕鄧紅梅：〈女性詞綜論〉，《文學評論》2002年第1期，頁34。

動機純粹，思路簡捷，是以殊姿共豔、異質同妍。

二、取徑花間，過訪草堂

　　明人集絲成錦、錯采爲花的側豔詞風，屢遭論斥實非風雅正道。王世貞即曾云：「《花間》以小語致巧」、「《草堂》以麗字則妍」〔註4〕，明中葉以後，市民階層日益壯大，五代後蜀趙崇祚所編之《花間集》，集中筆力敘寫男女相思與女子情態，情眞而調逸，反映出當時詞壇主情尙眞的審美傾向，因而深受歡迎，塡詞用字莫以此爲尙，「及永樂以後，南宋諸名家詞皆不顯於世，惟《花間》、《草堂》諸集盛行。」〔註5〕

　　清人陳維崧（1625～1682）即曾讚譽女詞人王朗「抱月懷風繞夜堂」之句，以爲「非溫、韋不能爲」〔註6〕。若以上追花間的標準視之，明詞當有可觀者；而對明代女詞人而言，仿擬花間、草堂詞風，無異爲引發其綺思泉湧的最佳途徑。

　　女性化傾向的思維模式、纖婉香軟的意象選擇，使女性讀者容易親近、賞愛，進而仿作；加以女子善懷，得先天稟賦之優勢，兼學面貌與性情，更能充分體現花間婉約詞風。如《名媛詩緯》即稱葉紈紈爲「草堂妙手」〔註7〕，而《林下詞選》稱顧若璞之詞字字婉媚，可謂得花間之神者〔註8〕。是故，明詞或不免取徑過狹之譏，然《花間》、《草堂》詞籍的風行，對女性創作者來說，不啻爲一個十分貼近自我資質情性的學習管道，亦是一個以女性話語爲主要內涵的審美範式。

〔註4〕　〔明〕王世貞：《藝苑卮言》，《詞話叢編》（北京：中華書局，1986年1月），冊一，頁385。

〔註5〕　〔清〕王昶：《明詞綜·序》（瀋陽：遼寧教育出版社，1997年3月），頁1。

〔註6〕　〔明〕王朗〈浣溪紗〉詞：「抱月懷風繞夜堂。看花寫影上紗窗。薄寒春嬾被池香。」《全明詞》失收，此乃據〔清〕陳維崧《婦人集》輯出。

〔註7〕　〔清〕王端淑編：《名媛詩緯初編》（清康熙間清音堂刊本），卷三十五，葉五下。

〔註8〕　〔清〕周銘輯：《林下詞選》卷十二，收入《續修四庫全書》集部詞類，冊1729，卷八葉六上。

得天性之近的女詞人，在此基礎之上，以婉麗風格爲主，兼有超然遺俗之調、激憤慷慨之音，但憑情志所趨，並不拘於豪放、婉約門限。

三、失宮墜羽，律調舛誤

明人常挾曲趣入詞，詞曲互化的情形普遍，在詞衰而曲興的時代，不得不然。但曲韻平仄通押、淺白達意，在只知曲而不知詞的時代趨勢下，縱不乏諳聲律者，如《無聲詩史》載吳娟精研聲律，詩詞婉暢，亦有杭州女子吳柏「詩極鍛鍊，詞尤富而長調絕工」〔註9〕，徐元端通解音律、黃幼藻精工聲律、黃峨詞自然合律等，然女詞人好爲小令、罕用長調的創作特徵，除了囿於學力、無以爲繼之外，對於音律的不熟悉，也是一大原因。我們可以同情理解，明代婦女以家庭教育爲主要的知識來源，發乎情、根乎性的創作態度，或不知律、或不諳律，尤其明代詞家普遍輕忽音律，女詞人在從學父兄、夫婿的成長環境下，犯此大忌，實不好深責之。

第二節　婦女教育的普及

中國傳統婦女的學習歷程大多是以家庭文化教育爲主軸，原生家庭與夫家的價值觀幾乎成爲閨閣女性恪守終生的規範標準，包括所謂的「婦學」、「女教」，明顯偏重三從四德、男尊女卑等道德倫常的教導，其中摻有文藝的涵養陶冶，從事詩詞創作綽綽有餘，卻不足以成經史名家大業。閨秀之外，青樓女子雖不乏琴棋書畫兼擅者，然多數的倡優藝術教育，仍以歌舞訓練、基本社交技能爲主要培植目的。

此種藉由觀摩父兄、附讀自修的家學薰陶，與男子公開接受正規學塾教育，面對大量外界刺激，因同儕競爭而相互激盪的思想養成型態迥異。女性的出身背景、家庭態度開明與否、父兄才學涵養將決定其受教機會與受教內容。明代中後期，婦女教育日漸普及，「吳越女

〔註9〕　胡文楷：《歷代婦女著作考（增訂本）》（上海：上海古籍出版社，1985年7月），頁83。

子多讀書識字，女工餘暇，不乏篇章。」〔註10〕一方面保留了傳統婦女襄助家庭的天賦職責，一方面擁有了舞文弄墨的知識素養，如梁孟昭便以「墨繡」名軒，大有以紙墨替代針紉之意。以下將當時婦女之教育養成型態以母教傳統、延師授業兩端，說明之。

一、母教傳統

明萬曆以前，盛傳「男子有德便是才，女子無才便是德」〔註11〕的價值判斷，兩宋理學餘風甚囂塵上，女性聲音受「內言不出於外」的守舊觀念影響，隱閔不顯。古代女性賴母師之典訓而學習文化知識者代不乏人，母教乃是以自身完整的女性生命經歷為內涵，傳遞身為女子應具備的道德觀念、針織技術與文藝才能，是傳統社會常見的教育施行模式之一。明代婦女受教育的情形，亦以父母教讀為大宗，其中以母親擔任執教者尤眾；在濃厚的家學風氣中讀書識字，以家庭中的權威女性為學習指標，對未成年女子而言更具意義。

二、延師授業

此時家庭戲班的存在、家刻的流行、旅遊風氣的蔓延，也擴大了仕紳階層婦女受教育的機會。除由母親執教之外，延聘教師至家中授課也是婦女教育的施行模式之一，如明代女詞人吳琪幼即穎悟，父母見其「慧性過人，為延師教讀，髫齡而工詩，及笄而能文章。」〔註12〕而吳娟本名家女，幼而黠慧，乃從家塾讀書，與兄弟共學〔註13〕。一旦受過

〔註10〕〔清〕丁紹儀：《聽秋聲館詞話》卷十九，收入《詞話叢編》（北京：中華書局，1986年1月），冊三，頁2820。

〔註11〕此語出自〔明〕陳繼儒：《安得長者言》（《寶顏堂祕笈》本），葉一上。亦見於〔明〕馮夢龍：《智囊全集·閨智部·總敘》（北京：民主與建設出版社，2000年6月），頁1233。

〔註12〕〔清〕徐樹敏、錢岳同選：《眾香詞·御集》（清海陽程氏彤雲軒藍格鈔本），葉十二上。

〔註13〕胡文楷：《歷代婦女著作考（增訂本）》（上海：上海古籍出版社，1985年7月），頁83。

教育的女性學有專精，更能躍身成為授教者角色。明末清初，女詞人楊李嘗為女塾師，張學象亦白髮絳紗，為閨塾師；黃媛介則鬻字賣畫，以一身才學作為謀生工具。這些因生活困頓，而抗顏為師的女性，不減名士風度，文采因貧而益發，在明清女性中屬於耀眼的異數，也是婦女教育的標竿。

第三節　男性文人的支持

當大環境面臨價值重整的時刻，文化思潮的轉變也隨之風起雲湧；有識之士同感婦女的遭遇堪憐，紛紛為之發出不平之鳴，進而挺身批判禮教社會對女性的歧視與束縛。由男性文人帶動的時代風尚，不僅有益於婦女意識的覺醒，也間接助長了女性作家的興盛；風氣大開後，一時文人墨客莫不以女子能文為榮，茲舉二端略述之：

一、啟蒙平權思想

男性文人對於婦女創作的肯定與提攜，由來已久，在萬曆以前，如楊慎（1488～1559）所云：「易求海上瓊枝樹，難得閨中錦字書」〔註14〕，男性文人對於難得一見的閨閣作品，自然會多一分的愛惜與推崇。明人田藝蘅序《詩女史》時曾曰：「婦女與士人不同，片言隻字，皆所當記。」〔註15〕涵咀此言，可知男性保存女性作品的行為動機或來自於其補償心理，因而田氏才好所作，認為雖片言隻字，亦彌足珍貴，應予詳細記載。相較於此，奠基於男女平等觀念而發論的李贄（1527～1602）毋寧是當時思想界的重要啟蒙者。

李贄曾在麻城講學，且公開招收女弟子，有不少女性從其問道，他在〈答以女人學道為見短書〉一文中提及：「謂人有男女則可，謂

〔註14〕〔清〕錢謙益：《列朝詩集小傳・閏集》（北京：中華書局，1961 年12 月），頁 730。

〔註15〕〔明〕田藝蘅〈詩女史序〉，收入胡文楷：《歷代婦女著作考（增訂本）》（上海：上海古籍出版社，1985 年 7 月），頁 877。

見有男女豈可乎？謂見有長短則可，謂男子之見盡長，女子之見盡短，又豈可乎？」〔註16〕李贄認爲男女智能先天平等，只是因爲後天環境條件上，譬如人生閱歷、社會歷練的深淺，導致其識見有所差別，並非生來如此。此外，他也倡言婚嫁自主，試圖瓦解傳統加諸於女性的桎梏，奈何李贄前衛的作風在封建社會被視爲異端，受到衛道者的攻訐，而遭捕入獄。

二、獎掖女性創作

男性支持女性創作的具體作爲主要表現在兩方面：一是酬答唱和，一是撰文贈序。女性作家在文學史上的地位相對於男性文人而言，明顯弱勢許多，但也正因男性作家及其作品常能見於載籍的歷史優勢，女性一旦得益於男性親友的幫助，其作品便有機會進入文士圈內，供眾人閱讀、品評，如此一來，女性作品出版問世的機會也跟著大幅增加。

基於情愛基礎的詩詞往還，有陳子龍與柳如是、吳偉業與卞賽、薄少君與沈承、冒辟疆與董小宛等，國士名姝間相互贈索之詞篇愈多，女子賦詩填詞的風氣便愈盛。而男性爲女性作品撰文宣傳、刊刻出版者，如屠隆爲姚青娥《玉鴛閣集》、王稚登爲馬湘蘭《湘蘭子集》作序，王稚登對景翩翩、程嘉燧對崔嫣然、馮開之對郝文珠的才藻，讚譽有加。此外，吳江葉紹袁（1589～1648），字仲韶，號天寥道人，妻女皆賦年短促，紹袁素來賞愛其詩詞，加上緬懷故妻亡女之情，無從消解，故將妻子沈宜修、女兒紈紈、小鸞作品，連同家族眾人著作付之剞劂，名曰《午夢堂集》。

第四節　出版事業的發達

萬曆以前，女子自焚詩稿的風氣頗盛，如王鳳嫻竊以婦道無文，不願以才炫世，於是成輒棄去，集曰《焚餘草》；易眛娘以所適非偶，

〔註16〕〔明〕李贄：《焚書・續焚書》（北京：中華書局，1975年），頁59。

乃取所著《愁鹽詩詞》一卷，付諸火炬，未幾抑鬱而死〔註17〕。葉小鸞舅母張倩不好文名，作即棄去，極少數的傳世篇章端賴小鸞記憶以存。此種消極的創作心態，在出版事業日漸發達之後，有了轉變。

　　婦女的創作意識抬頭，參與文學創作的意願提高，反映在出版市場上，則爲女性詩文集的大量刊刻。部分閨閣女子嘗試從「內言不出於外」的文化步調中出走，因應書籍商品化的社會潮流，女性著作的快速流通，不僅創造一批有固定支持群眾的女性作家，同時也使女性讀者、編者如雨後春筍般，湧上文學檯面。茲亦分兩端略述之：

一、刻集梓行

　　《明史・藝文志・別集類》著錄之閨秀作家凡三十一人，胡文楷《歷代婦女著作考》輯明代婦女能文者，亦達兩百四十五人。單就詞學創作而言，「在明詞中婦女作家甚多，約佔全部作家五分之一強。」〔註18〕此數與《全宋詞》所收錄之女詞人，僅佔全書作者一千兩百多人中的百分之七，比例差距相當懸殊。此現象除印證明中葉後婦女創作風氣日盛，外在社會環境亦能相輔相成之外，宋世渺遠，出版事業猶在起步之中，對女性作品多未能刊刻保存，也是一大原因。

　　據胡文楷《歷代婦女著作考》所述，可知當時梓行之婦女詞作，有梁孟昭《墨繡軒吟草》（明崇禎八年乙亥刻本），前有葛徵奇序，收詞十一闋；沈靜專《適適草》（明崇禎十五年吳江柳氏鈔本），編次分明，收詞三十七闋；李因《竹笑軒吟草》（明崇禎十六年癸未刊本），前有盧傳、吳本泰、葛徵奇序，二〇〇三年、瀋陽：遼寧出版社有校點本印行；薄少君《嫠泣集》（明刊本），附沈承《即山先生集》之後，

〔註17〕胡文楷：《歷代婦女著作考（增訂本）》（上海：上海古籍出版社，1985年7月），頁104。

〔註18〕張璋：〈聽我說句公道話──論明代的詞及《全明詞》的編纂〉，《國文天地》六卷二期（1990年7月），頁41。按：此數與《明詞綜》所選男女詞人比例恰好相同，但筆者據《全明詞》統計，入選之女性作者人數實佔明代詞人總數的四分之一強。

清同治九年（1870）重刊；楊宛《鍾山獻》（明刊本），凡四卷，卷四錄詞，前爲茅元儀序，後有諸女史題詞。

二、操持選政

明代擅文之婦女不僅爲其他女性作者的書籍撰寫序跋，如陸卿子爲項蘭貞集子題序，顧若璞爲黃鴻序《閨晚吟》；甚至親自操持選政，以女性觀點品評女性創作，如明中葉沈宜修編選《伊人思》，專錄當代名媛，其中選詞十三闋。明末王端淑編《名媛詩緯初編詩餘集》（清‧康熙間清音堂刊本），「以閨閣可否閨閣」〔註19〕，裒集明代女詞人五十六家而論述之，取捨謹嚴，章法有度。明末清初歸淑芬、沈栗、孫蕙媛、沈貞永同選《古今名媛百花詩餘》，孫蕙媛題辭於前，沈栗跋於後，選明代女詞人二十六家，全書分春夏秋冬四卷，四時並列，百花盡妍。季嫻編《閨秀集初編》選詞一卷，披沙揀金，爲一時之選。在出版市場一片朝氣蓬勃的推波助瀾下，女性身兼作者、編者、讀者多種角色，活躍程度不遜男子，少數表現優異的女性更成爲周邊女子的精神領袖，以她們爲中心的大小群體，隨著出版品的傳閱交流，而具體成形。

〔註19〕〔清〕王端淑：《名媛詩緯初編‧凡例》（清康熙間清音堂刊本），葉一上。

第三章　明代女詞人概說

　　明代女詞人上承舊緒，下啟新機，前則繼軌兩宋詞壇名姝，後則揚振清代女詞人之先聲。「訂律拈詞，閨幨彤史，多至數百人，《眾香》一集，甄錄均詳。」〔註1〕時間上密集出現於明代中後期，萬曆以後為數最多；「從地域分佈來看，明代女詞人多集中在長江下游」〔註2〕，以江浙地帶為主要發展中心，亦即蘇州、吳江文化區；型態上則群聚叢出，多屬家族或地域團體。

　　東南地區乃魚米之鄉，經濟活動頻繁，城市化和商品化的快速腳步，促使江左才女應運而生，並間接推動女性文學創作的興盛。《全明詞》所錄之女作家際遇迥異，或高潔自持，或淪落風塵，觀諸詞作，則依稀可辨其自我形象的投射與其對於生平際遇的慨嘆。本章係將明代女詞人這一龐大群體依身分背景區劃為閨秀詞人、青樓詞人兩大類型；此外，並增列其他一類，包括尼姑、道姑、侍女，以及少數命運多舛、身世複雜者，如陸幽光既入侯門，又鄰北里，後入空門，經歷多重身分，暫且歸入其他一類。詳細歸類情形請參見附錄一「明代女詞人小傳」。每類之下，並各舉數例，以賅其餘，茲分述如次：

〔註1〕　趙尊嶽：〈惜陰堂匯刻明詞記略〉，收入《明詞彙刊》下冊（上海：上海古籍出版社，1992 年 7 月），頁 7。
〔註2〕　張仲謀：《明詞史》（北京：人民文學出版社，2002 年 2 月），頁 246。

第一節　閨秀詞人

　　閨秀原指有才德的女子，本文將它廣泛定義，即不論家庭社經地位崇高與否，凡未曾墮入青樓者均屬之。然而以此原則作爲劃分標準，或將納入部分任俠好義的俠女，以及晚年虔心修道之方外人士。故凡長期居處於閨閣之中，對於佛道有所涉獵，進而影響其詞作內涵者，大體上仍視爲閨秀詞人，其特出之遊仙、避世思想，則於本章第三節「其他女性詞人──方外」一類再加以介紹。

　　人生在世的角色多元，本就無法片面切割，如初爲閨秀，後入青樓者亦大有人在，此處遂以「閨秀詞人」、「青樓詞人」作爲詞人群統稱，乃權宜考量此兩大群體之女性作者在詞作表現上，因爲生活環境的差別，而呈現出較明顯的風格分野，故筆者在承認其彼此之間可相互融通之餘，仍以己意加以界分，期能見出此兩大女詞人群創作內涵之價值所在。以下即依時代前後次序列舉孟淑卿、徐媛、沈宜修、葉小鸞四家以爲閨秀詞人之代表，並略述其人其作。

一、孟淑卿

　　孟淑卿工詩詞，號荊山居士，爲當時士林所稱賞。且觀孟淑卿〈減字木蘭花・幽懷〉：

> 銀河如畫。料峭黃花寒越瘦。小立闌干。滿砌花陰怯步還。
> 　　當年劉阮。天臺重訪桃花亂。怪通而今。眼底眉頭賸明月。（冊一，頁365）

劉阮即漢人劉晨、阮肇，漢明帝永平五年（62），二人上天臺山取穀皮，迷途不得返，遂度山，見二女，容顏絕妙，殷勤款待二人。半年後，求歸，至家，子孫皆已歷七世。本詞藉此典，以寫閨中少女企盼之情。詞中「怪通而今」，有選本作「怪道而今」，當以後者爲是。「眼底眉頭賸明月」，一作「眼底眉頭賸月明」，此調末句調式爲「仄仄平平仄仄平」，第一、五字可平可仄，故此處「明月」當作「月明」才是。

　　孟淑卿爲明初三秀之一，與朱仲嫻、陳德懿齊名。朱仲嫻博極群

書，被目爲閨品之豪者，絕少脂粉氣，《古今詞統》收其〈西湖竹枝〉兩闋，陳德懿詞今未見。

二、徐　媛

徐媛（1560～1619），字小淑，長洲（今江蘇省吳縣）人氏，徐時泰女，范允臨妻，著有《絡緯吟》、《倡和集》。徐媛出身名門，與陸卿子酬酢唱和，一賦考槃，一吟絡緯，風行海內。與范允臨結褵後，徐媛隨宦北京、南京、雲南等地，夫唱婦隨，時相唱和，有〈霜天曉角〉三首、〈漁家傲〉一首。〔註3〕

《絡緯吟》凡十二卷，初名《金荃草》，題東海徐媛小淑氏著，乃明萬曆四十一年（1613）吳郡范氏刊本，《明史‧藝文志》、《列朝詩集》均有著錄，四冊，半頁八行，每行十八字，單欄白口，版心上鐫書名，中鐫類名，下爲卷次。今可見《惜陰堂叢書》本、《四庫未收書輯刊》本第七輯第十六冊，書前有萬曆癸丑多，丈夫范允臨小引、表弟董斯張〈徐姊范夫人詩序〉、弟徐冽題辭，卷九錄詩餘四首。

其〈霜天曉角‧九日泊舟豫章道中〉一闋：

> 帆輕一扇。曉色碧連秋岸。林破寒煙，星河澹落，青山如染。露浥芙蓉茜。翠澀枯棠瓣。傍疏柳、西風幾點，關鐸沉、雞塞遠。　　行行尚緩。家在綠雲天半。念歸舟遊子，一片鄉心撩亂。菊花金綻滿，首插茱萸遍。兀坐逗遛江畔，對旅雁沙汀，盼殺白蘋秋苑。（冊三，頁1322）

此篇情景交融，秋意襲人，董斯張謂其「善繪事，此爲畫中詞，詞中畫，

〔註3〕　《全明詞》則據《眾香詞‧禮集》、《絡緯吟》卷九收〈竹枝詞〉二首、〈霜天曉角〉六首、〈燭影搖紅〉與〈漁家傲〉各一，共計十首。兩者所錄首數之所以不同，原因如《全明詞》第三冊，頁1323編者按語所述，《眾香詞》在選錄徐媛詞作時，依《詞律》、《詞譜》將《絡緯吟》卷九所載之〈霜天曉角‧過采石題峨眉亭〉一首分作兩首，《全明詞》從之，將《絡緯吟》卷九〈霜天曉角〉調三首分爲六首，加上《眾香詞》所選之〈竹枝詞〉、〈燭影搖紅〉而成十首。而〈竹枝詞〉、〈燭影搖紅〉三首，《惜陰堂叢書》本、《四庫未收書輯刊》本之《絡緯吟》均未見。

吾不能辨。」〔註4〕李葵生則評此詞曰：「小淑有〈霜天曉角〉數體，標格絕俗，清韻撩人。閨閣中不可多得。」〔註5〕徐媛爲吳門二大家之一，與陸卿子齊名。陸卿子名服常，以字行，陸師道女，趙宦光妻室，婚後十餘年，與趙宦光偕隱寒山，有〈憶秦娥〉、〈畫堂春〉詞兩首。

三、沈宜修

沈宜修（1590～1635），字宛君，吳江（今江蘇省吳江縣）人，山東副都御史沈珫之女，工部主事葉紹袁妻。自幼即明慧知書，萬曆三十三年（1605）歸葉紹袁，夫婿頗富才學，兩人育有八子五女，其中第六子葉燮，長女紈紈、次女小紈、季女小鸞並有文名。「於是諸姑伯姊，後先娣姒，靡不屏刀尺而事篇章，棄組紃而工子墨。松陵之上，汾湖之濱，閨房之秀代興，彤管之詒交作矣。」〔註6〕宜修嘗選輯當時女子之作，集曰《伊人思》，儼然成爲吳江閨秀之精神領袖。後長女紈紈、季女小鸞、次子世偁、八子世儻相繼過世，宜修哀痛逾恆，崇禎八年（1635）撒手人寰，享年四十六歲。有《鸝吹集》、《梅花詩》、《伊人思》傳世，詩六百三十四首，詞一百九十闋，文七篇，筆意宛轉關生，質量俱豐。明代女詞人中，宜修存詞最多，領先顧貞立詞一百六十九首、葉小鸞詞九十餘首〔註7〕，創作量爲明代女詞人之冠。

〔註4〕 詳見〔清〕沈雄：《古今詞話・詞話下卷》所引，收入《詞話叢編》（北京：中華書局，1986年1月），冊一，頁811。

〔註5〕 〔清〕顧璟芳、李葵生、胡應宸編選，曾昭岷審訂、王兆鵬校點：《蘭皋明詞彙選》卷六（瀋陽：遼寧教育出版社，1993年3月），頁123。

〔註6〕 〔清〕錢謙益：《列朝詩集小傳・閏集》（北京：中華書局，1961年12月），頁753。

〔註7〕 〔明〕葉小鸞：《疏香閣遺集》收詞九十闋，據《眾香詞・樂集》可再輯得〈浣溪沙・侍女隨春扇〉一闋。《全明詞》則錄葉小鸞詞九十四闋，汰其重複，計有九十二闋，其中〈卜算子・秋思〉、〈踏莎行・過芳雪軒憶昭齊姊其一〉、〈蝶戀花・立秋〉、〈減字木蘭花・秋思其二〉以及〈蝶戀花・蘭花〉五闋與他人互見，除〈踏莎行・過芳雪軒憶昭齊姊其一〉應爲葉小紈詞以外，其餘四闋未知眞僞，加上〈浣溪沙・侍女隨春扇〉一闋，《全明詞》失收，是以，此處葉小鸞詞暫計爲「九十餘首」。按：詞作互見情形可參見附錄三「明代女詞人詞

〈蝶戀花〉一闋可見其悲天憫人之胸襟，該詞題云：「小婢尋香婀娜有致，楚楚如秋裳。可憐年十二而死，愴然哀之賦此」其詞曰：

> 巫女腰肢天與慧。淺髮盈盈，碧嫩紅襴蕙。滿地鶯聲花落碎。春茸翦破難垂綴。　蝴蝶尋飛香入袂。不道東風，拍斷游絲脆。最是雙眸秋水媚。可憐雨濺臙脂退。（冊三，頁 1558）

觀其辭藻、意境，宛轉妍媚，自是閨奩妙手。〈憶秦娥・寒夜不寐憶亡女〉詞曰：

> 西風冽，竹聲敲雨淒寒切。淒寒切，寸心百折，回腸千結。　瑤華早逗梨花雪，疏香人遠愁難說。愁難說，舊時歡笑，而今淚血。（冊三，頁 1548）

觀夫「疏香人遠愁難說」一語，因小鸞居室名為疏香閣，應為思念季女小鸞之作。宜修白髮人送黑髮人，乃人生至哀，有口難說；她另有〈水龍吟・悼女〉二首、〈菩薩蠻・對雪憶亡女〉、〈踏莎行・寒食悼女〉等詞，皆蕩氣迴腸，千古悲調不絕於耳。

四、葉小鸞

　　葉小鸞（1616～1632），字瓊章，一字瑤期，葉紹袁、沈宜修之女。幼年託舅父沈自徵、舅母張倩撫養，十歲始歸家。早悟禪理，卓然成家，有《疏香閣遺集》，其中收詞九十闋，皆清言令句。清人尤侗嘗於〈女子絕妙好詞選序〉云：「葉小鸞之《返生香》，仙姿獨秀，雖使《漱玉》再生，猶當北面，何論餘子。」〔註8〕尤氏極力推尊小鸞，以為縱使易安再世，還得對其俯首稱臣，此「南面稱王」之論，或嫌譽過其實，但證諸明詞選集對於葉小鸞詞的輯錄情形，可知此譽其來有自。

　　康熙敕選的《御選歷代詩餘》收明代女詞人三十家，葉小鸞詞便選錄二十三闋，獨占鰲頭，次為沈宜修詞九闋、王微詞八闋，其餘二

　　作重出對照表」第三類。
〔註8〕《女子絕妙好詞》即《林下詞選》，此語見〔清〕周銘輯：《林下詞選》，收入《續修四庫全書》集部詞類，冊 1729，尤序葉六。

十七家詞之入選數量均不過四闋,由此可見葉小鸞詞受時人重視之一斑。而《明詞綜》選錄葉小鸞詞八首,為閨閣弁冕,其次有沈宜修詞五首,而王微、顧文婉詞則各選錄三首。一般而言,輯錄選本的用意在於薦舉佳篇,然或因編纂者的主觀偏嗜因素,或因時代風尚使然,部分選本未錄之詞也有可觀之處,如葉小鸞〈臨江仙‧端午〉一闋,《明詞綜》未錄,但此詞讀來清雅別致,堪稱傑作。詞云:

> 團扇新裁明月影,珠簾半上瓊鉤。榴花紅到玉釵頭。綵絲宜續命,綠砌遠忘憂。　　酒泛菖蒲香玉碎,嫩紅雙靨橫秋。畫船何處鬧歌樓。蕭蕭煙雨外,還鎖楚江愁。(冊五,頁 2384)

端午時節,天氣炎熱,女主人公半啟繡簾,手持團扇以乘涼;且穿戴整齊,繫上五彩絲線製成的「續命縷」,祈求避災除病、常保安康;飲過菖蒲酒後,雙頰暈紅,內心不由泛起千思萬緒,放目遠眺遊船,想必眾人將歌舞作樂,對比自己居處深閨,頓覺愁生。此詞緊扣題眼,以女性眼光看端午節慶,側寫傳統習俗,卻細緻刻劃出端午佳節的另一面向。

　　小鸞十二工詩,十四能弈,十六善琴,有清綺縹邈之詞,哀感頑豔,淒楚纏綿,清人陳廷焯《白雨齋詞話》卷五嘗云:「葉小鸞詞筆哀豔,不減朱淑真,求諸明代作者,尤不易觀也。」〔註9〕加上其性愛煙霞,潛通梵奧,故或有詞格堅渾之作,思致筆路不似一般小兒女喁喁私語,幾無香奩氣。

五、其　他

　　明代女詞人以仕紳階層之名門淑媛為主,或兼及民家女。諸女子在婚嫁之前無不居處深閨、嫻靜溫婉;婚嫁之後,或所託非人、或隨宦大江南北,因夫妻間的相處模式而造就個人不同的生命視野,以致

〔註9〕〔清〕陳廷焯《白雨齋詞話》卷三,收入《詞話叢編》(北京:中華書局,1986 年 1 月),冊四,頁 3825。

發言爲詩，各具面貌。茲將閨秀詞人群再略分爲人妻者、爲人妾媵者與未字而卒者，並稍加簡述其人其詞，以爲明代閨秀詞人之概說。

　　爲人妻者，以婚姻生活來看，幸與不幸之間眞是天壤之別，龔靜照爲明末殉難中書廷祥之女，「所適非偶，故語多悽憤。」〔註10〕而黃峨與楊愼初婚時期幸福美滿，其〈巫山一段雲〉〔註11〕詞香豔佚蕩，毫無含蓄羞赧之色；較諸遭遇情人負盟別娶的王嬌鸞，寫〈如夢令〉〔註12〕盡吐幽恨可謂各具面貌。有幸覓得良緣的閨秀們，不僅在婚姻生活裡如魚得水，閒暇時更是夫唱婦隨、酬和不絕，甚有夜半私語、暢談古今者，如張嫻婧〈小重山・與外夜話〉〔註13〕詞所述情景。只是甜蜜如楊愼、黃峨夫婦，也不免面臨丈夫旅宦在外的離別場面，若此夫妻相隔兩地的寂寥之情，王鳳嫻〈長相思・寄孟端夫子〉〔註14〕詞亦有深入體會。

　　爲人妾媵者，或憑恃才貌而寵冠一時，如韓翠屏雖爲副室，一向得夫婿寵愛；其夫崔呈秀自縊死，翠屏亦以身相殉，賦〈西江月・殉夫〉〔註15〕以爲絕筆之作。或才色卓絕卻獨守空閨，如周蕉〈虞美人・

〔註10〕　〔清〕丁紹儀：《聽秋聲館詞話》卷十六，收入《詞話叢編》（北京：中華書局，1986年1月），冊三，頁2780。
〔註11〕　〔明〕黃峨〈巫山一段雲〉：「巫女朝朝豔，楊妃夜夜嬌。行雲無力困纖腰。媚眼暈紅潮。　　阿母梳雲髻，檀郎整翠翹。起來羅襪步蘭苕。一見又魂銷。」見《全明詞》第二冊，頁864。
〔註12〕　〔明〕王嬌鸞〈如夢令〉：「正好歡娛綵幔。何事赤繩緣斷。步月散幽懷，又被琴聲撩亂。情願。情願。孤枕與君分半。」見《全明詞》第一冊，頁329。
〔註13〕　明清女詞人張嫻婧（張長文）〈小重山・與外夜話〉：「秋草深深叫砌蛩。樹林凋欲盡、吼悲風。吹來山寺幾聲鐘。林間月、又入小窗中。　　秉燭傍熏籠。待君看史竟、話從容。古今閱歷幾英雄。千載後、試與斷蛇龍。」見《全明詞》第三冊，頁1011。
〔註14〕　〔明〕王鳳嫻〈長相思〉：「桃花飄。杏花飄。爭奈王孫去路遙。誰將眉黛描。　　鶯語嬌。燕語嬌。晝永閒庭鎖寂寥。此時魂暗消。」見《全明詞》第二冊，頁834。
〔註15〕　〔明〕韓翠屏〈西江月・殉夫〉：「主德無涯難報，妾身命薄多艱。欲教青史把名傳。又被夫人勸勉。　　明月三更慘澹，孤鐙一盞熒然。得題此恨向長箋。魂逐煙□飄散。」見《全明詞》第三冊，頁1370。

懷外〉詞〔註16〕，怪責丈夫音訊全無，辜負佳人。

　　而古代女子成年許嫁才能命字，《禮記‧曲禮上》即云：「女子許嫁，笄而字。」未字而卒者一般而言屬於早慧型詞人，如張鴻逑年僅十三餘即作詠蘭詞，調寄〈如夢令〉〔註17〕；沈紉蘭次女黃雙蕙春華早凋，年十六未字而卒，遺世之詞作僅〈相見歡〉、〈生查子〉二首。

第二節　青樓詞人

　　《說文》曰：「女，婦人也。」後引申爲幼小、柔弱之意，如《詩經‧豳風‧七月》云：「猗彼女桑。」爲生活所迫淪落風塵者，是女子中更爲弱勢的一群。歌妓詞人由於特殊的生活環境以及個人遭遇，「非閨房之閉處，無禮法之拘牽，遂得從容與一時名士往來。」〔註18〕因而表現在詞章創作上的面向，較諸閨秀詞人更爲繁複；無論是對於外在環境的描摹或者內心世界的刻劃，情感的介入與抽離，皆較閨秀詞人節奏明快。

　　青樓詞人大多外貌出眾，即使如馬守貞「姿容雖非絕代，而神情開朗，明秀豔異。」〔註19〕琴棋詩畫，樣樣精通。身處金陵都會之地，南曲靡麗之鄉，一時白門翹楚，獻媚爭妍，解詞者十之七八，如王月、寇湄、陳圓圓、楊宛、王微、柳如是輩才藻煥發，名噪一時。在此未能一一詳介，以下僅列王微、楊宛兩家以爲青樓詞人之代表，並略述其人其作。

〔註16〕明清女詞人周蕉〈虞美人‧懷外〉：「別後音書無片紙。一隻鴛鴦愁欲死。莫將行跡比萍踪。便是浮萍還有日相逢。　　枝頭豆大青梅小。擬似芳心酸意少。尋山問冰竟忘歸。辜負山明水秀眼和眉。」見《全明詞》第六冊，頁3366。

〔註17〕明清女詞人張鴻逑〈如夢令‧詠蘭〉：「百艷嬌春春困。清苦幽蘭半韻。窈窕勝天香，要得白雲親近。還問。還問。不共落紅成陣。」見《全明詞》第三冊，頁1338。

〔註18〕陳寅恪：《柳如是別傳》（北京：三聯書店，2001年4月），頁75。

〔註19〕胡文楷：《歷代婦女著作考（增訂本）》（上海：上海古籍出版社，1985年7月），頁121。

一、王　微

　　王微（1597～1647），字修微，號草衣道人，「常輕舟載書往來五湖間。自傷七歲父見背，致漂落無所依，眉嫵間常有恨色。」〔註20〕初隸樂籍，與柳如是、楊宛齊名，後經吳門，乃依許譽卿。「王修微，籍中名士也。色藝雙絕，尤長於詩詞。」〔註21〕《草堂詩餘新集》對王修微詞輯錄最多，所錄皆言情排調之作，其〈憶秦娥〉一首，堪稱風流蘊藉，茲移錄說明如次：

> 多情月。偷雲出照無情別。無情別。只似清輝，暫圓常缺。
> 　　傷心好對西湖說。湖光如夢湖流咽。湖流咽。又似離
> 愁，半明不滅。（冊四，頁1776）

王微採擬人手法，以多情萬物對照無情人世，既了解人世離合無常，正如明月暫圓常缺，屬必然之事；但心中對於偶然離別帶來的愁思，恰似湖光閃爍，久久無法平息，全篇情感纏綿糾結，含蓄蘊藉。此詞亦見收於《明詞綜》、陳廷焯《詞則・別調集》等選本。

　　王微詞賴諸選本以存，遺集原有八種，後散佚。《竹窗詞選》曰其詞集甚富，《萬竹樓詞選・序》記曰：朱紫鶴曾就各選本搜輯得倚聲二十四闋，錄成一冊，名曰「草衣道人詞」。今人施蟄存先生旁搜筆錄，裒成《期山草詞集》一卷，輯詞五十一闋〔註22〕，一說在上海古籍出版社刊行，奈何遍尋不著〔註23〕。是以筆者依照馬祖熙先生於〈女詞人王

〔註20〕胡文楷：《歷代婦女著作考（增訂本）》（上海：上海古籍出版社，1985年7月），頁72。

〔註21〕〔清〕馮金伯輯：《詞苑萃編》卷十六，收入《詞話叢編》（北京：中華書局，1986年1月），冊三，頁2106。

〔註22〕馬祖熙嘗云：「王微……其原集早已佚失。現時施蟄存教授所輯之本，得詞五十一首，考訂精微，仍稱《期山草》詞。」詳見馬祖熙：〈女詞人王微及其期山草詞〉，《中國國學》第二十二期（1994年10月），頁47。

〔註23〕馬祖熙云：「王微之《期山草詞》，已得華東師範大學施蟄存教授……輯有《王修微詩集》及《期山草詞集》，在上海古籍社刊行。」惜至今未見，詳參馬祖熙：〈女詞人王微及其期山草詞〉，《中國國學》第二十二期（1994年10月），頁41。關於此事，林玫儀嘗云：「先生

微及其期山草詞〉一文所提供之訊息:「王微之詞,錄選最多者爲《古今詩餘醉》之三十三首,《林下詞選》之十七首。」〔註24〕按圖索驥,抄得王微詞四十八闋,叢殘斷句二,較諸施先生所輯,仍有三闋之差,內容詳見附錄五「王微詞補輯」。

二、楊 宛

　　楊宛(1612~1644),字宛叔,江南金陵名妓,有麗句,善草書,存詞五十八闋,收在《鍾山獻正續集》,主要抒寫個人情愛、思慕衷曲,以寄外詞最多,〈江城子‧病中寄外〉一闋,淺直眞切,略帶小女子嬌嗔口吻,詞云:

> 秋紅狼藉月難禁。獨悲吟。夜沈沈。又送寒鐘,鴛夢卻難
> 尋。病也欺人孤另也,郎若在,敢相侵。(冊四,頁1779)

趙尊嶽嘗云:「宛叔詞筆輒多渾樸之意,上追北宋,非明人靡敝一流。」頗讚其眞摯率直詞風,不與頹靡之明詞同流。錢謙益則對楊宛屢屢外遇的放蕩行爲喟嘆非常,《列朝詩集小傳》云:「宛與草衣道人爲女兄弟,道人屢規切之,宛不能從。道人皎潔如青蓮花,亭亭出塵;而宛終墮落淤泥,爲人所姍笑,不亦傷乎!」〔註25〕錢趙二人對楊宛詞評

1991年10月23日致孫康宜女士信中,曾說:……我輯《王微集》,已得詩詞各一百多首,明年寫成清稿,想印一本《王修微集》……至1994年,此書編纂工作已完成。但5月8日,先生致馬祖熙先生函,仍說:《王修微集》尚未發,字數少,出書太單薄。尚在考慮,又想與楊宛詩詞合爲一集,好不好?」詳見林玫儀:〈施蟄存先生的詞學研究〉,收入華東師範大學主編:《慶祝施蟄存教授百歲華誕文集》(上海:上海古籍出版社,2003年10月),頁71。按:可見於一九九四年,施先生的確有將王微詩詞印製出版的計畫,只是五月致信給馬先生,以至十月馬先生〈女詞人王微及其期山草詞〉一文刊載於《中國國學》,中間將近五個月的時間,是否順利完成出書計畫?以《王修微集》的形式單行,或與楊宛詩詞合集?名曰《王修微詩集》、《期山草詞集》或《王修微集》?尚待查證。

〔註24〕馬祖熙:〈女詞人王微及其期山草詞〉,《中國國學》第二十二期(1994年10月),頁41。

〔註25〕〔清〕錢謙益:《列朝詩集小傳‧閏集》(北京:中華書局,1961年12月),頁774。

價兩極，乃導因於錢氏以宛叔品格卑下而鄙視其詞，趙氏則單純論及楊宛詞作風格，此又一詞品與人品不盡相符之例。

第三節　其他女性詞人

閨秀、青樓女詞人兩大群體之外，尚有侍女、方外、女鬼、乩仙、女仙五類女詞人。其中女鬼、乩仙、女仙之詞，多有譌舛，泰半為小說家代擬的詩詞作品，然雜揉傳奇色彩於一身的仙鬼詞，即或斷紈殘墨，歷來談者無不豔稱之。

一、侍　女

花麗春侍姬與蓬萊宮娥是女詞人中少數以奴僕身分從事創作的代表人物。花麗春侍姬〈天仙子〉詞云：

> 金屋銀屏疇昔景。唱徹雞人眠未醒。故宮花落夜如年，塵掩鏡。笙歌靜。往日繁華都是夢。　　天上曉星先破暝。明滅孤燈隨隻影。翠眉雲鬢麝蘭塵，空歎省。成悲哽。無數落紅堆滿鏡。（冊三，頁 1479）

此闋詞旨在抒發侍女感傷時光流逝而作，其終宵不寐，追憶往事，故於上片抒繁華如夢之嘆，下片以景入情，以曉星孤燈自比，寄寓悲淒寂寞之感。〈天仙子〉一調以張先詞最負盛名，其詞曰：「水調數聲持酒聽。午醉醒來愁未醒。送春春去幾時回，臨晚鏡。傷流景。往事後期空記省。　　沙上並禽池上暝。雲破月來花弄影。重重簾幕密遮燈，風不定。人初靜。明日落紅應滿徑。」〔註26〕兩詞相較，可見韻字頗多雷同處，末句亦以「落紅」作結，明顯可見二者之間或有蹈襲痕跡。又據《名媛詩緯》載：「侍兒衣錦衣，執檀板，歌〈天仙子〉以侑鄒師孟酒，麗春遽止之曰：勿歌此曲，徒增傷感。」〔註27〕證諸詞作，

〔註26〕見唐圭璋編纂，王仲聞參訂，孔凡禮補輯：《全宋詞》（北京：中華書局，1999 年 1 月）冊一，頁 88。

〔註27〕〔清〕王端淑：《名媛詩緯初編》（清康熙間清音堂刊本）卷三十六、葉八下。

果然無限傷懷、不可遏抑。

又蓬萊宮娥〈賀新郎‧贈朱生〉云：

> 花柳繞春城。運神工、重樓疊宇，頃刻間成。綠水青山多
> 宛轉，免教鶴怨鴛鴦。看來無異舊神京。慮只慮佳期不定，
> 天從人願，邂逅多情。相引處，珮聲聲。　　等閒回首遠
> 蓬瀛。呼小玉，旋開錦宴，譚薦蘭羹。須信是瓊漿一飲，
> 頓令百感俱生。且休道、塵緣易盡。縱然雲收雨散，琵琶
> 峽依舊，風月交明。此□會果非輕。(冊三，頁 1479)

由內容觀之，似為有意依託女仙之作，上片敘朱生初臨仙域，並援引孔
稚圭〈北山移文〉「鶴怨猿驚」一詞，將「猿」易「鴛」，以切合邂逅情
事；下片則述盛宴酒筵及曲終人散之況，全篇藉由仙庭宮娥之口，娓娓
道出，猶如蘇東坡〈戚氏〉〔註28〕詞，述穆天子同西王母遊之種種情事。

二、方　外

明代女詞人與佛教人士往來密切，如吳綃為許瑤妻室，許考取進
士後，另納新寵，棄吳於故里。吳無可奈何，誦經修行，度過孤寂悲
傷的一生。嘗畫梅花扇贈尼，自嘆半生命薄，但願「駕三車，皈三寶」
〔註29〕；商景蘭曾向女僧谷虛大師請益，其妹商景徽則發願抄寫《法

〔註28〕〔宋〕蘇軾〈戚氏〉：「玉龜山。東皇靈姥統群仙。絳闕岧嶤，翠房
深迥，倚霏煙。幽閒。志蕭然。金城千里鎖嬋娟。當時穆滿巡狩，
翠華曾到海西邊。風露明霽，鯨波極目，勢浮輿蓋方圓。正迢迢麗
日，玄圃清寂，瓊草芊綿。　　爭解繡勒香韉。鸞輅駐蹕，八馬戲
芝田。瑤池近、畫樓隱隱，翠鳥翩翩。肆華筵。間作脆管鳴絃。宛
若帝所鈞天。稚顏皓齒，綠髮方瞳，圓極恬淡高妍。盡倒瓊壺酒，
獻金鼎藥，固大椿年。　　縹紗呈瓊妙舞，命雙成、奏曲醉留連。
雲璈韻響瀉寒泉。浩歌暢飲，斜月低河漢。漸綺霞、天際紅深淺。
動歸思、迴首塵寰。爛漫遊、玉輦東還。杏花風、數里響鳴鞭。望
長安路，依稀柳色，翠點春妍。」見石聲淮、唐玲玲箋注：《東坡樂
府編年箋注》(臺北：華正書局，2000 年 8 月，二版)，頁 368。
〔註29〕語出明清女詞人吳綃〈千秋歲引‧畫梅花扇贈尼〉，其詞云：「半夜
窗前，一枝墻角。甚處風光到寥廓。東君已許陽和放，笛聲何故翻
教落。不禁風，偏宜月，休拋卻。　　笑我半生真命薄。沒事被他
閒事縛。暗把梅花自評度。清香此際無多日，明朝再到還蕭索。駕

華經》；歸淑芬〈繞佛閣・喜參同庵新建大悲樓〉詞也提及「待臘盡春
來，重赴禪院。此時登殿。綠陰堪聽黃鶯囀。」〔註30〕可見其平時常
出入佛門清修之地。餘如薛素中年長齋繡佛，劉淑奉佛以終；吳琪薙
度，法名上鑒等等，都是明代女詞人詞作透露出世思想、遊仙幻境的
背景因素。

　　此外，女詞人中不乏修道的女冠，如青樓女子王微自號草衣道
人，卞賽、陳元、朔朝霞幾位晚年皆爲女道士；卞賽更自稱玉京道人，
乞身下髮，長齋繡佛，嚴守戒律，以三年時間針刺舌血，書法華經以
報夫婿鄭保御。而靜照本良家女，太昌時選入宮中，在宮廷生活了二
十餘年後，方削髮爲尼，其〈江城子〉一詞云：

　　卸卻蟬釵韜翠鬢。戴黃冠。拜蕉團。一卷黃庭，長跪叩香
　　龕。願作瑤臺雙桂樹，朝集鳳暮棲鸞。（冊四，頁1894）

詞中所云「黃冠」乃道士所戴的帽子，「一卷黃庭」即爲道家經典《黃
庭經》，瑤臺意指仙人居處。由詞中可見靜照洗盡鉛華後，虔心向道，
及其登天成仙之想望。

三、女　鬼

　　鬼魅詞雖係依託，但其詞極富傳奇色彩，故得聊備一格。鄭婉娥、
王秋英分別收編在《全明詞》第一冊頁224、252，翠微見錄於第二
冊頁916，三人事跡具載於《詞苑叢談》。茲略述其事如後：

　　元順帝時，徐壽輝兵起，友諒往從之，依其將倪文俊麾下，其後
叛之，僭號僞漢，後與明太祖戰於涇江口，中流矢而死，立凡四年。
傳說鄭婉娥爲陳友諒（1320～1363）姬，《詞苑叢談》曰：

　　吳江沈詔，洪武初，登琵琶亭，月下聞歌聲。明日復往，

三車，皈三寶，心相約。」收入《全明詞》第四冊，頁1877。

〔註30〕其詞云：「法雲普覆，雙溪水繞，新築璀璨。高閣孤聳，一燈遠映梵
音到花畔。桂香又遍，招隱作伴。深塢幽境，時臥遊玩，夢魂繚繞
鴻飛少芳翰。　　病客最疏懶，暮喚蓮蓮滌古硯。還是檢書呫唔常
目眩。待臘盡春來，重赴禪院。此時登殿。綠陰堪聽黃鶯囀。」收
入《全明詞》第三冊，頁1500。（按：歸淑芬自註曰「蓮蓮，侍兒名」）

—45—

見一麗人，曰：「妾爲漢婕妤鄭婉娥，死，葬於亭側。」爲沈歌〈念奴嬌〉。曰：「昨夜郎所聞也。」〔註31〕

《古今詞統》卷十三亦載此事云：

士誠之金姬，異人也；友諒之鄭娥，文人也。惜張非眞王，故金不願正位；陳非韻主，故鄭不得顯名。洪武初，吳江沈韶游於九江，偕陳、梁二生訪琵琶亭，聞月下有歌聲，梁生戲曰：「得非商婦解事乎？」韶曰：「爾時樂天尚須千呼萬喚，今日豈得容易呈身哉？」次日，韶獨往究其實，躊躇良久，見一麗人，官妝艷飾，二小姬前導。韶出拜，問其姓字，答曰：「僞漢陳主婕妤鄭婉娥也，年二十而死，殯於亭近。二侍女一名鈿蟬，一名金雁，亦當時殉葬者。遂共飲於亭上。歌〈念奴嬌〉詞，謂生曰：「此即昨夜所謳也。」〔註32〕

鄭婉娥，今存〈念奴嬌〉（離離禾黍）一闋〔註33〕，大嘆「江山依舊，英雄塵土」，詞中獨抒忠愛，且道盡黍離麥秀之悲，沈雄《古今詞話》〔註34〕、王弈清《歷代詞話》卷十、馮金伯輯《詞苑萃編》皆曾引述此詞。

元至正年間，王秋英隨父上任，途遇賊寇，投崖而死。有〈瀟湘逢故人慢〉一闋〔註35〕，「無主泉局，也能得、有情雞黍」句，感恩

〔註31〕〔清〕徐釚編著、王百里校箋：《詞苑叢談校箋》（北京：人民文學出版社，1988 年 11 月），頁 658。

〔註32〕〔明〕卓人月匯選、徐士俊參評，谷輝之校點《古今詞統》（瀋陽：遼寧教育出版社，2000 年 1 月），冊二，頁 504。

〔註33〕鄭婉娥〈念奴嬌〉：「離離禾黍，歎江山似舊，英雄塵土。石馬銅駝荊棘裏，閱遍幾番寒暑。劍戟灰飛，旌旗鳥散，底處尋樓艣。暗嗚叱咤，只今猶說西楚。 憔悴玉帳虞兮，燈前掩淚，雙屬流紅雨。鳳輦羊車行不返，九曲愁腸漫苦。梅瓣凝粧，楊花翻雪，回首成終古。翠螺青黛，絳仙慵畫眉嫵。」收入《全明詞》第一冊，頁 224。

〔註34〕〔清〕沈雄《古今詞話·詞話下卷》所引於「樓船鳥散」句下脫去「底處尋樓艣。暗嗚叱咤」九字，「九曲愁腸漫苦」之後則佚失「梅瓣凝粧，楊花翻雪，回首成終古。翠螺青黛，絳仙慵畫眉嫵」五句。詳見《詞話叢編》（北京：中華書局，1986 年 1 月），冊一，頁 807。

〔註35〕王秋英〈瀟湘逢故人慢〉：「春光將暮，見嫩柳拖烟，嬌花染霧。項刻間風雨。把堂上深思，閨中遺事，鑽火留餳，都付卻、落花飛絮。

惜情，溢於言表。《詞苑叢談》卷十二〈耳談〉記曰：

> 福清諸生韓夢雲，嘉靖甲子過石湖山，（遇）一女子，自稱楚
> 人王秋英，從父德育宦閩，遇寇石湖山，投崖而死。〔註36〕

王秋英傳與夢雲育有一子，直至萬曆二十一年（1593），自言緣盡，
涕泣而別。此事《萬鳥題春集》、《全閩詩話》卷七與卷十二亦有載，
《御選歷代詩餘》則將王秋英題為「元女鬼」。

　　二人以外，猶有翠微相傳為主婦所妒，飲鴆而死，嘉靖初年，清
河邱生與之冥會，臨別之際，翠微賦〈憶秦娥〉詞〔註37〕以贈。茲略
述其事如下：

> 嘉靖初，清河邱生（邱任）泊舟江陵。有一女子，自稱兩
> 淮運使何公之妾翠微，引生至一亭就枕。臨別賦詞云云。
> 明日視之，乃其墓也。〔註38〕

四、乩　仙

　　乩仙有沈靜筠、王氏、乩仙三人。其中吳江沈靜筠為呂元洲妻室，
約明天啓間在世，歿後常降乩作詩詞，與其夫酬答，語意超曠，嘗作
〈鷓鴣天〉一闋示呂元州：

> 一片春光遍九霄。這回風月也全消。重來繡閣吟殘句，不
> 數緱山弄玉簫。　　身外事，等閒拋。萬層雲路碧迢迢。
> 香南雪北何由見，直比人間午夢遙。（冊三，頁1565）

自訴天人永隔，今後唯有夢中相見，不捨之情溢於言表。《全明詞》

又何心、挈榼提壺、鬭草踏青盈路。　　子規啼，蝴蝶舞。遍南北
山頭，紙錢綠醑。莫一邱黃土。歎海角飄零，湘陰淒楚。無主泉局，
也能得、有情難泰。畫角聲、吹落梅花，又帶離愁歸去。」收入《全
明詞》第一冊，頁252。又《詞苑萃編》卷十六「韓夢雲詞」條云〈瀟
湘逢故人慢〉一闋乃夢雲所作。詳見《詞話叢編》（北京：中華書局，
1986年1月），冊三，頁2103。

〔註36〕《詞苑叢談校箋》，頁663。

〔註37〕翠微〈憶秦娥〉：「楊枝裊。恩情無限天將曉。天將曉。漏窮難喚，
教人煩惱。　　郵亭一夜風流少。匆匆後會應難保。應難保。最傷
情處，殘雲風堛。」，收入《全明詞》第二冊，頁916。

〔註38〕《詞苑叢談校箋》，頁662。

第三冊頁 1565 錄有乩仙——王氏，存詞一首，其〈秋波媚〉與賀字之〈秋波媚〉〔註39〕重出，未知真偽。王氏之生平不詳，據沈宜修《伊人思》記載，其自稱宋朝人，年二十卒。〔註40〕

五、女 仙

女仙則有瑤宮花史何氏，小名月兒，早夭，後為王母散花女，歲癸未降乩賦〈鷓鴣天〉一闋。瑤宮花史的侍女名為楚江，於甲申三月降生趙地，有和花史寄〈鷓鴣天〉詞一首。《全明詞》第六冊頁3440收何月兒詞〈蕃女怨〉、〈點絳唇〉二首，獨未見〈鷓鴣天〉，今從《詞苑萃編》輯出〔註41〕，兩人和詞如下：

詞牌	詞題	姓名	卷 頁	詞 作
鷓鴣天		何月兒	詞苑萃編卷二十四	整束簪環下碧霄。教人腸斷念奴嬌。曲房空剩殘香粉，獨對瀟湘憶翠翹。斟別話，酌情醪。盈盈徐送小紅橋。從今不伴烟霞客，愛向風前鬪柳腰。
	和花史韻	楚江	全明詞第六冊頁3439	朝餐風露暮乘霄。不羨金閨貯阿嬌。卻恨柳絲牽月綫，強移花色點雲翹。情猶戀，意如醪。依依不舍舊藍橋。東君可許歸囊伴，暫向塵封學楚腰。

〔註39〕其詞如下：

詞牌	詞題	姓名	卷 頁	詞 作	出 處
秋波媚		王氏	第三冊頁 1565	流水東回憶故秋。疏雨滴更愁。雁來楚峽，風淒江渚，瘦損輕柔。 誰憐絕世嬌憨在，斜倚小粧樓。慵窺寶鏡，淚懸情眼，恨鎖眉頭。	《明詞綜》卷十二
		賀字	第六冊頁 2898	流水迂迴憶舊秋。疏雨暗添愁。雁來楚峽，風淒江渚，瘦損溫柔。 無端蕭瑟添惆悵，斜倚向妝樓。慵窺寶鏡，淚懸雙眼，恨鎖眉頭。	《眾香詞・御集》

〔註40〕詳見〔明〕沈宜修：《伊人思》，收入〔明〕葉紹袁編，冀勤輯校：《午夢堂集》（北京：中華書局，1998 年 11 月），冊上，頁 585。

〔註41〕詳見〔清〕馮金伯輯：《詞苑萃編》卷二十四，收入《詞話叢編》（北京：中華書局，1986 年 1 月），冊三，頁 2282。

何氏詞上片述降落凡塵，奔赴情郎約會，下片敘纏綿悱惻，難離難捨之情。楚江則步其韻，詞意相似，大抵抒仙凡相戀情牽之悵恨。

第四節　待輯佚的女詞人

　　除《全明詞》所錄女詞人外，猶有待輯佚者。以唐世濟〔註42〕夫人錢氏爲例，《全清詞》僅收其〈滿庭芳・四時詞〉二首，《全明詞》更將錢氏作品分隸於錢夫人、錢氏名下，《全明詞》所錄之錢氏詞，乃自《瓊蘼集》（清康熙十年刻本、《四庫全書》本）而來，錢夫人、錢氏二者名下共有詞作六首，汰其重複，計得三首。查諸唐世濟《瓊蘼集詞選》（崇禎十四年辛巳程尚序刻本）可知，其〈菩薩蠻・雪霽月下賞梅二首回文〉詞後附有錢夫人和詞二首，〈滿庭芳・虔南思歸四時〉詞後附錢夫人和詞四首，意即從錢氏夫婿之詞集中當可再輯得錢氏詞三首，分別爲〈菩薩蠻〉（雪晴初映朦朧月）、〈滿庭芳〉（嫩草鋪茵）、〈滿庭芳〉（鴛瓦鋪寒）。〔註43〕

　　明代女詞人中無別集傳世，詞作散見於父親、夫婿、兒孫之別集內，當不僅此例，此類情況蒐集困難，必須知曉女詞人之生平交遊關係，方有脈絡可循，此亦本文著眼於詞人群之往來關係，欲以已知推未知之意。如《全明詞》第三冊頁1467錄吳朏所作〈踏莎行・夏閨，和薄西眞〉一闋，薄西眞即薄少君，《全明詞》獨不見原和詞，可見仍有薄少君佚詞。甚而，《古今詞統》之作者氏籍錄有「許景樊，字蘭雪，朝鮮女郎」，全編卻未見其詞作，凡此當可作爲輯佚時的重要線索。

　　此外，部分跨代女詞人之佚作可由清代女性詞選集中尋出，如《小檀欒室閨秀詞鈔》可輯得王端淑〈解語花〉（帝心隆眷）一首；而詞話所載錄之詞作，亦可輯得部分斷篇殘句。謹將目前所得表列如下，而遺珠散玉，當有未盡於此者。

〔註42〕明人唐世濟，字美承，有詞一百五十六首，《全明詞》失收。
〔註43〕詳參王兆鵬、胡曉燕撰：〈《全明詞》漏收1000首補目〉，《上海大學學報（社科版）》第十二卷第一期（2005年1月），頁6。

作者	詞牌	詞題	詞　作	出處
王朗	浣溪紗	春愁	抱月懷風繞夜堂。看花寫影上紗窗。薄寒春嬾被池香。	婦人集
	浪淘沙	閨情	斜倚鏡台前。長嘆無言。菱花蝕彩個人蕉。吩咐侍兒收拾去，莫拭紅綿。　滿砌小榆錢。難買春還。若爲留住豔陽天。人去更兼春去也。煩惱無邊。	婦人集
	缺		學繡青衣艱刺鳳，自把金鍼，代補翎毛空。	倚聲初集
張璧娘〔註44〕	舞春風〔註45〕		黃銷鵝子翠銷鴉。簞拂層冰帳九華。裙縷褪來腰束素，釧金鬆盡臂纏紗。　床前弱帶迷新柳，枕上迴鬟壓落花。不信登牆人似玉，斷腸空盼宋東家。	伊人思
謝五娘〔註46〕	柳枝		近水千條拂畫橈。六橋風雨正瀟瀟。枝枝葉葉皆離思，添得鶯啼更寂寥。	詞苑萃編
何月兒	鷓鴣天		整束簪環下碧霄。教人腸斷念奴嬌。曲房空剩殘香粉，獨對瀟湘憶翠翹。　斟別話，酌情醪。盈盈徐送小紅橋。從今不伴烟霞客，愛向風前鬥柳腰。	詞苑萃編
蔡捷〔註47〕	滿江紅	記仁和沈孝女刲肱殯命	有限春暉，卻不道、陰晴莫測。更聽得、巫醫耳語，參苓力竭。擗地誓將遺體代，呼天暗把鑪香爇。掣金刀、良藥腕間尋，他何恤。　冀挽住，西山日。早流盡，襟前血。奈絲堪重續，玉偏易折。五夜驚回雙豎夢，一絲喘斷三更月。謝夫君、莫怨暫歸寧，成長別。	聽秋聲館詞話

〔註44〕張璧娘，明神宗閩中孀女，歸半載而夫亡。詳見〔清〕錢謙益：《列朝詩集小傳·閏集》（北京：中華書局，1961 年 12 月），頁 774。

〔註45〕即〈瑞鷓鴣〉，七言八句。任二北以爲「舞春風」本唐聲詩，可能中晚唐時據大曲摘遍而成此調，一首詩其聲亦必爲一片，諸書將本調及〈瑞鷓鴣〉分爲兩段於文理音律均無據，詳見任半塘：《唐聲詩》下編（上海：上海古籍出版社，1982 年 12 月）。

〔註46〕謝五娘，明萬曆中潮州人氏，有《讀月居集》一卷，多懷友寄遠之作。詳見〔清〕馮金伯輯：《詞苑萃編》卷二十四，收入《詞話叢編》（北京：中華書局，1986 年 1 月），冊三，頁 2281。《潮州府志》、《列朝詩集》則著錄《讀月居詩》一卷。

〔註47〕蔡捷，字步仙，林西仲室。《聽秋聲館詞話》云：「蔡步仙女史捷，爲閩縣林西仲大令雲銘室。大令集中附女史詞數闋。」詳見〔清〕丁紹儀：《聽秋聲館詞話》卷三，收入《詞話叢編》（北京：中華書局，1986 年 1 月），冊三，頁 2608。

第四章 明代女詞人群體關係

　　明代女詞人詞作中每見彼此唱酬嘯詠之樂，其酬唱對象不一，總不脫親屬友朋之輩，細加探索，可知其彼此之間關係密切，不僅在生活環境上休戚與共，於生命歷程中，更是緊密相隨。

　　基於血緣或聯姻關係而結合的家族成員，亦即母女、姊妹、姑嫂等女性親屬之間，長期耳濡目染，陶冶薰習，極易培養出親密穩固的情感與絕佳默契。此外，閨秀與貼身丫鬟間的主僕關係亦不可忽略，其共同生活經驗，皆可作為創作靈感與素材，如沈宜修與紈紈、小紈、小鸞母女便曾以婢女隨春作為賦詠的對象；而女詞人前後、同時共事一夫的情形，如張倩為沈自徵妻室，李玉照為沈自徵繼室；翁與淑為陸薀思妻室，邵斯貞為陸薀思繼室；武氏為文翔鳳妻室，鄧太妙為文翔鳳繼室；浦映淥為黃永妻室，周姍姍為黃永聘姬等詞人關係，更值得吾人玩味。

　　高彥頤於《閨塾師——明末清初江南的才女文化》一書中，將明末清初婦女的結社行為分成三種模式，由家族女性親屬所組成的家庭式結社，以吳江沈宜修與葉小紈、小鸞母女為典型；而以親戚、鄰里擴大至遠方朋友為組織成員的，稱為社交式結社，此模式首推紹興商景蘭與女兒、兒媳及王端淑、黃媛介、吳綃雪等為代表；因出版物及其成員的文學聲望而具有一定公眾認知度的，則是以顧若璞家中女詩

人如「蕉園七子」為典型的公眾式結社。此外，名妓們參與組成的「家庭外」的公眾社交網，乃以名妓柳如是、王微為代表。[註1]

本章在此理論基礎之上，再參考明代女性詞和作的創作情況，將明代女詞人大分為血親關係、表親關係、姻親關係與朋友關係四類，每類各舉數例以明意旨，使更切合女詞人彼此酬贈往來的情形，並且便於探究其私交情誼的真實樣貌。女詞人彼此間的關係、稱謂，乃筆者閱讀詞人小傳後，根據其生平資料一一判斷，加以繫聯而成；並輔以明代女性詞之詞題、和韻作品，分析歸納所得。

基於血親關係而形成的家庭式女詞人群，可再細分為母女詞人、姊妹詞人；因為表親、姻親關係而結合的親戚式女詞人群，如姑姪詞人、表姊妹詞人、姑嫂詞人、妗甥詞人等；社交式女詞人群則透過友朋間的詞作酬贈產生交集。除上述關係密切者以外，更從和作以及詞題資訊中摘出「群體關係外的詞作聯繫」一類，內容包括無親友關係而次其韻、因襲宋人名作的篇章，以及詞作相仿的特殊現象，謹供讀者參考。

第一節　血親關係

基於血親關係而集聚的女詞人群，最主要的活動場域為家庭。家庭無疑是傳統中國女性最為重視的生活空間，也是一切向外建立社交情誼的基礎。此形式彼此間的情感交流、互動方式頗有類似之處，如沈宜修於《伊人思》即云張引元〈寄妹〉詩所述「絕類余家諸女情景」[註2]。家庭成員間彼此聯吟唱和之狀，正如清人蔡殿齊序《國朝閨

[註1] 詳參〔美〕高彥頤著、李志生譯：《閨塾師——明末清初江南的才女文化》（南京：江蘇人民出版社，2005 年 1 月），頁 17。

[註2] 〔明〕張引元〈寄妹〉詩云：「金風初度井梧枝，正是懷人病起遲。兩地愁懷懸一水，九秋新恨上雙眉。久虛詠雪聯毫句，每憶挑燈共課時。塞雁已歸書未達，江城寒月照相思。」詳見〔明〕葉紹袁原編、冀勤輯校：《午夢堂集》（北京：中華書局，1998 年 11 月），冊上，頁 552。

閣詩鈔》一書描繪，所謂：「門承篤學，家有傳書。柳絮庭前，早得聯吟之姊；椒花堂上，又添作頌之妻」〔註3〕是也。

一、直系血親——母女詞人

　　母女詞人基於共同的生活環境，吟詠題材一致，而母教傳統的盛行，意即母親在家庭文化傳承過程中充當「母師」角色，使母女思想屢見傳承痕跡，是以透過母女之間的情感互動，討論母女詞人的詞作表現、詞風異同，有助於分析理解其詞作內涵。首先，血脈相連的情感表現，從她們身上表露無遺，如女詞人吳山、胡玉鶯兩人均有思母詞，其中吳山身在異鄉，歸期無定，只得「對景頻彈思母淚」〔註4〕；胡玉鶯與母則因不得相見，縈思繫念，幾次午夜夢回，愁腸難解，故有「惟願慈親入夢來」〔註5〕之語。

　　而沈宜修與葉紈紈、葉小紈、葉小鸞，一門四秀，唱和自娛；葉小紈與沈樹榮母女則紹繼家聲，多吟風詠月之作；王鳳嫻與二女張引元、張引慶每每詩詞酬對，惜引慶未見詞作傳世；黃德貞與女孫蘭媛、孫蕙媛、外孫女陸宛櫰，三代以詩文相傳；瞿寄安與韓智玥皆屬母女詞人。此中又以沈宜修母女四人最具代表性。餘如：

　　　（一）徐淑秀與邵笠：徐淑秀為邵笠繼母，存詞四首，「淑秀詞
　　　　　　視澹庵稍遜」〔註6〕，邵笠字澹庵，今存詞四首。

〔註3〕〔清〕蔡殿齊：《國朝閨閣詩鈔·敘》（清道光二十四年嫏嬛別館刊本），收入《續修四庫全書》集部總集類，冊1626，頁427。
〔註4〕語出明清女詞人吳山〈減字木蘭花·思母〉，其詞云：「連宵風雨。黃葉林間秋幾許。大地清涼。游子驚心憶故鄉。　人生如寄。對景頻彈思母淚。何日歸期。回首青霜點鬢絲。」收入《全明詞》第三冊，頁1503。
〔註5〕語出明清女詞人胡玉鶯〈減字木蘭花·思母〉，其詞云：「無言凝咽。難解柔腸千萬結。倦倚妝臺。惟願慈親入夢來。　白雲望斷。淚染羅襟紅欲遍。愁壓眉尖。怕見春光不捲簾。」收入《全明詞》第六冊，頁3332。
〔註6〕〔清〕況周頤：《蕙風詞話續編》卷二，收入《詞話叢編》（北京：中華書局，1986年1月），冊五，頁4578。

（二）吳山與卞氏（卞夢鈺）：吳山字岩子，安徽當塗人，太平
　　縣丞卞琳妻室，存詞十五首；卞夢鈺字元文，號篆生，卞
　　琳與吳山的長女，江都孝廉劉峻度繼室，存詞六首。

（三）沈紉蘭與黃雙蕙：沈紉蘭字閒靜，一作閒靚，浙江嘉興人，
　　參政黃承昊妻室，存詞三首；黃雙蕙字柔嘉，黃承昊、沈
　　紉蘭次女，存詞兩首。

（四）郁大山與倪小：郁大山字靜如，江蘇青浦人，倪端夫妻室，
　　倪永清母，存詞兩首；倪小字茁姑，倪永清妹，存詞兩首。

（五）蔡捷與林瑛佩：蔡捷字步仙，林西仲妻室，林瑛佩母，《全
　　明詞》未錄，據《聽秋聲館詞話》補〔註7〕；林瑛佩字懸
　　藜，林西仲、蔡捷之女，存詞八首。

（六）顧之瓊與錢靜婉：顧之瓊字玉蕊，浙江杭州人，錢繩庵妻
　　室，錢肇修之母，存詞十二首；錢靜婉字淑儀，錢繩庵與
　　顧之瓊的長女，即錢肇修之姊，存詞一首。

　　上述諸人雖皆屬母女詞人，因彼此間並無和作，詞作、詞題亦未
見提及母女情誼的相關資料，故下文略而不論。以下僅討論彼此間有
和作傳世，或者詞題、詞作內容涉及母女關係，可藉以推斷親子互動
者，依次為（一）沈宜修、葉紈紈、葉小紈、葉小鸞；（二）王鳳嫻、
張引元；（三）黃德貞、孫蘭媛、孫蕙媛；（四）瞿寄安、韓智玥四組。

（一）沈宜修、葉紈紈、葉小紈、葉小鸞

　　沈宜修與女兒紈紈、小紈、小鸞時相唱和，小紈之女沈樹榮亦能
詞，祖孫三代情誼由宜修賦慨、紈紈同二妹次韻，而樹榮追和之〈水
龍吟〉詞可見一斑。沈宜修〈水龍吟〉詞序曰：「丁卯，余隨宦冶城，
諸兄弟應秋試，俱得相晤。後仲韶遷北，獨赴燕中，余幽居忽忽，悅
焉三載。賦此志慨。」丁卯乃明熹宗天啓七年（1627），時宜修三十

〔註7〕〔清〕丁紹儀：《聽秋聲館詞話》卷三，收入《詞話叢編》（北京：
　　　中華書局，1986年1月），冊三，頁2608。

八歲，歷三載而賦此詞，可知此篇作於思宗崇禎三年（1630）。

> 西風昨夜吹來，閒愁喚起依然舊。苔錢繡澀，蓉姿粉淡，
> 悴絲搖柳。煙褪餘香，露流初引，一番還又。想秦淮故迹，
> 六朝遺恨，江山不堪回首。　　莫問當年秋色，瑣窗長自
> 簾垂繡。淹留歲月，消殘今古，落花波皺。客夢初回，鐘
> 聲半曙，雁飛歸候。便追尋、錦字春綃，多付與、寒笳奏。
>
> （冊三，頁 1562）

此詞情文相生，含蓄雍容。長女葉紈紈有〈水龍吟‧次母韻早秋感舊
其一〉回應上詞，其妹小紈、小鸞亦有和作，其詞如下：

> 秋來憶別江頭，依稀如昨皆成舊。羅巾滴淚，魂消古渡，
> 折殘煙柳。砌冷蛩悲，月寒風嘯，幾驚秋又。歎人生世上，
> 無端忽忽，空題往事搔首。　　猶記當初曾約，石城淮水
> 山如繡。追遊難許，空嗟兩地，一番眉皺。枕簟涼生，天
> 涯夢破，斷腸時候。願從今、但向花前，莫問流光如奏。（冊
> 四，頁 2176）

紈紈似欲揣摩母親憂居心情，「空嗟兩地，一番眉皺」句，較宜修「消
殘今古，落花波皺」淺露，深意不足；而「莫問流光如奏」句一氣呵
成，不若母親沈宜修於末句使用「3.3」句式，迂徐有致。次女小紈
〈水龍吟‧秋思，和母韻〉詞亦同時之作：

> 西風一夜涼生，小院秋色還依舊。井梧聲碎，驚回殘夢，
> 鴉啼衰柳 〔註8〕。竹粉全消，荷香初散，韶光難又。看階前
> 細草，凝愁凝怨，無語慘慘低首。　　幽徑湖山徒倚，雨
> 方收、苔痕如繡。萍蕪飄盡，曲池清淺，照人眉皺。野寺
> 疏鐘，長江殘月，去年時候。謾追思、付與東流，聽取夕
> 陽蟬奏。（冊五，頁 2256）

季女葉小鸞〈水龍吟‧秋思其一〉即為次母憶舊之作，時其父紹袁人
在都門：

> 井梧幾樹涼飄，滿庭景色仍如舊。啼鴉數點，斜陽一縷，

〔註8〕「鴉啼衰柳」的「柳」字，應為韻字，《全明詞》失察而句讀錯誤，
　　　遂改之。

掛殘疏柳。有恨林花，無情衰草，風吹重又。看輕陰帶雨，
天涯萬里，樓高漫頻搔首。　　記泊石城煙渚，落紅孤鶩
常如繡。輕舟畫舫，布帆蘭枻，暮雲天皺。水靜初澄，蓼
紅將醉，早秋時候。對庭前、蕭索西風，惟有寒蟬高奏。(冊
五，頁 2388)

同一命題，小鸞寫來便覺無限蕭索。此次家庭文會，沈宜修〈水龍吟〉
（空明擊碎流光）詞題記云：「庚午秋日，余作〈水龍吟〉一闋。兒
輩俱屬和，書之扇頭。今又經三載，偶簡篋中扇上之詞宛然，二女已
物是人非矣。可勝腸斷，不禁淚沾衫袖。因續舊韻賦此。」﹝註9﹞庚
午即明思宗崇禎三年（1630），宜修時年四十一，兒女俱在；復經三
載，可知此詞當作於崇禎六年（1633），時季女小鸞、長女紈紈俱歿。

空明擊碎流光，迴腸一寸難尋舊。芳華消盡，涼蟾何意，半
垂疏柳。飛葉恨驚，凝雲愁結，重重還又。愴秋宵寥廓，夜
蟲悽楚，傷心幾回低首。　　盼望音容永絕，斷腸祇剩文如
繡。橫煙拂漢，征鴻將度，月寒花皺。斜日喞江，圍山歙陌，
昔年時候。痛而今、淚與江流，總向西風同奏。(冊三，頁 1563)

全篇頗見悲涼格調，憶及小鸞、紈紈相繼辭世，其內心之愁悶傷感，
如何自抑？

　　附帶一提，葉小紈之女沈樹榮，字素嘉，適表兄葉學山，即其四
舅葉世侗之子，《林下詞選》嘗譽其〈臨江仙・病起〉﹝註10﹞一闋淡
雅勝人百倍，與外婆沈宜修、姨母葉紈紈、葉小鸞一樣文名甚著，曾
作〈水龍吟・初夏避兵，惠思三姈母樓鳳館有感〉一首，追和外祖母
「憶舊」原韻。

誰知到處徘徊，謝庭風景都非舊。畫堂塵掩，蓬生三徑，
門垂疏柳。白晝初長，清風自至，流年空又。看多情燕子，

﹝註9﹞ 見《全明詞》，三冊，頁 1563～1564。
﹝註10﹞ 其詞云：「草草粧臺梳裏了，曲欄干外凝眸。年光荏苒又深秋。一番
風似剪，兩度月如鉤。　　病裏高堂頻囑道，而今莫更多愁。當時
檢點也應休。重新來眼底，依舊上眉頭。」收入《全明詞》第五冊，
頁 2394。

飛來飛去，眞箇不堪回首。　　昔日嬌隨阿母，學拈針臨
窗挑繡。斜陽樓外，熨殘銅斗，線紋渾皺。蠶欲三眠，鶯
猶百囀，落花時候。問重來應否，消魂試聽，江城笳奏。（冊
五，頁2395）

上片藉謝道韞詠雪故實，用「謝庭」典，追憶祖母風采，遺韻猶在；
奈何時光流轉，如今人去樓空，徒見燕子眷戀流連。下片回想舊時種
種，而今落花時節，值此局勢紛亂之世，唯有笳聲迴盪耳際，勾起無
限愁思。

　　沈宜修另一首〈水龍吟〉，亦見紈紈、小鸞次韻酬和，其詞云：
砧聲敲動千門，渡頭斜日疏煙逗。蓮歌又罷，莢房將採，
愁凝翠岫。巫峽波平，蘅皋木脫，粉雲涼透。歎無端心緒，
臺城柳色，難禁許多消瘦。　　古道長安漫說，小庭閒畫
應憐否。紅綃雨細，碧欄天杳，三更銀漏。塞雁無書，清
燈空藥，但餘綠酒。想當年、白傅青衫，還倩淚、留雙袖。
（冊三，頁1563）

上片首句以萬戶擣衣聲起興，描述秋季蕭瑟景況，下片追憶當年，用
白居易〈琵琶行〉「江州司馬青衫濕」典。葉紈紈〈水龍吟・次母韻
早秋感舊其二〉：
蕭蕭風雨江天，淒涼一片秋聲逗。香消菡萏，綠摧蕙草，
煙迷遠岫。浪捲長空，雲輕碧漢，薄羅涼透。恨西風吹起，
一腔閒悶，那勝鏡中消瘦。　　寂寞文園秋色，這情懷、
問天知否。簷鈴敲鐵，琅玕折玉，聽殘更漏。淡月疏簾，
小庭曲檻，且還斟酒。算從來、千古堪悲，何用空沾衫袖。
（冊四，頁2176）

紈紈於「香消菡萏」句以下連用六個倒裝，增添詞意的跌宕變化。面
對早秋時節，前者歎，後者恨，「與沈宜修的詞相比，葉紈紈的詞在
情感濃度上更爲突出，在抒情的纏綿色彩上更爲鮮明。」〔註11〕葉小
鸞〈水龍吟・秋思其二〉：

〔註11〕鄧紅梅：《女性詞史》（濟南：山東教育出版社，2000年7月），頁195。

> 芭蕉細雨瀟瀟，雨聲斷續砧聲逗。憑欄極目，平林如畫，雲低晚岫。初起金風，乍零玉露，薄寒輕透。想江頭木葉，紛紛落盡，只餘得青山瘦。　　且問淒寥秋氣，當年宋玉應知否。半簾香霧，一庭煙月，幾聲殘漏。四壁吟蛩，數行征鴈，漫消杯酒。待東籬、綻滿黃花，摘取暗香盈袖。(冊五，頁 2389)

此詞末三句裁化自李清照〈醉花陰〉：「東籬把酒黃昏後，有暗香盈袖」，小鸞用「暗香盈袖」一語，較諸母親「淚留雙袖」、大姊「空沾衫袖」句，更富詩意，詞情深婉。小鸞歿後，母親宜修於崇禎六年（1633）重續舊韻，另作〈水龍吟〉（石城潮打千秋）一闋，與〈水龍吟〉（空明擊碎流光）為同時之作。此闋於空闊蒼茫之外，猶帶婉約之風，以景入情，懷古傷今：

> 石城潮打千秋，消磨不盡還相逗。閒雲無定，野水長縈，繽紛遠岫。古古今今，朝朝暮暮，如何參透。歎依然風景，茫茫交集，但憑得秋容瘦。　　看取嬋娟秋色，西風搖落應憐否。碧天空闊，寒煙無數，怨砧淒漏。把杯邀月，醉濃愁極，情同苦酒。悵幽山、叢桂飄殘，何處斷香盈袖。(冊三，頁 1564)

沈宜修母女除相互唱和層層轉深的長調外，小令體裁更是擅長。沈宜修〈浣溪沙〉二首，詞題云：「侍女隨春破瓜時善作嬌憨之態，諸女詠之，余亦戲作。」

> 袖惹飛煙綠鬢輕。翠裙拖出粉雲屏。飄殘柳絮未知情。
> 　　千喚懶回佯看蝶，半含嬌語恰如鶯。嗔人無賴惱秦箏。
> （冊三，頁 1541）

「宜修的令詞，含思宛轉，清輕流麗，尤長於〈浣溪沙〉詞調。」[註12]此詞寫隨春嬌嗔之態，刻劃細微。長女葉紈紈有酬和之詞，題為「同兩妹戲贈母婢隨春」，其詞云：

> 楊柳風初縷縷輕。曉粧無力倚雲屏。簾前草色最關情。
> 　　欲折花枝嗔舞蝶，半回春夢惱啼鶯。日長深院理秦箏。
> （冊四，頁 2171）

〔註12〕張仲謀：《明詞史》（北京：人民文學出版社，2002 年 2 月），頁 252。

次女小紈、季女小鸞亦有和作，葉小紈〈浣溪沙・爲侍女隨春作〉，描寫隨春天眞可人之狀：

> 鬆薄金釵半軃輕。佯羞微笑隱湘屏。嫩紅染面太多情。
>
> 　長怨曲闌看鬥鴨，慣嗔南陌聽啼鶯。月明簾下理瑤
> 箏。（冊五，頁 2256）

「小紈姊妹及其母宜修每人都爲她（隨春）寫了一首乃至多首詩詞，傳神寫照，繪聲繪色，就中小紈這一首尤佳。」〔註13〕將隨春的外在形貌縮合其行爲動作與內在心理，成功勾勒一具體人物特徵，令人頓覺其人活靈活現。葉小鸞同兩姊戲贈母婢隨春，情思靈動：

> 欲比飛花態更輕。低徊紅頰背銀屏。半嬌斜倚似含情。
>
> 　嗔帶澹霞籠白雪，語偷新燕怯黃鶯。不勝力弱懶調
> 箏。（冊五，頁 2378）

「侍女隨春，年十三四即有玉質，肌疑（凝）積雪，韻比幽花，笑昑之餘，風情飛逗。」〔註14〕隨春善嗔，故諸詞俱用「嗔」字。

　　同樣爲侍女隨春所作之詞篇，尚有沈宜修〈浣溪沙〉（春滿簾櫳不耐愁）、〈清平樂〉（凌波微步）、〈清平樂〉（楊花無力）三首，以及葉小紈〈浣溪沙〉（嫋娜隨風通體輕）一闋〔註15〕；其中沈宜修〈浣

〔註13〕張仲謀：《明詞史》（北京：人民文學出版社，2002 年 2 月），頁 258。

〔註14〕〔清〕馮金伯輯：《詞苑萃編》卷十六，收入《詞話叢編》（北京：中華書局，1986 年 1 月），冊三，頁 2108。

〔註15〕〔明〕沈宜修〈浣溪沙・侍女隨春破瓜時善作嬌憨之態，諸女詠之，余亦戲作〉其二：「春滿簾櫳不耐愁。蔚藍衫子趁身柔。楚臺風月那禁留。　畫扇半遮微艷面，薄鬟推掠只低頭。覷人偷自溜雙眸。」收入《全明詞》第三冊，頁 1541。沈宜修〈清平樂・爲侍女隨春作，似仲韶其一〉：「凌波微步。已入陳王賦。薄命誰憐愁似霧。惱亂燈前無數。　櫻桃紅雨難禁。梨花白雪空昑。落得春風消瘦，斷腸淚滴瑤琴。」其二：「楊花無力。拂袖憐春色。長愛嬌嗔人不識。水剪雙眸欲滴。　春風寶帳多情。裏王空惹雲行。惱得東君惆悵，夜寒脈脈愁盈。」收入《全明詞》第三冊，頁 1549。葉小紈〈浣溪沙・贈女婢隨春〉：「嫋娜隨風通體輕。臨風無語暗傷情。疑來洛浦不分明。　慣把白團兜粉蝶，戲將紅豆彈流鶯。見人故意反生嗔。」收入《全明詞》第五冊，頁 2256。

溪沙〉（春滿簾櫳不耐愁）一闋與前述和詞當為同時之作。與侍女隨春有關的詞作，猶有龐蕙纕〈鷓鴣天〉一闋〔註16〕，詞題云：「病中聞家慈同元姨為予誦經，誌感。」編者按之：「《詞苑叢談》：『隨春一名紅于，葉小鸞侍妾也。鸞歿後，歸龐氏，別字元元。』」〔註17〕由此可知，沈家諸女與龐蕙纕尚有這層關係。

1、沈宜修、葉紈紈

宜修二十一歲生長女紈紈，時為神宗萬曆三十八年（1610）六月；熹宗天啟六年（1626），紈紈芳齡十七，適袁儼之子，隔年隨翁赴官嶺西；思宗崇禎五年（1632）十月，紈紈返家哭亡妹小鸞，兩個月間，悲慟而歿。短短二十三年的生命裡，母女倆歷經無數生離死別，如沈宜修〈菩薩蠻・元夕後送別長女昭齊〉：

> 畫屏開宴燒銀燭。一樽重按陽關曲。小院罷燈紅。落梅吹斷風。　　簾前今夜月。明晚傷離別。到得看花時。依然愁獨知。（冊三，頁 1547）

感懷別思，摹寫入情。葉紈紈同調和母親贈別之作云：

> 樽前香焰消紅燭。可憐今夜傷心曲。衫袖淚痕紅。離歌淒晚風。　　匆匆苦歲月。相聚還相別。腸斷月明時。後期難自知。（冊四，頁 2172）

沈宜修詞上片敘離別前夕之景，燭光通紅中設宴奏曲，曲難成調；下片敘終宵傷別，願獨攬離愁之悲，思路中頗見身為長輩的理性與承擔。葉紈紈則更深化悲傷情調，當殘燭漸消，淚濕雙袖，聚散離合固屬無奈，而末尾自問歸期未有期，更添哀傷情緒。

2、沈宜修、葉小鸞

神宗萬曆四十四年（1616）三月，沈宜修二十七歲，生第三女葉

〔註16〕 其詞云：「終歲懨懨怯往還。盈盈兩袖淚痕潸。一心解織愁千縷，雙鬢慵梳月半彎。　　鸞被冷，瑣窗寒。翻經畫閣懺紅顏。枕函稽首殷勤意，不盡箋題寄小鬟。」收入《全明詞》第六冊，頁 3027。

〔註17〕 此事亦見《詞苑萃編》卷十六「龐蕙纕詞」條。詳見《詞話叢編》（北京：中華書局，1986 年 1 月），冊三，頁 2108。

小鸞，然家貧乏乳，只得將小鸞寄養舅家；熹宗天啓五年（1625）十一月，小鸞返家；隔年許字福建布政使張維魯長子張立平；思宗崇禎五年（1632）十月病歿，年僅十七。母沈宜修有〈蝶戀花・七夕〉詞：

> 佳節漫憑眞與誤。聊設罍樽，看取橋成渡。倩得蟬聲邀日暮。斜河一帶疏雲度。　乘興花陰杯莫負。望裏星飛，卻是流螢錯。遙憶難堪歸去路。明朝愁殺殘機坐。（冊三，頁 1558）

葉小鸞和以同調同題，頗見靈心慧性，其詞如下：

> 飛鵲年年眞不誤。機石停梭，掩映河邊渡。清露未消楊柳暮。落花借點疏螢度。　月色風光都莫負。酒酌芳樽，不把佳時錯。女伴隨涼池上路。海棠花畔吹簫坐。（冊五，頁 2387）

宜修寫愁思，小鸞賦閒情，並讀二詞，但見一樣七夕兩樣情，好比在現實情境中，已婚婦女與未婚少女對於七夕佳節，也是恁般各懷心事。此外，沈宜修〈水龍吟・六月二十四日和仲韶〉一闋，和夫婿葉紹袁韻：

> 碧天清暑涼生，流鶯啼徹閒庭院。又逢佳景，誰家遊冶，荐裳蘭釧。曲岸扶疏，遙山晻映，鉛華勻遍。看盈盈無數，簾鉤畫舫，煙渚落霞千片。　一望臙脂簇錦，恍當年、館娃遺鈿。朱顏既醉，粧窺水鏡，珠翻團扇。露濕雲凝，六郎何似，比將花面。還羨取、十里香風，皓月素波長見。
>
> （冊三，頁 1563）

風格典雅流麗，意境優美。而崇禎四年（1631），葉小鸞亦有次父葉紹袁六月二十四日作，於焉此詞與前詞乃見同調同韻之情形。

> 晝長人靜沈沈，綠楊正娟深深院。晝簾低映，薄羅無暑，汗消珠釧。蘭畹香清，湘筠影瘦，翠陰遮徧。聽蓮歌處處，悠揚逸韻，半入水風煙片。　一霎雨餘明淨，晚雲如黛花如鈿。舟移萍亂，芳香袖惹，媚風輕扇。一色紅粧，千重翠蓋，參差江面。更堪憐、歸路平波杳杳，夕陽斜見。（冊五，頁 2388）

末三句「更堪憐、歸路平波杳杳，夕陽斜見」之句讀處，與上闋「還羨取、十里香風，皓月素波長見」不同。查「杳杳」一詞，有深遠、幽暗之意，故不論作「平波杳杳」或「杳杳夕陽」，詞意皆可通；而「香風皓月」與「皓月素波」，對全詞意旨亦無甚差別；〈水龍吟〉一調，變體眾多，此處句式究該斷為 346 或是 364，尚無確論。唯宋人李之儀〈青玉案〉（小篷又泛曾行路）一闋，嘗云：「夕陽杳杳還催暮」，可供參酌。

（二）王鳳嫻、張引元

王鳳嫻，字瑞卿，號文如子，江蘇華亭人，解元王獻吉之姊，進士張本嘉妻室；周之標以其咳唾而成珠，將其作《焚餘草》輯入《蘭咳二集》中，存詞九首。長女張引元亦能詞，今存四首，與妹引慶有《雙燕遺音》一卷，附於其母《焚餘草》之後。《眾香詞》嘗曰引元「詞多憶母之作，永言孝思。」〔註18〕引元字文姝，嫁楊安世後，生計無憑，有春日懷家寄母一首，調寄〈念奴嬌〉：

> 燕舞鶯嬌，看韶光、又是清明時節。乍捲湘簾春晝永，病體素羅猶怯。恨寫孤桐，書傳隻雁，字字傷離別。欄杆徒倚，一腔心事難說。　繁華瞬息當年，舊遊回首，惟有西樓月。親老北堂違菽水，望裏暮雲遮疊。事業無成，紅顏易改，風景摧心折。珠沉璧委，恐驚明鏡容髮。（冊三，頁1050）

而瑞卿以詞代信，寄女張引元（文姝），欲託青鳥傳遞母女間的情意，詞云：

> 花嬌柳媚，問東君、正是芳菲時節。帳煖流蘇難報曉，睡起悄寒猶怯。鳥鳥情牽，青鸞信杳，追憶當年別。臨歧淚滴，衷腸哽哽難說。　淒涼望斷行雲，柴門倚徧，空對閒風月。屈指歸期無限恨，添得愁懷疊疊。鏡影非前，人情異昔，怎禁心摧折。憑誰訴得，一宵滿鬢華髮。（冊二，頁835）

〔註18〕〔清〕徐樹敏、錢岳同選：《眾香詞・射集》（清海陽程氏彤雲軒藍格鈔本），葉十五下。

「女兒未嫁，母女一家；女兒出嫁，則母女生別，分作兩家婦人。所以慈母與嫁女之間感情的繫念，總是帶有苦澀意味。」〔註19〕此詞寫盡思念愛女的愁緒，層疊堆積，苦悶之情直教人一夜髮白，然鳳嫻「多以小令的表現手法用於創作慢詞，所以氣格偏弱。」〔註20〕王鳳嫻、張引元母女除上述和作之外，引元另有〈點絳唇・答母〉、〈浪淘沙・憶母〉兩闋，且讀其〈點絳唇〉詞：

> 時節朱明，暖風初入芭蕉院。歸期日盼。鬆盡黃金釧。　　病起南樓，愁睇將雛燕。無由見。白雲何幻。十二欄凭遍。（冊三，頁 1050）

首句點明時間為朱明，亦即夏季，收到母親的來信，回應道自己也是盼著回家，奈何形容消瘦、病體孱弱，只能憑欄望遠，稍解相思之苦。此處或用狄仁傑「白雲親舍」典〔註21〕，寄寓客居思親之意。〈浪淘沙〉詞則述其憶母之思，意惹情牽，連綿不斷，其詞如下：

> 新月冷雕簷。離思綿綿。椒花未舉已潸然。可惜清光如晝也，兩地愁看。　　撥盡玉爐烟。蘭麝慵添。瑤章三復轉情牽。目斷征帆何處是，錦字誰傳。（冊三，頁 1050）

附帶一提，王鳳嫻次女引慶字媚姝，《全明詞》未錄，但從王鳳嫻詞中，可見其〈憶秦娥〉二闋乃為追憶引慶所作，時引慶已亡故，讀此老母哭女之悼亡詞，泣血灑淚，令人感慨。其一云：

> 牽裾別。欲行還止心摧折。心摧折。羅衫袖漬，衷腸淚血。　　倚門目斷魚書絕。驚聞已逐波流月。波流月。空悲老我，雙鬢垂雪。（冊二，頁 834）

鳳嫻以「牽裾」、「倚門」述依戀之情；「欲行還止」、「波流月」狀迷

〔註19〕王步高主編：《金元明清詞鑑賞辭典》（南京：南京大學出版社，1989年 4 月），頁 362。

〔註20〕黃拔荊：《中國詞史》（福州：福建人民出版社，2003 年 5 月），頁 133。

〔註21〕典出《新唐書》卷一百一十五〈狄仁傑列傳〉，傳云：「仁傑登太行山，反顧，見白雲孤飛，謂左右曰：『吾親舍其下。』瞻悵久之，雲移乃得去。」故後世以「白雲親舍」比喻遊子在外，思念家中父母之情。

離恫怳之態，淚血交織之慟，瀰漫紙間。其二云：

> 長歌咽。芳魂不返徒悲切。徒悲切。寒烟遠樹，爲將愁結。
>
> 烏棲啞啞人聲絶。傷心一片中天月。中天月。可憐猶
>
> 照，舊粧空闊。（冊二，頁834）

悲述其摧心裂肝之悲，痛陳傷惋凄切之苦，令人爲之鼻酸喉咽，不忍卒讀。全詞但見一片月下殘景，憶及引慶芳魂杳杳，更添人去樓空之落寞。

（三）黃德貞、孫蘭媛、孫蕙媛

黃德貞字月輝，浙江嘉興人，明瓊州司理黃守正孫女，孫曾楠妻室，存詞十五首。二女蘭媛、蕙媛俱能詩詞。孫蘭媛字介畹，乃孫曾楠與黃德貞的長女；蕙媛字靜畹，蘭媛妹，早寡，詞工小令，今存八首。黃德貞與蘭媛、蕙媛母女之間並無和作，孫蘭媛存詞九首，亦未見述及母女親情的篇章，不過從孫蕙媛〈摘得新·侍母〉一詞，可想見蕙媛對於母親的孺慕之情，其詞云：

> 鏡影單。芭蕉細雨寒。瑣窗人薄命，倚欄干。喜隨白髮同
>
> 朝暮，勸加餐。（冊六，頁3207）

「喜」字與前述影單、天寒、薄命云云形成強烈對比，末言加餐飯，看似平凡無奇，卻眞實道出爲人子女者孝養之意。《林下詞選》嘗云此詞「多韻語，不雜脂粉」。〔註22〕

（四）瞿寄安、韓智玥

瞿寄安爲狀元韓敬妻室，存詞兩首。韓智玥字潔存，韓敬、瞿寄安之女，于鑾妻室，存詞五首。但兩人的詞篇往還皆不以母女相稱，詞題多作「寄于夫人」、「柬瞿夫人」云云，何以如此，令人費解。韓智玥〈浣溪沙·柬瞿夫人〉三首其一：

> 玉筯雙垂透臉寒。十離詩就背人看。閒愁贏得幾多般。
>
> 月轉空階天欲曙，香縈倦枕夢初闌。相思一夜小梅

〔註22〕〔清〕周銘輯：《林下詞選》卷十二，收入《續修四庫全書》集部詞類，冊1729，卷十二葉六下。

殘。（冊三，頁 1582）

此詞寫因思念而終宵不寐、輾轉反側之愁思，詞中所謂「十離詩」乃唐代女詩人薛濤所作〔註23〕。或云此詞「寫閨中詩友久別相思」〔註24〕，就詞意看，此說可行，但就詞題言，不免扞格，筆者以爲此乃韓智玥寄母之作。其二云：

刻燭相期已過痕。忽寒光試浴泉溫。瑣窗人靜月如銀。

自是別來渾不忘，閒將舊事重追論。感恩何必說酬

恩。（冊三，頁 1582）

此詞寫兩人相別多時，己身仍不忘前事；憶及昔日種種，但感恩情深重，難以酬報，只得常存感激之情，聊表寸心。其三云：

短燄流銀耿曙窗。護霜殘月吠寒厖。飛蓬流水去匆忙。

一股鸞釵慰離別，三條紈素說思量。夢魂遮莫渡滄

浪。（冊三，頁 1582）

此篇詞意與其一、其二相仿，惟「夢魂遮莫渡滄浪」語，藉無所拘檢之夢魂，涉水奔赴相思之所在，極寫思念之深。無獨有偶，瞿寄安賦有〈長相思‧寄于夫人〉詞一闋，韓智玥乃于鑾妻室，「于夫人」一稱雖不合情，卻屬合理之語，或云：「〈長相思‧寄于夫人〉詞，可能是寄給韓智玥婆母的作品。」〔註25〕觀夫詞作內容，可能性極小，筆者以爲此乃瞿寄安寄女之作，詞云：

朝含顰。暮含顰。風動疏簾疑是君。相思欲斷魂。　　試

羅裙。褪羅裙。鴛瓦霜飛病又新。天涯兩地人。（冊三，頁

1340）

此篇極言別離之苦與盼歸之切，詞短而情長。兩地相思之情與韓智玥

〔註23〕《全唐詩》曰：「元微之使蜀，嚴司空遣濤往事，因事獲怒，遠之，濤作十離詩以獻，遂復善焉。」詳見〔清〕曹寅、彭定求等輯：《全唐詩》，北京：中華書局，1960 年 4 月）第 23 冊，頁 9043。此處韓智玥援薛濤〈十離詩〉故實，與原作詩意無涉。

〔註24〕詳見林煥文主編：《詞學辭典》（成都：四川辭書出版社，1991 年 6 月），頁 515。

〔註25〕詳見林煥文主編：《詞學辭典》（成都：四川辭書出版社，1991 年 6 月），頁 580。

〈浣溪沙·柬瞿夫人〉三首提及的久別之思兩相呼應，但瞿寄安此作述及新病舊疾，更添哀戚。

二、旁系血親——姊妹詞人

姊妹乃半世手足，亦爲平生師友，無論邀題、助讀，彼此同食共飲，閒暇時則以唱和相磨礪，親暱關係可想而知。如葉紈紈、葉小紈與葉小鸞三人，感情甚篤，小鸞、紈紈相繼而卒，小紈曾譜雜劇《鴛鴦夢》，追悼姊妹之情；沈憲英與沈華曼姊妹同爲吳江沈氏家族重要女作家，乃沈自炳之女，即沈宜修女姪，飽受家學薰陶；彭琬與彭琰姊妹爲彭孫遹姑母，詩詞造詣深厚；顧長任與顧姒姊妹出自名門之後，自幼耳濡目染，故頗擅詩詞篇章。此中又以葉紈紈姊妹三人最具代表性。餘如：

（一）商景蘭與商景徽：商景蘭，字媚生，存詞五十六首；商景徽，字嗣音，適徐仲山，與胞姊商景蘭「俱以閨秀爲越郡領袖」〔註26〕，存詞三首。

（二）沈宜修與沈智瑤：沈宜修字宛君，江蘇吳江人，山東副使沈珫之女，虞部葉紹袁妻室，存詞一九○首；沈智瑤一名沈淑女，字少君，沈宜修妹，存詞一首。

（三）沈榛與沈栗：沈榛字伯虔，一字孟端，浙江嘉善人，南昌司李沈玉虬長女，孝廉錢書樵室，存詞四十五首；沈栗字恂仲，沈玉虬次女，陳仲嚴妻室，存詞四首。

（四）吳綃與吳琪：吳綃字冰仙，一字片霞，號素公，江蘇蘇州人，吳水蒼女，常熟許瑤妻室，存詞五十六首；吳琪字蕊仙，號佛眉，吳綃之妹，管予嘉妻室，存詞十首。

（五）王靜淑與王端淑：王靜淑字玉隱，號隱禪子，浙江紹興人，侍郎王季重長女，陳樹勳妻室，存詞三首；王端淑字玉映，

〔註26〕〔清〕毛奇齡：《西河詞話》，收入《詞話叢編》（北京：中華書局，1986年1月），冊一，頁580。

號映然子、青蕪子，王季重次女，丁肇聖妻室，存詞九首。

（六）韓珮與韓宛：韓珮字照玉，浙江金華人，存詞六首；韓宛
字湘煙，韓珮之妹，存詞七首。

（七）趙氏與趙承光〔註27〕：趙氏，浙江杭州人，湖南觀察趙雲
岑之女，海寧查容妻室，存詞一首；趙承光字希孟，趙雲
岑第五女，朱喬三妻室，存詞十七首。

（八）呼舉與呼采〔註28〕：呼舉字文淑，號素蟾，江夏營妓，後
歸臨皋孝廉王追美，存詞三首；呼采字文如，江夏營妓，
後歸麻城邱謙之，存詞兩首。

（九）賀祿與賀潔：賀祿字宜君，江蘇丹陽人，賀裳之女，存詞
一首；賀潔字靚君，賀裳之女，溧陽史左臣妻室，存詞五
首。

（十）吳貞閨與吳靜閨：吳貞閨字首良，江蘇吳江人，進士吳仕
銓女，溫子孟妻室，存詞一首；吳靜閨字珮典，吳貞閨之
妹，汝南周妻室，存詞兩首。

（十一）柴貞儀與柴靜儀：柴貞儀字如光，浙江杭州人，孝廉柴
雲倩長女，諸生黃介眉妻室，存詞兩首；柴靜儀字季嫻，
柴雲倩次女，沈鏐妻室，存詞四首。

（十二）顧諟與顧蕙：顧諟字天孫，江蘇崑山人，宗伯顧錫疇之
女，武進董玉虬妻室，存詞兩首；顧蕙字又蘇，顧錫疇
之女，顧諟之妹，烏程沈氏妻室，存詞兩首。

（十三）楊徹與楊徵：楊徹字朝如，江蘇蘇州人，解元楊廷樞之
姊，韓君明妻室，存詞七首；楊徵字元卿，楊徹之妹，
徐廷棟妻室，存詞六首。

〔註27〕趙氏與趙承光皆為湖南觀察趙雲岑之女，兩人當屬姊妹無疑，惟承光
排行第五，趙氏之姓名與排行均不傳，以致無法判別孰為姊孰為妹。

〔註28〕呼舉與呼采皆為青樓詞人，世傳二人素以姊妹相稱，呼舉字文淑，
呼采字文如，雖不知二人是否為嫡親姊妹，然就字號觀之，亦不無
可能。

（十四）寇湄與寇皚如：寇湄字白門，金陵妓，存詞兩首；寇皚
如字貞素，金陵妓，寇白門妹，存詞三首。

（十五）章有嫻、章有湘與章有渭：章有嫻字媛貞，一字瑞麟，
江蘇華亭人，羅源知縣章簡長女，楊芍妻室，存詞兩首；
章有湘字玉筐，又字令儀，號橘隱居士，章簡次女，進
士孫中麟妻室，存詞三首；章有渭字玉瑱，章簡季女，
侯泫妻室，存詞兩首。

（十六）張學雅、張學儀、張學典、張學象、張學聖與張學賢皆
為姊妹詞人的代表，各存詞數闋，其中張學儀曾集其姊
張學雅遺稿《繡餘草》，而張學典、張學象則為雙胞胎姊
妹。

　　上述諸人雖皆屬姊妹詞人，因彼此間並無和作，詞作、詞題亦未
見提及姊妹情誼的相關資料，故下文略而不論。以下僅討論女詞人之
詞作中詞題、內容涉及姊妹關係，可藉以推斷手足互動者，依次為（一）
葉紈紈、葉小紈、葉小鸞；（二）沈憲英、沈華曼；（三）彭琬、彭琰；
（四）顧長任、顧姒四組。

（一）葉紈紈、葉小紈、葉小鸞

　　葉氏三姝才高八斗，「盡稱令暉、道蘊，萃於一門，惜乎天靳之
以年也」〔註29〕，紈紈、小鸞香消玉殞後，小紈嘗為姊妹作雜劇《鴛
鴦夢》以悼念之。當年，三人尚在閨中，一早春日暮，姊妹開坐小閣
中，「共語憐今夜」〔註30〕、「話長嫌漏促」〔註31〕，葉紈紈賦有〈菩

〔註29〕〔清〕沈雄：《古今詞話·詞話下卷》，收入《詞話叢編》（北京：中
　　　　華書局，1986 年 1 月），冊一，頁 821。

〔註30〕其詞云：「遲遲暝色籠庭院。小窗靜掩香猶暖。風弄竹聲幽。蕭蕭卻
　　　　似秋。　　愁懷長自訝。共語憐今夜。舊意與新情。湘江未是深。」
　　　　收入《全明詞》第四冊，頁 2172。

〔註31〕其詞云：「寂寥小閣黃昏暮。依依恍若天涯遇。窗外月光寒。映窗書
　　　　幾刪。　　話長嫌漏促。香爐應須續。幾種可傷心。訴君君細聽。」
　　　　收入《全明詞》第四冊，頁 2172。

薩蠻〉以誌當時情景，詞序云：「早春日暮，共兩妹坐小閣中，時風竹蕭蕭，恍如秋夜，慨焉賦此」。〔註32〕

　　大姊葉紈紈字昭齊，葉紹袁與沈宜修的長女，袁了凡孫媳，嘗作〈瑣窗寒・憶妹〉一首：

> 蕭瑟西風，啼螿滿院，轆轤聲歇。流螢暗照，歸思頓添淒切。
> 更那堪、近來信稀，盈盈一水如迢遞。想當初相聚。而今難
> 再，愁腸空結。　　從別。數更節。念契闊情悰，驚心歲月。
> 舊遊夢斷，此恨憑誰堪說。漸江天、香老蘋洲，征鴻不向愁
> 時缺。待聽殘、暮雨梧桐，一夜啼紅血。（冊四，頁2174）

詞中感嘆姊妹間近來音信疏索，憶及昔日的歡聚時光，益發顯得今日的寂寞心緒。據「數更節」一語，可知此詞當為紈紈嫁後所作。二姊葉小紈則有〈菩薩蠻・別妹〉一首，同樣敘寫離情，詞云：

> 燈前半載消魂酒。明朝又欲重回首。月冷黛痕低。庭花向
> 晚迷。　　薰風初入面。帶得殘春倦。歸夢落霞邊。湖光
> 蕩漾天。（冊五，頁2257）

小紈是三姊妹中壽命最長的，因而，姊妹中她所經歷的生離死別尤多。此詞筆觸清淡，情韻悠遠，或為年少之作，詞中透露與妹妹分別後，那份似有若無卻無所不在的心緒，好比春夏之交，向晚時分，總有無端倦意，陣陣襲來。三妹葉小鸞則在〈謁金門・秋晚憶兩姊〉一詞中，提及思念紈紈、小紈的情形：

> 情脉脉。簾捲西風爭入。漫倚危樓窺遠色。晚山留落日。
> 　　芳草重重凝碧。影浸澄波欲濕。人向暮煙深處憶。繡
> 裙愁獨立。（冊五，頁2380）

此詞最明顯傳達的是孤獨之感，想舊日閨中，日夕晨昏，姊妹三人相互依偎，吟詠唱酬，好不愜意。對比今昔，無怪乎今日「獨立」高樓之際，愁緒會油然而生。小鸞筆力尤健處在於「芳草重重」、「暮煙深處」二句，「重重」與「深處」兩詞雖然淺易，卻能夠成功營造出詞境的層次感，當然也只有繁複幽邃的心事，能讓筆端愈往杳渺處去。

〔註32〕見《全明詞》第四冊，頁2172。

紈紈嫁後，葉小鸞嘗作〈踏莎行·過芳雪軒憶昭齊姊〉三首，其一與葉小紈〈踏莎行·過芳雪軒憶昭齊先姊〉一闋互見，內容分毫無差，但仔細分析，此詞應非小鸞所作，一來由「又過清明」句，疑係悼亡之作，然小鸞早紈紈而歿，故非其作；二來詞中所述「十年離恨」一語，若作紈紈嫁後，姊妹分隔兩地，是以離恨滿懷解，小鸞乃歿於長姊嫁後六年，顯然時間點不合。茲錄小紈詞如次：

> 芳草雨乾，垂楊烟結。鵑聲又過清明節。空梁燕子不歸來，梨花零落如殘雪。　　春事闌珊，春愁重疊。篆烟一縷銷金鴨。憑闌寂寂對東風，十年離恨和天說。（冊五，頁2256）

而葉小鸞〈踏莎行·過芳雪軒憶昭齊姊〉三首其二云：

> 萱草緣階，桐花垂戶。陰陰綠映清涼宇。輕風搖曳繡簾斜，畫屏難掩愁來路。　　世事浮雲，人情飛絮。懨懨愁緒絲千縷。無聊常自鎖窗紗，嬌鶯百囀知何處。（冊五，頁2389）

芳雪軒是大姊葉紈紈的住所，昭齊即紈紈字。小鸞由遠而近，從室外寫到室內，先交代芳雪軒外因主人出嫁，疏於整理而草木繁生；接著寫走入軒內，繡簾、畫屏之後，再也無法得見姊姊倩影而引起的萬般愁緒。此情此景看在小鸞眼裡，儘管感傷，但也知此乃人之常情，姊姊終歸是要離開家的，因此只得緊閉窗紗，靜靜待在軒內懷想故人，不知軒外燕語鶯啼，是否知曉姊姊此刻的行蹤？

其三云：

> 憔悴零愁，清香入繡。小山叢桂塗黃就。畫樓日影上簾鉤，松風一枕消清晝。　　片雨涼生，小風波皺。疏疏碎玉琅玕逗。斷雲飛盡碧天長，數枝煙柳斜陽瘦。（冊五，頁2389）

此詞就內容觀察，除「憔悴零愁」一句為抒情之語，其餘均為寫景，檢閱小鸞詞中，另有〈踏莎行〉題為「秋景」（《全明詞》冊五，頁2386），除首句「悴葉零愁」及第三句「王孫桂小塗黃就」與下片第三句「疏疏翠玉琅玕逗」外，其餘和〈踏莎行·過芳雪軒憶昭齊姊〉三首其三，字句完全相同，可見此詞亦屬重覆誤收。

（二）沈憲英、沈華曼

沈憲英，字惠思，沈自炳長女，今存詞六首；其妹沈華曼字端容，號蘭餘，沈自炳次女，諸生丁彤妻室，存詞兩首。憲英有〈虞美人·留別蘭妹〉詞，因華曼號蘭餘，故此處憲英逕稱其為蘭妹，茲錄該詞如次：

> 白雲掩映青山老。鬢入霜華早。今朝且醉畫屏前。明日還
> 移小艇綠楊煙。　黃昏細雨重門鎖。挑盡孤燈火。〔註33〕
> 斷腸無處問天公。（冊五，頁2393）

憲英於詞中感嘆自身年華老大，且生活寂寥、苦楚不堪，也想過抱持瀟灑態度，面對生命磨練，卻終究不敵孤單寂寞予人的窒息之感，如此心酸悲涼情狀，竟無處可說，只能向妹妹華曼吐露心事，以求得慰藉。

（三）彭琬、彭琰

彭琬字玉映，浙江海鹽人，彭期生之妹，適浙江總兵馬夢驊之子，今存詞三首；彭琰字幼玉，彭琬之妹，朱化鵬妻室，存詞兩首。二人為清代詞人彭孫遹姑母。彭琰〈一寸金·詠十姊妹花，呈玉映女兄〉詞云：

> 繡幄銀屏，生小連枝開取次〔註34〕。笑昭陽合德，空傳雙
> 絕，二喬傾國，輸他未字。林下標風致。論才貌、誰甘第
> 二。閨中費、幾許評章，連譜添枝上花史。　　只數排行，
> 難分娣姒，紅顏總相似。便成都眉樣，妝成一色，回心詞
> 艷，香分何處。惱亂探花史。原只合、花間序齒。殊非是、
> 十八封姨，花信知同乳。（冊三，頁1468）

「十姊妹花」即薔薇花，莖細長柔軟，呈蔓狀。重瓣，葉葉覆蓋，枝枝相通。夏季開花，以甜湯調服，有治療傷寒的功用。「昭陽合德」用趙飛燕、趙合德姊妹事；「二喬」則指三國時代大喬、二喬姊妹，連下兩例比喻姊妹間只分長幼，卻無高下之別。玉映女兄即彭琰之姊彭琬，此詞雖云詠十姊妹花，同時也是在褒讚自家姊妹二人同根連枝，才貌旗鼓相當。由此或可見姊妹詞人相互標榜、積極創作的友伴心態。

〔註33〕「桃盡孤燈火」之「桃」字誤，全句應為「挑盡孤燈火」，逕改之。
〔註34〕《全明詞》原斷作「生小連、枝開取次」，「連」、「枝」二字逕開，
　　　於意不合，逕改之。

（四）顧長任、顧姒

顧長任字重楣，號霞笈仙姝，浙江杭州人，青浦少尹顧簫雲女，林寅三妻室，今存詞四首。顧姒字啓姬、仲姒，顧長任之妹，鄂幼輿妻室，存詞十五首。顧姒嘗作〈桃源憶故人・寄姊重楣〉二首，重楣即顧長任，其一云：

> 雨餘花外鶯聲囀。添得離人腸斷。回首寂寥庭院。懶把湘簾捲。　　銀屏曲曲都凭遍。此際離愁千萬。羅袖淚痕無限。欲寄天邊雁。（冊五，頁 2589）

此詞雖用語淺顯，從「腸斷」、「凭遍」、「千萬」、「無限」諸詞，卻能夠明顯感覺到作者的情感直接而強烈，敘寫姊妹分隔兩地，落寞寂寥之情，語氣無比沉重。其二云：

> 經年怕睹天邊月。做盡淒涼時節。不解離人傷別。倏忽圓還缺。　　東風昨夜吹漁帖。半幅新詞悽絕。誰道關山隔越。歷歷燈前說。（冊五，頁 2589）

承接上詞，「經年」一句透露姊妹倆離別已非一朝一夕，闊別之甚，無怪乎顧姒對姊姊思念之深切。此詞寫昨夜獲接姊姊音信，由於兩人睽違多年，彼此僅賴魚雁往返，稍解相思；因此離情悽慘，也只能夠在燈前展信之際，細數從頭。

第二節　表親關係

表親指血緣相近的親戚關係，如伯父、叔父、姑母、舅父、姨母，及其子女孫輩。但廣義而言，女詞人透過婚姻行爲，與丈夫之表親亦視同爲表親關係。如（一）黃淑德與項蘭貞：黃淑德字柔卿，浙江嘉興人，參政黃承昊從妹，屠耀孫妻室，嘗作〈秋暮寄懷孟畹〉詩〔註35〕，孟畹即項蘭貞，世傳黃淑德爲項蘭貞姑母，其實項蘭貞乃黃卯錫妻室，亦即黃淑德之侄婦，兩人乃是透過黃卯錫而形成姑姪關係。（二）沈紉蘭

〔註35〕〔明〕沈宜修：《伊人思》選錄，收入〔明〕葉紹袁編，冀勤輯校：《午夢堂集》（北京：中華書局，1998 年 11 月），冊上，頁 554。

與項蘭貞：沈紉蘭字閒靜，一作閒靚，浙江嘉興人，參政黃承昊妻室，嘗作〈秋日舟中懷孟晼暨仲芳姪女〉詩〔註36〕，孟晼即項蘭貞，浙江嘉興人，貢生黃卯錫妻室，兩人也是透過黃卯錫而形成姑姪關係。（三）季嫻與李妍同屬此類情形。

一、姑姪詞人

　　沈宜修、沈智瑤姊妹與沈憲英、沈華曼姊妹同爲沈氏家族女詞人，分屬兩代，沈智瑤與沈憲英父沈自炳爲姊弟，是以沈智瑤與沈憲英爲姑姪；而張學雅、張學儀、張學典、張學象、張學聖、張學賢姊妹爲張拱端女，張桓少乃張拱端孫女，是以張學儀與張桓少亦屬姑姪關係。餘如：

　　（一）紀映淮與紀松實：紀映淮字冒綠，小字阿男，江蘇南京人，金陵紀竹遠之女，紀映鐘之妹，莒州諸生杜李妻室；紀松實字多零，紀映鐘之女，揚州王易妻室。

　　（二）彭琬、彭琰與彭孫婧：彭琬字玉映，浙江海鹽人，彭孫遹姑母，今存詞三首；彭琰字幼玉，彭孫遹姑母，彭琬之妹，存詞兩首；彭孫婧字變如，彭孫遹之姊，錦縣陳龍孫妻室，存詞三首。

　　上述皆爲姑姪詞人的代表，其中彭琬有〈蝶戀花・悼女佺〉〔註37〕詞，未知是否即爲姪女彭孫婧所作？以下僅討論女詞人之詞作中詞題、內容涉及姑姪關係，可藉以推斷其親密互動者，依次爲（一）沈智瑤、沈憲英；（二）張學儀、張桓少；（三）季嫻、李妍三組。

（一）沈智瑤、沈憲英

　　沈智瑤，一名沈淑女，字少君，江蘇吳江人，沈宜修季妹，年三十餘，以怨恨自沉而死，今存詞一首。沈憲英，字惠思，又字蘭支，

〔註36〕〔明〕沈宜修：《伊人思》選錄，收入〔明〕葉紹袁編，冀勤輯校：《午夢堂集》（北京：中華書局，1998年11月），冊上，頁554。

〔註37〕其詞云：「多少韶華愁裏度。粉淚梨花，萬點當窗戶。簾幕葳蕤香裊霧。春閨不見深深坐。　瓊葩卻被東君妬。極目雲山，何處歸來路。舊日芳姿憑夢睹。蕭蕭烟雨朱樓暮。」收入《全明詞》第三冊，頁1468。

沈自炳長女，沈宜修、沈智瑤之內姪女也，後適葉世傛，因而成為沈宜修媳婦，存詞六首，有〈水龍吟〉詞，詞題云：「哭少君姑母以沉水死」，其詞如下：

> 水晶深處瓊樓，湘簾半捲鮫綃軟。桂旗翠陌，平沙碧草，瑤天煙暖。寶柱哀絃，曲終人杳，晚江清淺。奈芳菲、極目雲霞未賞，都倩靈妃游伴。　　寂寞楚山高遠，聽啼猿、一聲腸斷。鏡消菱月，釵沉蘭霧，霎時分散。恨逐波香，愁隨浪影，一天幽蕙。歎消魂、正是白蘋黃葉，暮鴻飛亂。
>
> （冊五，頁 2393）

此詞乃沈憲英為祈願姑母沈智瑤亡魂能夠安息所作。「桂旗」是用桂花枝作的旗幟，多繫於神祇車上；「靈妃」即洛神宓妃。上片前半段意在撫慰亡靈，鋪陳一極樂世界；後半段則回返內心情緒，哀憐姑母早逝，望其早登仙界。下片則歷述心中滿懷悲憤、幽思感嘆之意，寫來無限蕭索，讀之令人悵然。

（二）張學儀、張桓少

張學儀，字古容，山西太原人，寓居於江蘇蘇州，明兵部職方張拱端第三女，金壇于給事中泟妻室，今存詞四首，與張桓少為姑姪關係。張桓少字克君，張拱端孫女，諸生張延邵次女，太學潘景曜妻室，存詞三首。張桓少嘗作〈謁金門〉詞，詞題云：「寄懷古容三姑母，時長君太史于千英表兄迎養京師。」茲錄該詞如次：

> 愁脉脉。又是金風蕭瑟。吳樹燕雲山水隔。淚痕頻自拭。　　欲訴離懷難悉。數載相思誰識。試把彩箋還駐筆。鱗鴻無處覓。（冊六，頁 3417）

上片「吳樹燕雲」點出自己與姑母相隔之遠，下片「鱗鴻無處覓」感嘆兩人失去聯絡、音信杳絕，桓少內心的別離愁思，想要對人傾訴，恐怕沒人能夠了解；想要提筆寫下，也無處投寄。

（三）季嫻、李妍

季嫻字靜姝，一字辰月，號元衣女子，江蘇泰興人，吏部立事季

寓庸之女，適李長昂，今存詞六首。李妍字安侶，解受茲妻室，存詞兩首，曾賦〈送入我門來〉詞，詞題云：「餞送姑母季靜姝夫人之任楚中」。茲錄該詞如次：

> 柳正青時，杏初紅處，堂前惜別依依。錦帆遙發，把酒正躊躇。萬疊吳山，千重楚樹，漠漠烟光一望迷。　猶惜同枝迢遞，遙見旌旗江上，鐃吹星馳。春風節鉞，覽勝好留題。計程何日臨仙署，黃鶴樓頭梅落時。（冊六，頁3371）

詞題中李妍稱季嫻爲姑母，但兩人不同姓氏，卻以姑姪相稱，查季嫻爲李長昂妻室，故推知兩人應爲透過婚姻行爲，與丈夫之姑母視同姑姪關係。由此詞可知，季嫻將行，李妍爲之餞別，上片寫依依不捨的離別場面，「吳山」、「楚樹」點出此行的目的地；下片則預祝姑母此去，如同大使攜帶象徵天子威信的符節斧鉞般，一路春風得意，途中還能夠遊賞名勝，就地題詠。全詞首尾呼應，祝福之意遠多於離別之情。

二、表姊妹詞人

伯父、叔父、姑母、舅父、姨母的女兒稱爲表姊妹。如沈宜修與沈靜專：沈靜專字曼君，沈璟第三女，乃宜修從妹，今存詞八首；餘如顏繡琴與葉氏三姊妹、葉氏三姊妹與沈憲英、黃德貞與黃媛介皆爲表姊妹詞人，下文有詳細介紹。附帶一提，沈宜修與弟媳張倩亦爲表姊妹詞人，因身分特殊，筆者權宜將之納入姑嫂詞人的章節，予以討論。

此外，《全明詞》第六冊頁2864「夏淉」之小傳亦提及湘友與吳蕊仙爲中表親，夏淉字湘友，吳蕊仙即吳琪，中表親乃指表兄弟姊妹結爲夫妻，兩人的親屬輩份或爲表姊妹，惜無詞例，故略而不論。以下僅討論女詞人之詞作中詞題、內容涉及表姊妹關係，可藉以推斷其親密互動者，依次爲（一）顏繡琴、葉紈紈；（二）葉小鸞、沈憲英；（三）黃德貞、黃媛介三組。

（一）顏繡琴、葉紈紈

顏繡琴字清音，一作青音，江蘇吳縣人，葉紹袁甥女，適吳江葉

氏，葉氏三姊妹以表姊稱之，今存詞三首。葉紈紈字昭齊，江蘇吳江人，葉紹袁、沈宜修長女，存詞四九首（註38）。顏繡琴嘗作〈長相思·憶葉昭齊表妹〉詞，昭齊即葉紈紈：

> 思漫漫。恨漫漫。春色芳菲取次看。閒庭花影寒。　　倚欄干。憑欄干。夢見雖多相見難。紅香泣夜殘。（冊四，頁1933）

此詞乃顏繡琴寫給葉紈紈的輓詞，敘述紈紈死後，自此天人永隔，繡琴思念非常，即使春色滿園，亦無心遊賞；奈何不得相見，幾度夢中聚首，更深夜靜之時，似聞庭中花草悲泣。

（二）葉小鸞、沈憲英

沈憲英字惠思，又字蘭支，江蘇吳江人，沈自炳長女，葉紹袁第三子葉世傛妻室，今存詞六首。葉小鸞字瓊章，一字瑤期，自號煮夢子，江蘇吳江人，葉紹袁、沈宜修季女，崑山張立平聘室，存詞九十餘首。沈憲英有〈點絳唇·憶瓊章表姊〉，瓊章即葉小鸞：

> 簾外生寒，謝娘風絮無人見。桃花如面。腸斷春歸燕。　　人去瑤臺，祇覺東風賤。花成霰。夕陽橫岸，雲掩重門院。（冊五，頁2393）

此詞乃沈憲英寫給葉小鸞的輓詞，「謝娘風絮」用謝道韞事，借指詠絮之才，上片一方面讚賞小鸞才貌雙全，二方面也哀悼其紅顏薄命；下片續寫悼念之意，感嘆表姊生命的凋零，好比落花紛飛，舊時庭院，如今一片黯慘。

（三）黃德貞、黃媛介

黃德貞字月輝，浙江嘉興人，黃守正孫女，孫曾楠妻室，存詞十五首。黃媛介字皆令，浙江嘉興人，黃德貞從妹，楊世功妻室，存詞十六首。黃德貞與黃媛介兩人為堂房親屬，媛介嘗於秋夜憶姊月輝，

〔註38〕《全明詞》錄葉紈紈詞共五〇首，惟冊四、頁2174〈滿江紅〉（桂苑香消）與同冊、頁2177〈滿江紅〉（桂子香消）兩闋重複，故云紈紈存詞四十九首。詳見附錄三「明代女詞人詞作重出對照表」第一類。

調寄〈憶秦娥〉，月輝即黃德貞：

> 秋寂寂。月寒風細涼無力。涼無力。今宵情怨，舊時離隔。
> 　　黃昏門擲秋天碧。寒江縹緲聞吹笛。聞吹笛。樓高夢
> 遠，夜長聲急。（冊六，頁3014）

上片以「寂寂」、「寒」、「涼」等字眼營造出秋夜的蕭颯氣息，加之快拍節奏的笛聲，午夜時分聽來格外刺耳，令人怏怏不安；下片雖不言憶，而悶倦乏力、輾轉反側的掛念心情自見。

第三節　姻親關係

　　親族間的交遊酬酢既表現於和韻、贈答等詞作題材，加上生活背景的雷同親近，有助於作品的繫聯，並加強作品解讀的深刻性。江南地區的文化家族現象鮮明，舉世代聯姻的吳江沈、葉家族為例，以沈宜修與葉氏三姊妹為核心的家族女詞人約十二位〔註39〕。正如陳水雲在〈20 世紀的清代女性詞研究〉〔註40〕一文中所言，對於閨秀詞人們的家族性特徵進行分析，乃是目前清代女性詞研究上的新視角，筆者認為此看法亦切合於明代女詞人研究領域。

　　透過姻親關係而產生聯繫的親族式女詞人，包括姑嫂、妗甥、妯娌或婆媳詞人，其中姑嫂詞人、妗甥詞人詳如下文，妯娌詞人目前未見，而婆媳詞人有：

　　（一）吳胐與李懷：吳胐字華生，一字凝真，號冰蟾子，江蘇華亭
　　　　　人，吳叔純女，嘉善曹焜妻室，曹爾垓母，今存詞七首；李
　　　　　懷字玉燕，江蘇華亭人，李灝女，曹爾垓妻室，存詞十三首。

　　（二）郁大山與潘端：郁大山字靜如，江蘇青浦人，倪端夫妻室，
　　　　　倪永清母，存詞兩首；潘端字慎齋，江蘇婁縣人，倪永清
　　　　　妻室，存詞三首。

〔註39〕詳見附錄一「明代女詞人小傳」。
〔註40〕詳見陳水雲：〈20 世紀的清代女性詞研究〉，《婦女研究論叢》2004
　　　　年第一期（2004 年 1 月），頁 71。

一、姑嫂詞人

姑嫂乃婦女本身與丈夫姊妹的合稱，屬於姑嫂詞人的有沈宜修與張倩、李玉照，以及黃修娟與顧若璞，其生平與詞例詳如下文。此外，尚有：

（一）倪小與潘端：倪小，倪永清妹，存詞兩首；潘端，倪永清妻室，存詞三首。兩人亦爲姑嫂詞人。

（二）黃淑德與沈紉蘭：沈紉蘭，黃承昊妻室，存詞三首；黃淑德，參政黃承昊從妹，存詞三首。嚴格來說，沈紉蘭乃黃淑德表嫂。

（三）黃雙蕙與項蘭貞：黃雙蕙乃黃承昊、沈紉蘭次女，存詞兩首，有詩名〈姑蘇懷古步孟晼嫂韻〉，可知項蘭貞爲雙蕙嫂氏；項蘭貞爲黃卯錫妻室，存詞六首，與黃雙蕙之母沈紉蘭爲姑姪關係。嚴格來說，項蘭貞乃黃雙蕙表嫂。

（四）顧若璞與黃鴻：顧若璞，上林署丞顧友白之女，即顧若群之姊，黃茂梧妻室，存詞八首；黃鴻一名黃字鴻，字鴻耀，浙江杭州人，黃又謙長女，顧若群妻室，即顧若璞弟媳，存詞四首。

附帶一提，顧貞立有〈憶秦娥〉多首憶嫂氏、別嫂秦氏，更有〈歸國遙・四姑約歸雨阻〉、〈滿庭芳・四姑話舊〉，詞題中的四姑或爲其夫之姊妹，惜無其人相關資料與詞作。此外，薛瓊嘗於乙酉年同嫂氏遊吳門諸山，憶昔誌慨，調寄〈江城子〉〔註41〕，亦爲表現姑嫂情誼的詞作，只是顧貞立之嫂、薛瓊之嫂皆未詳其姓氏、生平，非屬姑嫂詞人的範疇，故略而不論。

以下僅討論女詞人之詞作中詞題、內容涉及姑嫂關係，可藉以推

〔註41〕其詞云：「昔年握別記匆匆。柳陰中。一帆風。兩岸青山、相映澹眉峰。往返難忘芳草路，歸去也，夕陽紅。　　那堪今日倚樓東。與誰同。暮雲空。惆悵姮娥、獨赴廣寒宮。夢到家山山更遠，尋不出，舊游蹤。」收入《全明詞》第四冊，頁 2164。

斷其親密互動者，依次為（一）沈宜修、張倩；（二）黃修娟、顧若璞兩組。

（一）沈宜修、張倩

張倩，字倩倩，沈宜修表妹，後歸宜修弟沈自徵，故兩人除表姊妹關係外，亦屬姑嫂關係。張倩不僅是沈宜修的表妹，也是她的弟媳。沈宜修時往金陵，贈別張倩倩表妹，賦〈浣溪沙〉：

> 楓葉無愁綠正肥〔註42〕。多情空自繞鷗磯。今宵千里斷腸時。　　一棹青山人正遠，半床紅豆雨初飛。別離無奈思依依。（冊三，頁1541）

此詞音調和雅，上片之「肥」字意新，比喻楓葉飽滿，如宋人李清照〈如夢令〉有「知否？知否？應是綠肥紅瘦」句；下片之「紅豆」象徵相思，典出唐人王維〈相思詩〉：「紅豆生南國，春來發幾枝。願君多採擷，此物最相思。」宜修以寥寥數語道盡臨別依戀之狀，足見兩人情感深厚。此外，沈宜修更有〈菩薩蠻〉一闋贈之：

> 雁行吹亂雲邊字。青衫拭遍天涯淚。樽酒話愁長。相看各斷腸。　　此番人意熱。不似前時節。留語待王孫。應思一飯恩。（冊三，頁1545）

「一飯恩」用韓信「一飯千金」典，韓信少年時困苦潦倒，曾受洗衣婦人的一飯之恩，發跡後報以千金，喻指人受恩厚報。此詞寫宜修與倩倩兩人交換心事，互相安慰的情形，言談間，宜修頗有勸說、教導之意。復有〈桃源憶故人〉傳達思念之意：

> 故人別後空明月。倏忽清明時節。簾外子規啼徹。芳草春絲結。　　盈盈一水同吳越。愁看東風吹歇。世事浮雲升減。休問涼和熱。（冊三，頁1549）

〈玉蝴蝶〉思張倩倩表妹：

> 驀地流光驚換，畫欄一帶，煙柳初齊。乍暖輕寒，庭院盡日簾垂。送愁來、數聲啼鳥，牽夢去、幾樹遊絲。憶當年，

〔註42〕《明詞綜》此句作「佩落吳江鱸正肥」。

情含寶帳，未解春思。　　堪悲。盈盈極目，幾多江水，
隔若天涯。恨結丁香，也應還自怪香蔘。漫思量、花前舊
約，空惆悵、虛負芳期。又誰知。夜窗魂斷，曉鏡低眉。(冊
三，頁 1561)

更有〈憶舊游〉感懷思張倩倩表妹，詞云：

歎無邊景色，綠遍垂楊，紅褪薔薇。寂寂湘簾晚，是東風
過盡，燕子還飛。畫欄幾曲慵倚，清露半煙肥。悵舊恨驚
心，閒愁蹙黛，帶減羅衣。　　雲迷。望何處，有寶鏡銀
奩，箏雁依依。想杏花梢下，把紅桃玉笛，風月初吹。故
人別後深怨，螺冷絳仙眉。更粉蝶雙翻，階前懶自纖履移。
　　(冊三，頁 1562)

《列朝詩集小傳》記曰：「倩倩小宛君四歲，明眸皓齒，說禮敦詩，
皆上流女子也。」〔註43〕倩倩所生的子女早年夭折，宜修女小鸞幼
時寄養舅家，與倩倩情同母女。張倩有詞三闋，均賴小鸞記憶以存。

　　丙寅寒夜，倩倩與宜修談及丈夫流落天涯，相對泣下，而作〈蝶
戀花〉詞：

漠漠輕陰籠竹院。細雨無情，淚濕霜花面。落葉西風吹不斷，
長溝流盡殘紅片。　　千遍相思繞夜半。又聽樓前，叫過傷
心雁。不恨天涯人去遠，三生緣薄吹簫伴。(冊三，頁 1575)

傷心自見，感人之至，沈宜修遂和張倩倩思君庸（按：沈自徵，字君
庸）作，調寄〈蝶戀花〉〔註44〕，其詞如下：

竹影蕭森淒曲院。那管愁人，吹破西風面。一日柔腸千刻斷。
殘燈結淚空成片。　　細語傷情過夜半。陣陣南飛，都是無
書雁。薄倖難憑歸計遠。梨花雨對羅巾伴。(冊三，頁 1558)

〔註43〕〔清〕錢謙益：《列朝詩集小傳·閏集》（北京：中華書局，1961 年
　　　　12 月），頁 757。

〔註44〕〔清〕毛大瀛輯：《戲鷗居詞話》錄此詞云：「漠漠輕陰籠竹院。細
　　　　雨無情，淚濕霜華面。試問寸腸何樣斷。殘紅碎綠西風片。　　萬
　　　　轉相思才夜半。又聽樓頭，叫過傷心雁。不恨天涯人去遠，三生緣
　　　　薄吹簫伴。」與《全明詞》冊三、頁 1575 所錄字句不同。收入《詞
　　　　話叢編》（北京：中華書局，1986 年 1 月），冊二，頁 1603。

沈宜修直筆點出的無書雁，正是張倩倩耳裡聲聲哀鳴的傷心雁，相較於倩倩的無盡相思，宜修此時憶起毫無音訊的胞弟亦只能對景長吁。

附帶一提，沈自徵於倩倩死後數年，再娶繼室李玉照，玉照有詞四闋，悲嘆幽閨深閉、繡衾孤另，字句間難掩寂寞心緒。

（二）黃修娟、顧若璞

黃修娟字媚清，浙江嘉興人，提學黃汝亨之女，今存詞兩首；顧若璞字和知，浙江杭州人，上林署丞顧友白之女，提學黃汝亨子婦，存詞八首。兩人為姑嫂關係，顧若璞〈減字木蘭花·月夜聞沈媚清夫人吹簫〉一首即為彼此贈答之詞例；黃修娟適杭州諸生沈希珍，故此處以沈媚清夫人稱之：

> 雨收風細。一片清光疑是洗。秦女樓頭。吹出柔腸幾許愁。
> 　　花枝掩映。素腕金環頻弄影。香軟寒輕。寂寂簾幃夜不扃。（冊三，頁 1419）

顧若璞寫自己良夜不寐，在皎潔明亮的月色下，聆聽修娟簫聲，心中一片閒逸之感。小姑黃修娟遂回贈以〈減字木蘭花·秋夜吹簫，答顧和知夫人〉：

> 篆沉香細。銀漢無聲天似洗。黃菊垂頭。如向離人訴別愁。
> 　　簾燈交映。月上粉牆枝弄影。羅袖涼輕。深院黃昏鑰自扃。（冊三，頁 1421）

「別愁」一語乃答前闋「柔腸幾許愁」句，說明愁思究竟為何而生。相較之下，雖同樣是寂靜明朗的夜晚，情調卻大有不同，舉兩詞末句為例，由顧詞「寂寂簾幃夜不扃」與黃詞「深院黃昏鑰自扃」句，可知前者夜不閉戶，後者則門扉緊閉，一開一閉，作者心境恰可由此觀之。

二、姑甥詞人

以下僅討論沈憲英、沈樹榮兩位女詞人，因其詞作中詞題、內容涉及姑甥關係，當可藉以推斷其親密互動。

◎沈憲英、沈樹榮

沈自炳之女沈憲英，字惠思，適葉紹袁第三子葉世㿽。前文所引沈樹榮〈水龍吟〉（誰知到處徘徊）之詞題云：「初夏避兵，惠思三姨母棲鳳館有感，追和外祖母憶舊原韻」，便已透露沈憲英爲樹榮之三姨母。沈憲英〈滿庭芳〉詞託意遙深，詞題作「中秋坐月，同素嘉甥女」：

> 螢火流空，蛩吟向夕，冰輪碾破瑤天。香飄雲外，桂子靜娟娟。對月幾人無恙，多半隔、遠樹蒼煙。難逢是，一庭聯袂，把盞看重圓。　　無限凄涼況，含毫欲寫、累紙盈箋。任金風拂面，玉露侵肩。還惜良宵景促，無繩繫、皓魄長懸。應飛去，廣寒宮裏，清影共愁眠。〔註45〕（冊五，頁2393）

沈樹榮乃葉小紈女，葉小紈是沈憲英的表姊，故沈憲英不僅是沈樹榮的三姨母，也是她的表阿姨，沈樹榮有〈滿庭芳〉詞，乃中秋同姨母坐月和韻之作：

> 宿雨全收，晚涼乍爽，微雲黯淡長天。廣寒宮敞，素面露嬋娟。影浸閒庭如水，看浮動、梧竹和煙。相依處，團團共語，人月恰雙圓。　　記欄干十二，桂花叢下，分劈紅箋。許詩成險韻，學步隨肩。一向秋光隔斷，清輝好、兩地空懸。今夜永，參橫斗轉，幽賞不成眠。（冊五，頁2395）

姨甥兩人共賞中秋月圓，所見景物相同，所賦情調各異。沈憲英詞感嘆今日月圓人缺，情感濃郁，筆調憂傷；沈樹榮詞則追憶昔日月圓人圓，情意幽渺，筆觸較爲清淡。

第四節　朋友關係

女詞人踏青拾翠，連袂尋芳，以春遊風氣最盛；或陪伴夫婿遠行，或偕女伴出遊，恆發抒登臨遊觀之感。早期有吳門二大家，徐媛、陸卿子時相倡和，名噪一時，《玉鏡陽秋》嘗云：「徐陸齊名，徐非陸匹」；

〔註45〕此闋詞內容大致與第六冊頁3000沈蘭英同，唯沈蘭英詞末句作「清影共愁眼」，誤，當作「清影共愁眠」才是。

而陸卿子爲項蘭貞的集子作序，兩人交誼不言可喻。後期有吳琪嘗「慕杭州山水之勝，乃與才女周羽步爲六橋三竺之遊。」〔註46〕羽步，即周瓊，兩人合刻有《比玉新聲》，黃媛介爲之序，三人來往密切。其結社會友的文化娛樂活動，不同於我們對傳統女性深居簡出的刻板印象，一旦冶遊風潮擴充其生活空間，女詞人間蘭閨賦贈，彤管分題，其眼界自不可同日而語。「明清時期許多文學群體與流派，往往也是以某一文化家族爲核心，通過姻親、朋友、師生等關係向外擴散形成的。」〔註47〕

一、可據詞題推斷者

根據女詞人詞作題目，可以推斷其彼此具有朋友關係者，如王微與楊宛、沈紉蘭與黃媛介、商景徽與黃媛介、范姝與周瓊。此外，歸淑芬嘗作〈卜算子・和湘蘋徐夫人〉一首，湘蘋即徐燦字，徐燦於文學史中，一般被認定爲清代女詞人，歸淑芬則分別見收於《全明詞》、《全清詞》兩書，本文將之視爲跨代女詞人，此處由詞題可知，其與徐燦之間確實存在往來情事，斷不能因時代而拘限之。

（一）王微、楊宛

王微字修微，自號草衣道人，廣陵妓，後爲女冠，存詞約五十首；楊宛字宛叔，金陵妓，後歸茅元儀室，存詞六十一首。世以王修微、楊宛叔與河東君（柳如是）鼎足而三。王微〈憶秦娥・月夜臥病懷宛叔〉：

> 因無策。夜夜夜涼心似摘。心似摘。想他此際，閑窗如昔。
>
> 烟散月消香徑窄。影兒相伴人兒隔。人兒隔。夢又不來，醒疑在側。（冊四，頁1776）

此詞節奏輕快，語句淺顯，情感直率，頗見曲化痕跡。王微與楊宛爲女兄弟，常以詩詞賦贈，王微此際臥病，不由得內心感傷，分外思念故人。

〔註46〕〔清〕徐樹敏、錢岳同選：《眾香詞・御集》（清海陽程氏彤雲軒藍格鈔本），葉十二上。

〔註47〕張仲謀：《明詞史》（北京：人民文學出版社，2002年2月），頁250。

（二）沈紉蘭、黃媛介

沈紉蘭字閑靜，黃承昊妻室，存詞三首；黃媛介字皆令，楊世功妻室，存詞十六首，兩人嚴格說來算有親戚關係。沈紉蘭有〈虞美人·雪夜寄黃皆令〉，詞云：

> 起來怕向妝臺倚。亂挽烏雲髻。歸期曾記試燈時。任日懨懨只是惱春遲。　　小樓昨夜西風劣。吹落芭蕉葉。侍兒伴笑捲簾看。卻又六花飛出撲人寒。（冊三，頁 1293）

舊俗元宵節前一日須預演慶祝活動以及準備張燈，故此日又稱「試燈日」。沈紉蘭向黃媛介訴說自己終日倦倦，懶於裝束打扮，一心計數好友歸期；如今正值寒冬時分，雪花紛飛，凜冽的氣候讓人更加期盼暖和春日的到來，屆時友伴媛介也將歸返。

（三）商景徽、黃媛介

商景徽字嗣音，浙江紹興人，適徐仲山，存詞三首；黃媛介字皆令，楊世功妻室，存詞十六首。商景徽嘗作〈江城子·懷黃皆令〉：

> 孤舟一葉去林皋。雨瀟瀟。滴芭蕉。猶記樓頭、楊柳萬絲飄。寫就行行離別意，總付與，浙江潮。　　一燈明滅篆煙銷。度長宵。恁無聊。羨殺當時、月夕共花朝。轉憶停針頻絮語，空目斷，路迢遙。（冊四，頁 1874）

景徽善於言情，憶及兩人離別景象，以及昔日共賞良辰美景的歡樂，不禁停針寧思，而如今相隔兩地，心裡百般思念，只能付與潮水，迢寄遠方故人。

（四）范姝、周瓊

范姝字洛仙，江蘇如皋人，范獻重之姪女，李延公室；周瓊字羽步，又字飛卿，江蘇吳江人。范姝與周瓊、吳琪為莫逆之交。范姝嘗作〈夏初臨·藥名閨怨，和周羽步〉，羽步即周瓊字，詞云：

> 竹葉低斟，相思無限，車前細問歸期。織女牽牛，天河水界東西。比似寄生天上，勝孤身、獨活空閨。人言郎去，合歡不遠，半夏當歸。　　徘徊鬱金堂北，玫瑰牀西。香燒龍麝，

窗飾文犀。薰本拈來，緗囊故紙。留題。五味慵調，懨懨病、
沒藥能醫。從容待，烏頭變黑，枯柳生稊。（冊四，頁 1788）

自詞題可知，范詞爲唱和周瓊而作，然周瓊存詞三首，〈夏初臨〉原
詞亡佚，「藥名詞」爲北宋陳亞首創以藥名嵌入詞中，有〈生查子〉
四首，其中三首題爲「藥名閨情」，范姝則改以長調填製，可見女詞
人勇於嘗試特殊體制，而酬唱互動，藉由創作藥名詞抒發幽微心曲。

二、可據和作推斷者

　　根據女詞人之間的和韻作品，可以推斷其彼此具有朋友關係者，
如吳胐有和薄少君韻、同莫慧如春遊、新月懷王瑞卿夫人三首；蓉湖
女子與王微；黃媛介曾寄居於柳如是的絳雲樓，與吳岩子、卜夢鈺母
女善，黃媛介與商景蘭、商景徽，商景蘭有〈青玉案・即席贈黃皆令
言別〉〔註48〕；顧似與柴季嫻；歸淑芬有〈東坡引・泛舟訪皆令閨友〉。
此類以黃德貞、申蕙、歸淑芬三人間的交往最爲典型，爰摘錄（一）
項蘭貞、王微；（二）沈樹榮、龐蕙纕；（三）黃德貞、申蕙、歸淑芬；
（四）王朗、顧貞立諸人相互唱和之作品如次：

（一）項蘭貞、王微

　　項蘭貞一名項淑，字孟畹，浙江嘉興人，貢生黃卯錫室，存詞六
首；王微字修微，自號草衣道人，廣陵妓，後爲女冠，存詞約五十首。
項蘭貞〈鵲橋仙・七夕〉乃爲和王微韻而作，詞云：

秋葉辭桐，虛庭受月，漫道雙星踐約。人間離合總難期，
空對景、靜占靈鵲。　　遙想停梭，此時相晤，可把別愁
訴卻。瑤階獨立且微吟，睹瘦影、薄羅輕綽。（冊三，頁 1290）

《林下詞選》云此詞「前後段起句不合調」〔註49〕。詞牌〈鵲橋仙〉

〔註48〕《全明詞》第四冊，頁 1873〈青玉案〉（一簾蕭颯梧桐雨）一闋，詞
　　　　題作「即席賦贈友言別」，據《名媛詩緯初編》卷三十五、葉七上，
　　　　可知商景蘭所贈之友乃黃媛介。

〔註49〕〔清〕周銘輯：《林下詞選》卷十二，收入《續修四庫全書》集部詞
　　　　類，冊 1729，卷六葉十三上。

乃雙調,五十六字,前後闋各兩仄韻,一韻到底,前後片首兩句必須對偶,其音律若以正格論,上下片起句第二字當為平聲,第四字當為仄聲。此詞前後起句「葉」、「想」字皆仄聲;「桐」、「梭」字皆平聲,明顯不合音律。王微〈鵲橋仙・七夕〉詞云:

> 茜苕開霞,輧軒蔽月,曾赴書生密約。人間較得合歡頻,
> 又何事、凌波盼鵲。　　一隻鳴雞,千年舊樣,也合從新
> 換卻。織成絹素不裁襦,愛鄰近、霓裳袖綽。(冊四,頁 1776)

從項詞「人間離合總難期」與王詞「人間較得合歡頻」,學略可知二人心態差別,項蘭貞以為身在人間,亦不免離愁,雖同為「七夕」主題,但藉和韻透露對情感的看法。

(二)沈樹榮、龐蕙纕

沈樹榮字素嘉,江蘇吳江人,沈永禎、葉小紈女,葉學山室,存詞五首;龐蕙纕字紉芳,一字小畹,江蘇吳江人,同邑吳鏘室,存詞八首。沈樹榮與龐蕙纕為鄰居,兩人比鄰而唱,沈樹榮嘗作〈點絳唇・懷吳夫人龐小畹〉詞,詞云:

> 隔箇墻頭,幾番同聽墻頭雨。別來情緒。向北看春樹。　　一
> 院藤花,底是臨池處。還記取。綠窗朱戶。裊裊茶煙縷。(冊
> 五,頁 2394)

首二句點出兩人比鄰而居,是以周遭景物總能勾起相處時刻的記憶。昔日兩人相距只有一牆之隔,但心中卻有「春樹暮雲」般心繫遠方友人之情,下片末句以茶煙如縷的畫面,暗示兩人情誼不斷。龐蕙纕〈點絳唇・次沈素嘉韻〉(註50)詞云:

> 十載芳鄰,自憐一別還如雨。看云愁緒。隔箇江天樹。　　佳
> 句曾題,小楷紅箋處。頻看取。相思難據。一瞬情千縷。(冊
> 六,頁 3027)

龐詞下片則透過閱讀沈樹榮作品,細細品味文字,並抒發對友人的思

〔註50〕《全明詞》第六冊,頁 3027 錄此詞作:「十載芳鄰,自憐一別還如雨。看愁緒。隔箇江天樹。　　佳句曾題,小楷紅箋處。頻看取。相思難據。」誤,不合律,據《笠澤詞徵》改。

念，其「一瞬情千縷」一句捕捉一霎時的感動較沈氏更直接。

（三）黃德貞、申蕙、歸淑芬

三人同寫元夕事，當為一時歡遊之作，然濃淡殊狀，喜悲之情各自表述，想是摯友之間，以文會友，卻各懷一隅心事。黃德貞〈錦帳春・元夕觀燈〉道：

> 月影稀微，燈光閃熠。看佳製、鏤紗別墨。疊冰綃，裁艷錦，巧樣誰傳得。畫堂歡識。　　不夜城紅，宜春天碧。任歌管、東風巷陌。爇沉香，添絳蠟，喜忘眠數息。不虛此夕。（冊六，頁 3011）

黃詞曲盡情景，寫元宵夜的笙歌樂管，繞樑不絕，舉城慶祝，通宵達旦，好不熱鬧，而申蕙〈錦帳春・元夕和孫夫人〉詞云：

> 銀燭澄輝，星毬耀熠。揮象管、淋漓香墨。舞霓裳，歌錦瑟，此樂難重得。閒情堪惜。　　蟾兔紆青，魚龍吹碧。莫辜負、太平春陌。別燈花，聽玉漏、探紫姑消息。嬉遊永夕。（冊三，頁 1499）

和韻重唱，同樣以元宵燈夜為主題，但筆勢更為活潑明朗，或可由此見其性情。此題更見歸淑芬〈錦帳春・元夕觀燈〉詞云：

> 火樹紅搖，高堂燈熠。捲簾看、畫屏灑墨。暗塵來，明月滿，好句良宵得。雁書難識。　　百和香消，九天雲碧。金鼓雜、笙歌滿陌。鵲成巢，風拂座，願清閒靜息。逍遙今夕。（冊三，頁 1499）

鬧熱氛圍大減，且發雁足傳書之嘆，欲趁佳節而享逍遙之身，恐怕難得逍遙。是夕，黃德貞次女或亦參與盛會，孫蕙媛〈錦帳春・元夕次韻〉：

> 雪滿庭除，烟迷宵熠。任閉戶、烹茶濡墨。笑兒頑，傳燈謎，閒坐聊猜得。豈圖知識。　　玉鏡鋪銀，珠毬凝碧。想景色、當年綺陌。歎灰心，成幻夢，向今宵太息。喟然永夕。（冊六，頁 3208）

將慶祝活動移往室內，自有一番文士風雅味道，然牆外喧鬧譁笑，卻聞牆內聲漸悄，仰天長嘆之際，閨中寂寞心緒之謎底，頓時昭然若揭。

1、黃德貞、申蕙

黃德貞與申蕙來往頻繁，交情友善，申蕙有贈月輝孫夫人、元夕和孫夫人兩首，而黃德貞字月輝，適孫曾楠，故有孫夫人之稱。〈錦帳春·元夕和孫夫人〉詞已見於上文，故不贅錄於此，僅錄〈長相思·贈月輝孫夫人〉一詞如下：

> 鴛水流。涇水流。咏絮才高並斗牛。芳名邑乘留。　　桂影浮。月影浮。蕉夢詩篇重十洲。冰心比柏舟。（冊三，頁 1499）

此詞肯定黃德貞之詩詞成就，以詠絮才謝道韞方之，頗有恭維之意，顯示兩人之君子交情，及惺惺相惜之意。

2、黃德貞、歸淑芬

黃德貞「與歸素英輩為詞壇主持，共輯《名閨詩選》行世，又輯有《彤奩詞選》」[註51]，地位崇高，且往來甚密。歸淑芬〈卜算子·惜花〉一詞乃為和黃德貞〈卜算子·惜花〉所作，詞例如下：

> 睡起捲疏簾，春帚還停掃。細細蒼苔片片紅，燕覓香泥繞。　　新綠滿枝頭，蜂蝶無端鬧。有意隨流卻送春，風雨摧殘早。（冊三，頁 1499）

此詞含蓄婉約，輕柔曼妙，有閨閣中慵懶習氣，亦見傷春悲秋之惜花心情。

> 憑欄嗔曉風，堆徑休教掃。幾日傷心怨落紅，小燕飛繚繞。　　謝豹不勞呼，急管何須鬧。烟波畫舫最關情，只是黃昏早。（冊六，頁 3011）

兩闋明顯為酬唱之篇，詞題分別作「和黃月輝韻」、「和歸素英韻」，可見兩人同為女性詞壇之領導人物，私交亦甚篤，同寫惜花之情，歸詞清雅，而黃詞疏俊，性情大不相同。

（四）王朗、顧貞立

王朗字仲英，自稱屬提道人，又曰無生子，江蘇金壇人，學博王

[註51] 詳見林煥文主編：《詞學辭典》（成都：四川辭書出版社，1991 年 6 月），頁 473。

彥泓女，秦松齡之繼母，今存詞三首；顧貞立一名顧文婉，字碧汾，自號避秦人，江蘇無錫人，顧貞觀之姊，同邑侯晉室，存詞一六九首。「無錫顧文婉自號避秦人，詩詞極多，恆與王仲英相唱和」〔註52〕，王小詞尤富情致，「茗豔驚人，而霧鬢風鬟，有可憐之色」〔註53〕。顧貞立〈浣溪沙・和王夫人仲英韻〉，獨未見王朗原韻詞作，由此可見王朗仍有佚詞。

> 百囀嬌鶯喚獨眠。起來慵自整花鈿。浣衣風日試衣天。
>
> 　幾日不曾樓上望，粉紅香白已爭妍。柳條金嫩殢春煙。
>
> （冊五，頁 2812）

顧貞立此詞格調恬靜，以順序法娓娓道出生活雜感，寫自己無意間瞥見繁花錦簇的景象，進而駐賞春色的過程。除上詞外，顧貞立尚有〈眼兒媚・簡王夫人仲英〉一闋，詞云：

> 西風吹淚灑寒林。鄉夢杳難尋。半牀月影，一聲歸雁，幾
> 處疏砧。　　可憐何事音塵絕，悵恨隔年心。沈寥風景，
> 淒涼滋味，分付孤斟。（冊五，頁 2818）

顧貞立於首句以「西風吹淚灑寒林」一句寄情於景，面對寒林月影，歸雁疏砧等秋景秋聲，更加深內心孤寂之感，故而作此詞寄予王朗，抒發獨自飲酒以排遣孑然一身之愁。

第五節　群體關係外的詞作聯繫

一、無親友關係而次其韻

（一）沈宜修、朱盛藻

　　沈宜修嘗作次楚女子朱瓊蕤韻六首，調寄〈蝶戀花〉，朱瓊蕤即朱盛藻，盛藻字瓊蕤，湖北黃岡人，朱楚宗女。查諸《全明詞》，可見朱

〔註52〕〔清〕馮金伯輯：《詞苑萃編》卷八，收入《詞話叢編》（北京：中華書局，1986 年 1 月），冊二，頁 1957。

〔註53〕胡文楷：《歷代婦女著作考（增訂本）》（上海：上海古籍出版社，1985年 7 月），頁 70。

盛藻亦有〈蝶戀花〉六首，寫桂、竹、柳、梅、蕉、薇之影，《填詞集豔》云：「一夕而成六詞，不言影、不名卉、不更韻、不重押，可謂巧有餘妍。」〔註54〕觀夫詞作，看似聯章賡和，意態橫生，但兩人是否曾經往來交游，除沈宜修曾輯朱盛藻〈灌春易尚序〉一文於《伊人思》外，未見相關資料可供推論兩人關係。是以沈宜修次楚女子朱瓊葹韻，究屬傾慕其人而次其韻，或者基於朋友關係而酬和，筆者不敢妄下斷語，兩人和作詳見附錄四「明代女詞人和作一覽表」。

（二）徐媛、無名氏

徐媛〈漁家傲・題延陵別業〉詞，《林下詞選》、《名媛詩緯初編》與《蘭皋明詞匯選》均錄之，詞題或作「步韻詠吳延陵郊居小齋」，而張仲謀於《明詞史》中指出，此乃步其夫范允臨韻。〔註55〕

> 板扉小隱清溪曲。夜月羅浮花覆屋。木籠戞戞搖生穀。莊田熟。桔橰懸向茅簷宿。　　青山一片芙蓉簇。林皐逸韻敲橫竹。遠浦輕帆低幾幅。濃睡足。笑看小婦雙鬟綠。（冊三，頁1322）

此闋極力描摹隱居田園之景，狀怡然自得之情，風格悠閒淡雅、不事鉛華，堪稱一饒富情趣的農村詞佳作。無名氏〈秋日家園即事，次徐小淑韻〉：

> 家在蘆花深曲曲。半泓水抱三間屋。爨下拖青新搗穀。朝餉熟。雪描猶護熏籠宿。　　倦思侵眉渾一簇。無端又聽風敲竹。試展屏山三四幅。看未足。日斜醒夢香橙綠。（冊六，頁3449）

此篇錄自《林下詞選》，由此認定該詞作者無名氏係女詞人，只是其人身分、年代不詳，因此無從判定其與徐媛是否具有親友關係，此處云其「次徐小淑韻」，究屬兩人酬贈之作？或者彼此素不相識，僅僅

〔註54〕〔清〕周銘輯：《林下詞選》卷十二，收入《續修四庫全書》集部詞類，冊1729，卷六葉五上。

〔註55〕詳見張仲謀：《明詞史》（北京：人民文學出版社，2002年2月），頁264。

純粹次前人韻？因缺乏證據，只得存疑。

二、因襲宋人名作

◎張麗人、王素音

張麗人〈減字木蘭花〉詞雖與王素音詞韻字相同，但經過查考，兩人應無朋友關係。張麗人〈減字木蘭花〉（盈盈淚眼）實乃宋人辛稼軒名篇，前人誤冠以明代張麗人詞。

> 盈盈淚眼。往日青樓天樣遠。秋月春花。輸與尋常姊妹家。
> 　水村山驛。日暮行雲無氣力。錦字偷裁。立盡西風雁
> 不來。（冊五，頁 2375）

稼軒詞小序云：「長沙道中，壁上有婦女題字，若有恨者，用其意為賦。」審其內容，可知為此女出身青樓，充滿傷昔憶舊，漂泊無依之感，而王素音正是長沙女子，或許因稼軒詞所云長沙婦女題字一事，乃和其韻而作。王素音詞云：

> 塵沙障眼。細計來程家漸遠。野草閒花。不見當年阿母家。
> 　詩題古驛。雞骨柔情無筆力。錦字偷裁。立到黃昏雁
> 不來。（冊六，頁 3254）

觀王素音詞，上片描述羈旅悲懷，而下片則刻意以「詩題古驛」道出題字一事，以「雞骨」狀羸瘦之軀，末二句同，僅「立盡西風」易為「立到黃昏」而已。可見二詞關係甚為密切，應為王素音有意步辛棄疾韻，而張麗人詞乃辛詞誤植，是以出現兩詞韻字相同的情形，絕非兩人和作。

三、其　他

（一）周蘭秀、葉小鸞

周蘭秀字淑英，一字弱英，江蘇吳江人，周應懿之孫女，平湖諸生孫愚公室，存詞五首。蘭秀之母沈媛與沈宜修為從姊妹關係，故蘭秀與葉小鸞屬於遠房親戚，周蘭秀〈如夢令‧雨夜〉詞云：

> 梅雨夜窗春動。早又新荷香送。吹入畫樓來，一段幽懷誰
> 共。誰共。誰共。漫擲燈前清夢。（冊三，頁 1576）

葉小鸞詞寫除夕，今將兩詞相互參看，頗有可玩味處，詞云：

> 風雨簾前初動。早又黃昏催送。明日總然來，一歲空憐如
> 夢。如夢。如夢。惟有一宵相共。（冊五，頁2376）

前寫雨夜，後寫除夕，情境不類，周蘭秀以「誰共」反映寂寞之感，葉小鸞則以「如夢」惋惜時光流逝之速。然而二詞韻腳均為一部，周詞韻字為「動送共共共夢」；葉詞韻字為「動送夢夢夢共」。兩人是否曾互相觀摩，進而仿作，不得而知。

（二）李媛、李妍

李媛，江蘇華亭人，李素心之女，朱彥則室；李妍字安侶，江蘇興化人，解受茲室，季嫻之女姪。根據李媛與李妍目前僅有的生平資料顯示，兩人並無親友關係，無法歸入女詞人群，只得聊備一格。李媛〈送入我門來‧懷張表妹〉：

> 梅子黃時，荼蘼香處，月中分袂依依。九轉愁腸，獨坐自
> 嗟吁。小窗無語，紅蕉落止，繡閣頻將兩黛低。　　懷想
> 同心間阻，一向縱疏音問，方寸何離。徘徊無已，凝睇向
> 花溪。胸中無限芳菲意，但問歸來甚日期。（冊六，頁3336）

與李妍〈送入我門來‧餞送姑母季靜嫫夫人之任楚中〉詞，首三句頗為相似，李媛以此懷人，李妍賦此贈別，兩人不約而同，使用「時」、「處」、「依」三字為第一、二、三句末字，茲移錄如次：

> 柳正青時，杏初紅處，堂前惜別依依。錦帆遄發，把酒正
> 躊躕。萬疊吳山，千重楚樹，漠漠烟光一望迷。　　猶惜
> 同枝迢遞，遙見旌旗江上，鐃吹星馳。春風節鉞，覽勝好
> 留題。計程何日臨仙署，黃鶴樓頭梅落時。（冊六，頁3371）

女性詞家的社交圈自然不僅止於同性，除上述女詞人群外，舉凡姊弟詞人、夫妻詞人、情侶詞人，均屬明代女詞人在詞章唱和上的親密對象。姊弟詞人如沈宜修與沈自徵、顧貞立與顧貞觀均迭有唱和。而夫妻之間素有如賓之敬、齊眉之誠美稱者，代不乏人，明人何景明嘗曰：「夫詩本性情之發者也，其切而易見者莫如夫婦之間。」琴瑟

靜好，唱和爲樂者，如楊愼及其夫人黃峨、祁彪佳與商景蘭〔註56〕、陸進與妻妾翁與淑、邵斯貞，以及葉紹袁與沈宜修、沈自徵與張倩倩、唐世濟與錢夫人、董其昌與成岫堪稱檀郎謝女，唱隨之歡，躍然紙上，羨煞旁人矣。是以探究夫妻詞人群的酬唱情形，實有助於我們對女詞人更深一層的了解。

　　情侶詞人如林鴻與張紅橋、柳如是與陳子龍、吳偉業與卞賽皆女貌郎才，出雙入對，酬唱逐多。其中又以林鴻、張紅橋事最富傳奇色彩，《明詞史》即認爲兩人的愛情故事乃後人附會穿鑿，並非史實〔註57〕。林鴻字子羽，明初張紅橋善屬文，「紅橋即今之洪山橋，張氏居其地，因以爲名。」〔註58〕隔年，林鴻有金陵之遊，又明年，子羽自金陵寄〈百字令〉一闋，詞題云：「留別虹橋故人」，其詞如下：

> 鍾情太甚，人笑我、到老也無休歇。月露煙雲多是恨，況與玉人離別。軟語丁寧，柔情婉戀，鎔盡肝腸鐵。歧亭把酒，水流花謝時節。　　應念翠袖籠香，玉壺溫酒，夜夜銀屏月。蓄喜含嗔多少態，海嶽誓盟都設。此去何之，碧雲春樹，晚翠千千疊，圖將羈思，歸來細與伊說。（冊一，頁191）

張紅橋次韻答之，詞云：

> 鳳凰山下，恨聲聲、玉漏今宵易歇。三疊陽關歌未竟，城上栖鳥催別。一縷情絲，兩行清淚，漬透千重鐵。重來休問，尊前已是愁絕。　　還憶浴罷描眉，夢回攜手，踏碎花間月。謾道胸前懷荳蔻，今日總成虛設。桃葉津頭，莫愁湖畔，遠樹雲煙疊。剪燈簾幕，相思誰與同說。（冊一，頁195）

〔註56〕　〔清〕朱彝尊：《靜志居詩話》云：「祁公美風采，夫人商氏亦有令儀，閨門唱隨，鄉黨有金童玉女之目。」見《靜志居詩話》（北京：人民文學出版社，1990年10月）卷二十，頁623。
〔註57〕　詳見張仲謀：《明詞史》（北京：人民文學出版社，2002年2月），頁76～81。
〔註58〕　〔清〕謝章鋌：《賭棋山莊詞話》卷五，收入《詞話叢編》第四冊（北京：中華書局，1986年1月），頁3385。

上片寫別時垂淚，下片寫別後悠思，詞情淒怨，極寫相思之深。未久，紅橋獨坐小樓感念而卒。胡穎瑗嘗曰：「〈念奴嬌〉贈答二首，一則打算歸來，一則商量去後，情事如見」〔註59〕子羽歸來，聞張已卒，徒見床頭玉珮玦懸有一緘，有〈黃金縷〉與七絕句：「記得紅橋西畔路。郎馬來時，繫在垂楊樹。漠漠梨雲和夢度。錦屏翠幙留春住。」〔註60〕

　　經由詞作、詞題所透露的訊息，勾勒女詞人之社交場域，此社交場域自然擴及當時文壇，涵蓋男女兩性，不限以女詞人群為討論範圍。藉由女詞人與男性文人的交流、轉介，或能循線覓得更多隱而未顯的女詞人群。茲將明代女詞人詞作之賦贈對象表列如下：

姓　　名	賦贈對象	冊　頁	詞牌	詞　題
朱柔英	梁辰魚〔註61〕	第二冊頁945	浣溪沙	和梁伯龍贈伎四首
	張紹楚	第二冊頁947	南鄉子	贈女優張紹楚
	張老夫人	第二冊頁950	滿庭芳	祝張老夫人
趙彩姬（趙今燕）	張獻翼〔註62〕	第三冊頁1131	長相思	寄張幼于
馬守貞（馬湘蘭）	饒荊壁	第三冊頁1273	菩薩蠻	芙蓉，和饒荊壁
	陳湖山	第三冊頁1274	蝶戀花	天香館寄陳湖山
	錢景伯、雷奇生	第三冊頁1274	青玉案	集延秀閣同錢景伯、雷奇生
	張獻翼	第三冊頁1275	歸朝歡	小春寄張幼于

〔註59〕詳見〔清〕沈雄：《古今詞話‧詞話下卷》所引，收入《詞話叢編》第一冊（北京：中華書局，1986年1月），頁808。

〔註60〕〈蝶戀花〉調一名〈黃金縷〉，南唐‧馮延巳有「楊柳風輕，展盡黃金縷」句，故名。《蓮子居詞話》卷一云此乃「古來詞不全者」之一。詳見《詞話叢編》第三冊（北京：中華書局，1986年1月），頁2419。《聽秋聲館詞話》卷十一又云詞有單調、雙調，此詞僅僅三十字，看似半闋，但謂為單調，亦無不可。詳見《詞話叢編》第三冊（北京：中華書局，1986年1月），頁2707。

〔註61〕梁辰魚（1520～1580），字伯龍，號少白，崑山人，善度曲，有傳奇《浣紗記》。

〔註62〕張獻翼，一名敉，字幼于，時賢王世貞對其評價甚高。

朱泰玉	潘之恆〔註63〕	第三冊頁1338	陽關引	送潘景升歸黃山
張鴻逑	馮太君	第三冊頁1338	點絳唇	與馮太君話舊
	袁半禪	第三冊頁1338	點絳唇	午日寄袁半禪
白姁香	侯上谷	第三冊頁1398	山花子	春夜同侯上谷泛舟
馬如玉	潘之恆	第三冊頁1423	鳳凰臺上憶吹簫	秋夜期亘史不至
鄭妥	期連生	第三冊頁1424	長相思	寄期連生
	鄭逢奇	第三冊頁1424	臨江仙	芙蓉亭懷鄭逢奇
	商梅〔註64〕	第三冊頁1424	西江月	雪夜寄商孟和
吳山	王煒〔註65〕	第三冊頁1504	玉樓春	晚眺，懷閨秀王辰若
王微	譚元春〔註66〕	第四冊頁1775	如夢令	臨別似譚友夏
		第四冊頁1776	憶秦娥	戲留譚友夏
	韓夫人	第四冊頁1778	生查子	冬日懷韓夫人
商景蘭	谷虛	第四冊頁1870	憶秦娥	雪中別谷虛大師
		第四冊頁1871	訴衷情	雪夜懷女僧谷虛
	寶姑娘	第四冊頁1871	長相思	雪中作寄寶姑娘
吳絹	曹爾堪〔註67〕	第四冊頁1875	滿江紅	和曹顧庵年伯
張令儀	吳偉業〔註68〕	第五冊頁2240	如夢令	步梅村先生韻四首

〔註63〕潘之恒（？～1621），字景升，號山史，歙縣人，曾僑寓金陵，嘉靖間官中書舍人，著有《亘史》等書。

〔註64〕商梅，初名家梅，字孟和，福州橫嶼人，明萬曆間秀才，與竟陵詩人鍾惺、福清詩人林古度爲好友。

〔註65〕清代女詩人王煒，字功史，一字辰若。

〔註66〕譚元春（1586～1637），字友夏，湖北竟陵人，是明代後期竟陵學派的代表人物之一。

〔註67〕曹爾堪（1617～1679），字子顧，號顧庵，著有《南溪詞》，與山東曹貞吉並稱「南北二曹」。

〔註68〕吳偉業（1609～1672），字駿公，號梅村，太倉人，爲復社成員。

馮絃	毛奇齡〔註69〕	第五冊頁 2521	江城子	讀毛大可翰林新詞有感
夏雲弱	荀宣子	第五冊頁 2572	訴衷情	贈荀宣子
	楊初南	第五冊頁 2572	山花子	寄楊初南先生
劉淑	康夫人	第五冊頁 2663	減字木蘭花	秋暮憐怨，次韻寄康夫人二首

　　然家庭、親族、友朋之外，更有無從劃界之社交場域，因交往事跡不傳，以及非屬本文重點，未能加以詳究等原因，是以略而不論，俟有餘力時，再予辯明。筆者相信，透過具體勾勒女詞人社交圈的範圍所在，有助於探索更多未能從和作或詞題找出的群體背景。

〔註69〕毛奇齡（1623～1716），字大可，號西河，浙江蕭山人。康熙己未（西元 1679 年）授翰林院檢討。

第五章 結 語

　　明代女詞人雲集之狀，粲然可觀，大大小小不同領域的交遊紀實，無非精釆紛呈的酬對往還。處於封建與開明二元價值並存的文化氛圍，賦詩填詞對明代女性而言，不僅僅是閨閫遊戲之作，亦是曲藏要眇情思的心靈謳歌。「明清時期女性的才能多表現在詩詞歌賦、琴棋書畫等方面，但並不是說，女性只能在這些愉悅性情的閒情逸致方面發揮自己的潛能，而是因爲社會並沒有爲女性提供走出家庭、經世濟時的客觀條件。」〔註1〕教育的普及給予婦女發現自我的機會，同時也給予女性自覺弱勢的憂患意識，但可喜的是，她們爲自身闢建了既與社會體制並行不悖，又能夠令自己悠遊自得的生命空間。基於同性情誼而緊密靠攏的詞人群體，彼此自在、眞誠的對話，終致展衍出默契絕佳的女性話語。

第一節　明代女詞人總評

　　湘娥鼓瑟、秦女吹簫，才女代不乏人，但明代女詞人在詞史上的湮沒不聞卻是不爭的事實。論者或以爲女性作家由於聲名不顯，在傳統社會中常自覺備受壓抑與束縛，因此在文學表現上造成對於自我的

〔註1〕 顧歆藝：〈明清俗文學中的女性與科舉〉，收入張宏生編：《明清文學與性別研究》（南京：江蘇古籍出版社，2002 年 10 月），頁 42。

刻意強調。此論點若從單一女性作品觀之，不無道理，但總合各家作品來看，明清以後，女性作家群的共生共榮，也是婦女藉由群體互動來爲自我定位的方式。職是之故，本文選擇從群體關係出發，闡述詞作內涵中，因性別角色而產生的親密情感；並以《全明詞》爲主要參考文本，透過作者生平及其與親友間酬贈詞作之聯繫，試圖董理「明代女詞人」之群己關係，並由此窺其創作動機與性別意識。

明代女詞人按其身分可概分爲閨秀詞人、青樓詞人及其他三大類，其中閨秀詞人與家族成員間的關係十分緊密，其日常酬唱之女性對象亦以家庭、親族爲範疇；青樓詞人則因離鄉背井、孑然一身之故，多與四方朋友往來酬唱；其他女詞人則因身分特殊，鮮少有群集現象。在以群體關係爲脈絡，分別探究各組詞人群之酬唱內容時，筆者發現女詞人在詞中尤其眷戀不已的泰半是昔日歡聚時光，而詞中每每表現心中愁鬱難遣的主因，則來自於彼此分隔的惆悵，因此懷人念遠的離情詞堪稱爲明代女詞人群體關係中最貼切的寫照，正如《楚辭‧少思命》語：「悲莫悲兮生別離，樂莫樂兮新相知」，我們可以看到女詞人對於群己關係的敏銳與重視，一旦抒於筆端，不僅眞摯熱烈，且情味纏綿。

要言之，明代女性詞之體制以小令爲大宗，語言風格的曲化，使得文句使用上淺顯直率者多，詞情狹而深；傳世詞作以沈宜修最多，功力亦最深，居女性詞壇之領袖地位，堪稱一核心人物。女詞人群聚叢出的模式則以家庭式最具代表性，尤以母女詞人、姊妹詞人之間的互動最爲密切。由母女詞人的唱和作品中發現，母教傳統對於女性日後文藝表現的影響，可謂深遠，而姊妹詞人之間亦師亦友的交流，更是閨閣中不可缺少的創作夥伴。

明代女詞人表現卓越，不乏名家，如項蘭貞「塡詞雜之周美成集，亦不能辯。」〔註2〕顧貞立〈天仙子‧十影〉中有「自掬清流憐瘦影」、

─────────────────────

〔註2〕〔清〕徐樹敏、錢岳同選：《眾香詞‧射集》（清海陽程氏彤雲軒藍格鈔本），葉十九上。

「梅花界斷闌干影」、「繁華夢去難留影」，幾與張先爭席〔註3〕。整體來說，明代女性詞猶未見明顯成熟的女性意識，但令人肯定的是明代女性豐富多樣的精神層次，的確已在作品中展露無疑。長期生活於深閨內院的女性詞人，對於週遭環境的細微變化，感受敏銳，擅長描摹輕約意象，不好學人詞風，故「輕靈為閨秀詞本色」〔註4〕。而綜觀其詞作，可謂真才實學，非暫娛視聽而已，諸詞雖非名篇，卻間有佳處。如今諸女芳魂杳逝，然其成群結隊、互通聲氣的結盟態勢，可以想見明代婦女在詞藝創作上的意志高昂、企圖心旺盛，一行浩浩蕩蕩的隊伍，他日若能走進文學史，後續研究之價值，自可期待。

第二節　清代女性詞壇的前奏

「懷戀閨中女友、抒寫女性之間的友情這一題材出現於明朝，繁盛於清朝，此後遂成為現當代女性創作的一個重要組成部分。」〔註5〕是以，若將清代女性詞壇盛況歸功於明代女詞人所奠定的深厚基礎，當非過譽。明清之際的女詞人，如顧貞立、張令儀等，不論在詞情的深化、題材的開拓等方面，都較明代前中期女詞人卓出，張宏生以為「清代以前的女性詞基本上侷限在一個較小的範圍，大多不出閨閣之事，風格也相對比較單一，直到清代，風格才開始多樣起來。」〔註6〕本文僅就明代中後期以至明清之際的女詞人作品觀察，可見其文學成就已遠邁前代，何必兩宋名家始稱上品。

〔註3〕雷瑨、雷瑊輯：《閨秀詞話》（民國五年（1916）掃葉山房石印本），卷一，葉四下。

〔註4〕〔清〕況周頤：《玉棲述雅》，收入《詞話叢編》（北京：中華書局，1986年1月），冊五，頁4609。

〔註5〕王萌：〈論明清時期女性群體漸趨自覺的創作趨向〉，《中華女子學院山東分院學報》2004年第一期，頁49。

〔註6〕張宏生：〈清代婦女詞的繁榮及其成就〉，《江蘇社會科學》1995年第6期，頁122。後收入張宏生：《清代詞學的建構》（南京：江蘇古籍出版社，1998年7月），頁170。

　　對於明代中後期，乃至明清之際女詞人的優異表現，向來以嚴謹著稱的清代詞論家，亦不乏褒讚之詞，如長沙女子王素音，有〈減字木蘭花〉：

　　　　塵沙障眼。細計來程家漸遠。野草閒花。不見當年阿母家。
　　　　　　詩題古驛。雞骨柔情無筆力。錦字偷裁。立到黃昏雁
　　　不來。（冊六，頁 3254）

王司州士禛曾用其意作〈減字木蘭花〉弔之云：

　　　　離愁滿眼。日落長沙秋色遠。湘竹湘花。腸斷南雲是妾家。
　　　　　　掩啼空驛。魂化杜鵑無氣力。鄉思難裁。楚女樓空楚
　　　雁來。〔註7〕

而紀映淮的〈柳枝詞〉：「棲鴉流水點秋光。愛此蕭疏樹幾行。不與行人縮離別，賦成謝女雪飛香。」阮亭因賞其神韻，爲題〈秦淮雜詩〉：「十里秦淮水蔚藍，板橋斜日柳毿毿。棲鴉流水空蕭瑟，不見題詩紀阿男。」弔念之。

　　明代女詞人在清代詞壇的影響力，也隨著群體關係往下延伸，連綿不輟，如《全清詞》第三冊頁 1362「曹鑑冰」小傳云其：「自幼得其祖母吳朏、母李玉燕之訓，工詩詞。」曹鑑冰詞〈沁園春〉（詠髮等四首）即其與母親李懷的唱和之作〔註8〕。由此可見，母教傳統所養成孕育之女詞人，跨越朝代侷限，含英咀華，汲取前代滋養，綻放新生的光芒。

　　最後引清・吳灝〈金縷曲〉數句：「本色當行語。且休誇、銅琶鐵板，豪情颼颭。多少掃眉才子筆，妙擅頌椒詠絮。」以爲本論文結語。

〔註7〕《全清詞・順康卷》冊十一，頁 6552。

〔註8〕清代女詞人曹鑑冰〈沁園春・詠髮〉四首詳見《全清詞》第三冊，
　　　　頁 1364。其母李懷〈沁園春・詠髮〉四首詳見《全明詞》第六冊，
　　　　頁 3009、《全清詞》第三冊，頁 1360。

參考文獻

本論文之參考文獻共分爲專書、期刊論文、學位論文三大類。

一、專書類

（一）詞　集

1. 《全明詞》，饒宗頤、張璋編，北京：中華書局，2004 年 1 月。

2. 《絡緯吟》〔明〕徐媛著，據明末抄本影印，《四庫未收書輯刊》七輯 16 冊。

3. 《午夢堂集》〔明〕葉紹袁編、冀勤輯校，北京：中華書局，1998 年 11 月。

4. 《竹笑軒吟草》〔清〕李因著，周書田校點，瀋陽：遼寧教育出版社，2003 年 3 月。

5. 《古今詞統》〔明〕卓人月匯選、徐士俊參評，谷輝之校點，瀋陽：遼寧教育出版社，2000 年 1 月。

6. 《精選古今詩餘醉》〔明〕潘游龍輯，梁穎校點，瀋陽：遼寧教育出版社，2003 年 3 月。

7. 《明詞綜》〔清〕王昶輯、王兆鵬校點，瀋陽：遼寧教育出版社，1997 年 3 月。

8. 《蘭皋明詞匯選》〔清〕顧璟芳等編選、王兆鵬校點，瀋陽：遼寧教育出版社，1998 年 3 月。

9. 《御選歷代詩餘》（與篋中詞、廣篋中詞合刻），〔清〕沈辰垣等編，浙江：浙江古籍出版社，1998 年 5 月（據蟬隱廬影印康熙四十六年

內府刻本縮印）。

10. 《詞則》〔清〕陳廷焯選，上海：上海古籍出版社，1984 年 5 月。

11. 《名媛詩緯初編》〔清〕王端淑編，清康熙間清音堂刊本。

12. 《林下詞選》〔清〕周銘輯，據康熙十年刻本影印，《續修四庫全書》第 1729 冊。

13. 《眾香詞》〔清〕錢樹敏、錢岳同選，臺北：富之江出版社，1997 年 1 月。

14. 《歷代婦女詩詞鑑賞辭典》，沈立東、葛汝桐主編，北京：中國婦女出版社，1992 年 4 月。

15. 《歷代婦女詞百首選注》，段躍慶注評，昆明：雲南大學出版社，1992 年 1 月。

（二）詞話、詞史

1. 《詞話叢編》，唐圭璋編，北京：中華書局，1993 年 12 月。

2. 《明詞史》，張仲謀著，北京：人民文學出版社，2002 年 2 月。

3. 《清詞史》，嚴迪昌著，南京：江蘇古籍出版社，2001 年 7 月。

4. 《女性詞史》，鄧紅梅著，濟南：山東教育出版社，2002 年 4 月。

（三）相關研究論著

1. 《詞學（第四輯）》，《詞學》編輯委員會編，上海：華東師範大學出版社，1986 年 8 月。

2. 《詞學（第十四輯）》，鄧喬彬、方智範、高建中主編，上海：華東師範大學出版社，2003 年 8 月。

3. 《中華詞學（第三輯）》，吳熊和等主編，南京：東南大學音像出版社，2002 年 5 月。

4. 《詞與文類研究》，孫康宜著、李奭學譯，北京：北京大學出版社，2004 年 9 月。

5. 《明詞紀事會評》，尤振中、尤以丁編著，合肥：黃山書社，1995 年 12 月。

6. 《晚明詩歌研究》，李聖華著，北京：人民文學出版社，2002 年 10 月。

7. 《宋代女詞人評述》，任日鎬著，臺北：臺灣商務印書館，1984 年 12 月。

8. 《清代女詩人研究》，鍾慧玲著，臺北：里仁書局，2000 年 12 月。

9. 《古代女詩人研究》，張宏生、張雁編，武漢：湖北教育出版社，2002年8月。

10. 《歷代婦女著作考》，胡文楷著，上海：商務印書館，1985年7月。

11. 《紅豆：女性情愛文學的文化心理透視》，王立、劉衛英著，北京：人民文學出版社，2002年10月。

12. 《女性文學百家傳》，龔顯宗著，臺南：貞平企業，2001年7月。

13. 《風騷與艷情》，康正果著，上海：上海文藝出版社，2001年8月。

14. 《明清文學與性別研究》，張宏生編，南京：江蘇古籍出版社，2002年10月。

15. 《閨塾師──明末清初江南的才女文化》，〔美〕高彥頤著、李志生譯，南京：江蘇人民出版社，2005年1月。

16. 《午夢堂集女性作品研究》，李栩鈺著，臺北：里仁書局，2000年10月。

17. 《楓冷亂紅凋──葉氏三姊妹傳》，吳秀華、林岩著，石家莊：花山文藝出版社，2001年1月。

18. 《柳如是別傳》，陳寅恪著，北京：三聯書店，2001年4月。

19. 《冒辟疆與董小宛》，王利民、丁富生、顧啓著，北京：中華書局，2004年4月。

（四）工具書

1. 《詞學研究書目（1912～1992）》，黃文吉主編，臺北：文津出版社，1993年4月。

2. 《詞學論著總目（1901～1992）》，林玫儀主編，臺北：中研院文哲所，1995年6月。

3. 《中國詞學大辭典》，馬興榮等編，杭州：浙江教育出版社，1996年10月。

二、期刊論文類

（一）明代女詞人

1. 〈清幽疏古　含蓄蘊藉──論沈宜修的詞〉，蕭璐撰，《古典文學知識》，2004年第六期，頁115～119。

2. 〈休憐吳地有飛花──沈宜修「鸝吹詞」研究〉，蘇菁媛撰，《中學教育學報》第十二期（2005年6月），頁305～322。

3. 〈葉小鸞與疏香閣集〉，謝康撰，《書和人》（國語日報書和人雙周刊），

第一二九期（1970 年 2 月 21 日），頁 1017～1024。

4. 〈九天亦復稱才乏　獨向人間索女郎——明末才女葉小鸞述概〉，夏咸淳撰，《古典文學知識》，1991 年第四期，頁 60～68。

5. 〈不禁憔悴一春中——葉小鸞《返生香詞》研究〉，蘇菁媛撰，《東方人文學誌》，第三卷第四期（2004 年 12 月），頁 151～167。

6. 〈略論明清吳江沈氏世家之女作家〉，李眞瑜撰，《中華女子學院學報》，第十三卷第四十八期（2001 年 8 月），頁 59～63。

7. 〈吳江沈氏女作家群的家族特質及成因〉，郝麗霞撰，《山西大學學報（哲社版）》，第二十六卷第六期（2003 年 12 月），頁 49～54。

8. 〈吳江沈氏文學世家作家與明清文壇之聯繫〉，李眞瑜撰，《文學遺產》，1999 年第一期，頁 82～92。

9. 〈午夢堂集的文學成就〉，姜光斗撰，《南通師範學院學報（社科版）》，第十七卷第二期（2001 年 6 月），頁 58～63。

10. 〈「德、才、色」主體意識的復蘇與女性群體文學的興盛——明代吳江葉氏家族女性文學研究〉，陳書錄撰，《南京師大學報（社科版）》，第五期（2001 年 9 月），頁 132～137。

11. 〈文學世家的文化意涵與中國特色——以明清吳江沈氏文學世家個案爲例〉，李眞瑜撰，《社會科學輯刊》，2004 年第一期，頁 123～127。

12. 〈范允臨的散曲及生平考略——兼談其妻徐媛的生卒年〉，汪超宏撰，收入《中華文化論叢》，上海：上海古籍出版社，第七十四輯（2004 年 1 月），頁 219～234。

13. 〈晚明女曲家徐媛初論〉，王莉芳、趙義山撰，《蘇州大學學報（哲社版）》，2004 年第四期（2004 年 7 月），頁 91～96。

14. 〈文質相稱華實相扶——讀端淑卿的詩〉，謝瑜撰，《南平師專學報（社科版）》，1995 年第三期，頁 31～32。

15. 〈亂離中的「玉女」——明末才女商景蘭及其婚姻與家庭〉，石旻撰，《中國典籍與文化》，第三十八期，頁 118～124。

16. 〈孫克咸、葛嫩娘之生平與殉難事跡考〉，蔣星煜撰，《上海師範大學學報（哲社版）》，第三十一卷第一期（2002 年 1 月），頁 83～88。

17. 〈王端淑詩論之評析——兼論其選詩標準〉，林玫儀撰，《九州學刊》，第六卷第二期（1994 年 7 月），頁 45～63。

18. 〈清疏曠放的林下風致——明宗室女詞人朱中楣詞〉，趙雪沛撰，《北京大學學報（哲社版）》，第四十一卷第四期（2004 年 7 月），頁 132～140。

19. 〈孤傲勁爽的顧貞立詞〉，鄧紅梅撰，《山東師大學報（社科版）》，1996 年第三期，頁 80～85。

20. 〈柳是和徐燦：陰性風格或女性意識？〉，孫康宜作、謝樹寬譯，《中外文學》，第二十二卷第六期（1993 年 11 月），頁 8～25。

21. 〈柳如是詩詞創作視角論〉，賀超撰，《贛南師範學院學報》，2001 年第一期，頁 25～28。

22. 〈論柳如是詩詞創作的女性心理〉，賀超撰，《贛南師範學院學報》，2002 年第四期，頁 58～60。

23. 〈從雲間到虞山──論柳如是的詩學嬗變〉，劉勇剛撰，《浙江大學學報（社科版）》，第三十四卷第五期（2004 年 9 月），頁 133～141。

24. 〈試論柳如是詩歌的情感與意象〉，劉勇剛撰，《西安電子科技大學學報（社科版）》，第十三卷第三期（2003 年 9 月），頁 87～92。

25. 〈林鴻、張紅橋事跡考〉，蔡一鵬撰，《中州學刊》，1997 年第六期，頁 117～120。

26. 〈女詞人王微及其期山草詞〉，馬祖熙撰，《中國國學》，第二十二期（1994 年 10 月），頁 41～52。

27. 〈摯誠率直的楊宛詞〉，張毅撰，《龍岩師專學報》，第十六卷第一期（1998 年 3 月），頁 19～21。

28. 〈秦淮八豔傳奇之六──馬湘蘭〉，俞允堯撰，《歷史月刊》，第六十二期，頁 12～15。

29. 〈關於董小宛的結局〉，顧啓、姜光斗撰，北京：中華書局，收入《學林漫錄》（六集），1997 年 12 月，頁 191～196。

30. 〈陳圓圓生平史跡述略〉，黃東雲撰，《綏化師專學報》，1997 年第三期，頁 58～60。

31. 〈寇白門考〉，施祖毓撰，《集美大學學報（哲社版）》，第一卷第一期（1998 年），頁 112～114。

32. 〈吳梅村與卞玉京（上）〉，張宇聲撰，《淄博學院學報（社科版）》，1999 年第三期，頁 63～69。

33. 〈吳梅村與卞玉京（下）〉，張宇聲撰，《淄博學院學報（社科版）》，1999 年第四期，頁 57～66。

（二）明　詞

1. 〈明詞衰落的原因〉，鄭騫撰，《大陸雜誌》，第十五卷第七期（1957 年 10 月），頁 211～212。

2. 〈論明詞衰蔽的原因〉，孫家政撰，《寧波大學學報（人科版）》，第

十二卷第四期（1999 年 12 月），頁 17～21。

3. 〈明代詞論的主情論與音律論〉，段學儉撰，《學術月刊》，1998 年第六期，頁 97～101，下轉 104 頁。

4. 〈明詞綜論〉，鄧紅梅撰，《中國韻文學刊》，1999 年第一期，頁 17～25。

5. 〈明代詞學思想論略〉，孫克強撰，《河南大學學報（社科版）》，第四十四卷第一期（2004 年 1 月），頁 59～64。

6. 〈20 世紀的明詞研究〉，陳水雲撰，《中州學刊》，2003 年第六期（2003 年 11 月），頁 99～102。

7. 〈聽我說句公道話——論明代的詞及《全明詞》的編纂〉，張璋撰，《國文天地》，第六卷第二期（1990 年 7 月），頁 37～41。

8. 〈《全明詞》補輯〉，張仲謀撰，《徐州師範大學學報（哲社版）》，第三十卷第六期（2004 年 11 月），頁 47～52。

9. 〈《全明詞》漏收 1000 首補目〉，王兆鵬、胡曉燕撰，《上海大學學報（社科版）》，第十二卷第一期（2005 年 1 月），頁 5～11。

（三）女性詞

1. 〈填補詞史空白的力作——評鄧紅梅《女性詞史》〉，劉揚忠撰，《文學評論》，2001 年第一期，頁 144～146。

2. 〈女性詞綜論〉，鄧紅梅撰，《文學評論》，2002 年第一期，頁 29～35。

3. 〈明末江南世族對女性詞學發展的影響〉，米彥青撰，《呂梁高等專科學校學報》，第二十卷第二期（2004 年 6 月），頁 5～7。

4. 〈清代婦女詞的繁榮及其成就〉，張宏生撰，《江蘇社會科學》，1995 年第六期，頁 120～125。

5. 〈20 世紀的清代女性詞研究〉，陳水雲撰，《婦女研究論叢》，2004 年第一期（2004 年 1 月），頁 67～72。

6. 〈清代閨秀四家詞述〉，萬子霖撰，《銘傳學報》第二十三期，1986 年 3 月，頁 379～396。

7. 〈清代閨秀四家詞述（2）〉，萬子霖撰，《銘傳學報》第二十四期，1987 年 3 月，頁 193～205。

8. 〈論清代常州詞派女詞人的家族性特徵及其原因〉，紀玲妹撰，《聊城師範學院學報（哲社版）》，2000 年第六期，頁 54～58。

9. 〈論清代常州詞派婦女詞的題材〉，紀玲妹撰，《河海大學學報（哲社版）》，2001 年 9 月，頁 90～94。

10. 〈論常州詞派婦女詞的藝術〉，紀玲妹撰，《蘇州大學學報（社科版）》，2001 年第四期（2001 年 10 月），頁 73～75。

11. 〈論常州詞派對女性詞的閱讀〉，陳宣如撰，《中極學刊》，第一輯（2001 年 12 月），頁 78～93。

（四）婦女文學

1. 〈最近西方漢學界婦女文學史研究之評介〉，胡曉真撰，《近代中國婦女史研究》，第二期（1994 年 6 月），頁不全。

2. 〈才女的憂鬱與文士的感傷——古代感傷主義文學主題在男女作品中的不同表現〉，孫海鵬撰，《華北電力大學學報（社科版）》，1997 年第四期，頁 86～91。

3. 〈中國古代婦女感傷文學的藝術品格〉，孫海鵬撰，《華北電力大學學報（社科版）》，1998 年第四期，頁 84～90。

4. 〈中國古代女性詩人創作的憂患意識特徵〉，陳志斌撰，《湖南商學院學報》，第六卷第五期（1999 年 10 月），頁 72～73。

5. 〈古代女性家庭文化教育的形式〉，蔡鋒撰，《中華女子學院學報》，第十四卷第三期（2002 年 6 月），頁 45～51。

6. 〈二十世紀臺灣地區中國古代婦女作家研究述評〉，張雁撰，《中國文學研究》，2002 年第二期，頁 90～91。

7. 〈明清婦女研究：評介最近有關之英文著作〉，羅溥洛作、梁其姿譯，《新史學》，第二卷第四期（1991 年 12 月），頁 77～111。

8. 〈重新認識明清才女〉，康正果撰，《中外文學》，第二十二卷第六期（1993 年 11 月），頁 121～131。

9. 〈十七世紀中國才女的書信世界〉，魏愛蓮作、劉裘蒂譯，《中外文學》，第二十二卷第六期（1993 年 11 月），頁 55～81。

10. 〈明清蘇州名門才女群的崛起〉，戴慶鈺撰，《蘇州大學學報（社科版）》，1996 年第一期，頁 130～133。

11. 〈「空間」與「家」——論明末清初婦女的生活空間〉，高彥頤撰，《近代中國婦女史研究》，第三期（1995 年 8 月），頁 21～50。

12. 〈明清婦女的生活想像空間——評高彥頤《閨塾師：十七世紀中國婦女與文化》〉，鄭培凱撰，《近代中國婦女史研究》，第四期（1996 年 8 月），頁 329～335。

13. 〈晚明「秦淮名妓現象」初探〉，王燕撰，《江淮論壇》，2003 年 6 月，頁 102～107。

14. 〈明末秦淮名妓與文人——讀余懷《板橋雜記》〉，暴鴻昌撰，《學習

與探索》，1998 年第四期，頁 121～127。

15. 〈明清詩媛與女子才德觀〉，孫康宜著、李奭學譯，《中外文學》，第二十一卷第十一期，頁 52～81。

16. 〈明清女詩人選集及其採輯策略〉，孫康宜作、馬耀民譯，《中外文學》，第二十三卷第二期（1994 年 7 月），頁 27～52。

17. 〈試論明末女性詩歌創作的群落分佈與時代特徵〉，李聖華撰，北京：學苑出版社，收入《中國古典文學與文獻學研究》（第二輯），2003 年 12 月，頁 148～163。

18. 〈明清女性文學的繁榮及其主要特徵〉，郭延禮撰，《中國古代近代文學研究》，2003 年第三期，頁 105～114。

19. 〈論明清時期女性群體漸趨自覺的創作趨向〉，王萌撰，《中華女子學院山東分院學報》，2004 年第一期，頁 47～50。

20. 〈選集與作品的經典化──晚明女性文學之接受研究初探〉，張雁撰，南京：鳳凰出版社，收入《古典文獻研究》（總第七輯），2004 年 7 月，頁 322～339。

21. 〈地域文化、家族文化與清代江蘇女學的繁榮〉，史梅撰，收入南京大學古典文獻研究所編：《古典文獻研究》（總第六輯），南京：江蘇古籍出版社，2003 年 1 月，頁 417～439。

22. 〈湖南歷代婦女著述考〉，尋霖撰，《圖書館》，1998 年第二期，頁 73～75，下轉 72 頁。

（五）相關研究論文

1. 〈論詞的性別化──她的形象與口吻〉，方秀潔撰，收入鄧喬彬、方智範、高建中主編：詞學（第十四輯），上海：華東師範大學出版社，2003 年 8 月，頁 82～108。

2. 〈宋詞「女性化」傾向之成因〉，劉月琴撰，《太原師範學院學報（社科版）》，第三卷第二期（2004 年 6 月），頁 82～85。

3. 〈「男子而作閨音」──唐宋詞中一個奇特的文學現象〉，楊海明撰，《古典文學知識》，1993 年第一期，頁 63～70。

4. 〈從女性主義文論看《花間》詞之特質〉，葉嘉瑩撰，《社會科學戰線》，1992 年第四期，頁 240～249。

5. 〈論《花間集》對宋詞女性意識的奠定〉，楊雨撰，《吉首大學學報（社科版）》，2002 年 9 月，頁 50～54。

6. 〈詞之為體如美人──從《花間集》看詞的女性化特質〉，鞠泓撰，《連雲港師範高等專科學校學報》，2002 年第四期（2002 年 12 月），

頁 14～17。

7. 〈明代《花間集》接受史論〉，范松義撰，《中國社會科學院研究生院學報》，2004 年第四期，頁 109～113。

8. 〈明清文人的經典論和女性觀〉，孫康宜撰，《江西社會科學》，2004 年 2 月（期），頁 206～211。

9. 〈李贄的婦女觀及其實踐〉，陳桂炳撰，《南通師範學院學報（哲社版）》，第十七卷第三期（2001 年 9 月），頁 87～91。

10. 〈陳維崧筆下之婦女研究〉，蘇淑芬撰，《東吳中文學報》，第九期（2003 年 5 月），頁 135～180。

11. 〈論詞曲風格的互化〉，彭國元撰，湖南師範大學社會科學學報，第二十卷第六期（1991 年 11 月），頁 85～89。

12. 〈試論明清悼亡詩詞的藝術特色〉，林彬暉撰，《中國文學研究》，1995 年第一期，頁 56～62。

13. 〈論《全宋詞》中的若干問題〉，林玫儀撰，臺南：國立成功大學中文系，收入《第一屆宋代文學研討會論文集》，1995 年 5 月，頁 189～207。

三、學位論文類

1. 《唐代女詩人研究》，張慧娟撰，私立中國文化學院中國文學研究所碩士論文，1978 年。

2. 《宋代女詞人研究》，黃淑慎撰，私立中國文化學院中國文學研究所碩士論文，1966 年。

3. 《宋代女詞人及其詞作之研究》，任日鎬撰，國立政治大學中國文學研究所博士論文，1982 年。

4. 《馮夢龍情史類略之才女形象研究》，郭淑芬撰，國立清華大學中國文學系碩士論文，1998 年。

5. 《柳如是及其「戊寅草」研究》，高月娟撰，私立東海大學中國文學系碩士論文，2001 年。

6. 《明清文人的才女觀——以「西青散記」與賀雙卿為例之研究》，許玉薇撰，國立暨南國際大學中國語文學系碩士論文，2000 年。

7. 《清代女詞人研究》，高波撰，南京師範大學碩士論文，2002 年 6 月。

8. 《清代六家閨秀詞研究》，李財福撰，國立彰化師範大學國文研究所碩士論文，2004 年 6 月。

附錄一　明代女詞人小傳

　　本附錄係以《全明詞》所錄之女性作家傳記爲主，參考胡文楷《歷代婦女著作考》、周銘《林下詞選》以及錢岳、徐樹敏《眾香詞》等書，加以個人研究所得，編製而成。主要臚列女詞人身分及其生平梗概，大致分爲閨秀詞人、青樓詞人與其他女詞人三類。「其他女詞人」一類，更分尼姑、道姑、侍女、域外女詞人等細目。各類之中，先列群體關係密切者；其後，則依詞人姓氏之筆劃多寡依序編次，共得三百七十六名。

一、閨秀詞人

◎同人異名

【劉氏】　　楚人。詞一闋，亦吉光片羽也。一名劉碧。

【劉氏】　　楚儒家女。少年夭亡。一名劉碧。

【劉碧】　　字映清。湖北安陸人。著作甚多，少年殀歿，遂俱散佚。

【錢氏】　　浙江吳興人。都憲唐世濟室。一稱錢夫人。

【錢夫人】　浙江吳興人。都憲唐世濟室。喜塡詞，風格瀹遠，有林下風致。一稱錢氏。

【朱氏】　　江蘇崑山人。知州顧允燾室。一名朱柔英。

【朱柔英】　江蘇崑山人。朱隆禧女，顧懋宏室。懋宏有才名，柔英與之題詩倡和，感情日篤。柔英有和梁辰魚詞數闋。

【小青】　　江蘇揚州人。夫為豪公子，憨跳不韻，婦復奇妒，竟鬱鬱感疾而卒。一名馮玄玄。

【馮玄玄】　字小青。江蘇揚州人。杭州馮千秋妾。容態妙麗，通文翰，解聲律，精諸技。見嫉正室，徙居孤山別墅，卒以抑鬱病歿。徐士俊雜劇《春波影》，譜馮小青事。

【張長文】　一名張嫻婧。

【張嫻婧】　字蓼仙。安徽六安人。閔而學室。有集行世，其詞風嫣然，自是閨闥本色，年僅三十外即卒。

【林少君】　福建莆田人。一名林韞。

【林韞】　　字少君。福建莆田人。宛陵王氏室。

◎姓名不詳

【劉氏】　　四川富順人。雅州參將蕭某室。南明永曆帝走緬，劉取壁間「驛梅驚別意，隄柳暗離愁」為首字作十絕詩，慷慨激烈，氣衝牛斗。以七歲子付家人，手刃幼女而自縊。

【劉夫人】　一名丘劉。麻城人。《全明詞》云其為兵部尚書劉天和之孫女，副總兵丘坦之妻。錢謙益《列朝詩集小傳・閨集》載夫人姓毛氏，名鈺龍，適劉天和之孫守蒙。以其節烈，鄉人呼為劉文貞。

【儲氏】　　江蘇泰州人。文懿公儲巏（瓘）之女，興化舉人成學室。工詩好詠，惜傳不廣。

【陳氏】　　江南松江人。陳繼儒之姪女，同邑平某室。

【鄒氏】　　福建閩縣人。鄒生室。夫鄒生不類，鬱怨而亡。

【尹氏】　　江蘇蘇州人。適吳門士人。

【孟氏】　　浙江紹興人。傅道坤室。

【秦氏】　　江蘇無錫人。張日馳室。

【吳氏】　　鄭僖室。吳氏死後，夫鄭生思念不已，招箕仙復留
　　　　　　〈燭影搖紅〉詞。

【薛氏】　　不詳。

【蓉湖女子】　江蘇江陰人。本名家女，爲宦室婦。文才敏妙，
　　　　　　篇什甚多。特以外君戒其吟詠，故不以姓字傳。

【成都女郎】　亂時避兵他處，夫以遠賈爲活，以詞送之。

【鴛湖女郎】　不詳。

（一）群體關係密切者

◎吳江沈葉家族（附沈蘭英、龐蕙纕）

【沈宜修】　　（1590～1635）字宛君。江蘇吳江人。山東副使沈
　　　　　　玽之女，虞部葉紹袁室。宛君幼擅文翰，好吟詠。
　　　　　　子女俱工詩詞。遺集名《鸝吹》，又有《伊人思》，
　　　　　　輯閨秀詩文甚備。自小鸞、紈紈二女先後去世，遂
　　　　　　病不起。

【沈智瑤】　　又名淑女，字少君。江蘇吳江人。中丞沈宏所孫女，
　　　　　　沈宜修妹。幼工詩詞，未字而夭。

【沈靜專】　　字曼君，自號上慰道人。江蘇吳江人。吏部郎中沈
　　　　　　璟幼女，沈宜修從妹，諸生吳昌室。詞隱先生嘗稱
　　　　　　其才類眉山長公，而坎壈困阨，亦頗似之，故其詩
　　　　　　詞多激烈之音。著有《適適草》，小詞附其後。

【張倩】　　（1594～1627）字倩倩。江蘇吳江人。同邑沈自徵
　　　　　　室、沈宜修弟媳。豔色清才，年三十四而歿，倩倩
　　　　　　工詩詞，作即棄去，遺作僅存一二。

【李玉照】　　（1617～1679）字潔塵。浙江紹興人。吳江沈自徵

繼室。年二十五撫孤守節。

【葉紈紈】　（1610～1632）字昭齊。江蘇吳江人。葉紹袁、沈宜修長女，袁了凡孫媳。能詩工書。年二十三卒，有遺稿名《愁言》。

【葉小紈】　（1613～1657）字蕙綢。江蘇吳江人。葉紹袁、沈宜修次女，同邑諸生沈永禎室，爲詞隱先生孫婦。姊紈紈、妹小鸞皆早卒，小紈傷之，乃作《鴛鴦夢》雜劇以寄意。

【葉小鸞】　（1616～1632）字瓊章，一字瑤期，自號煮夢子。江蘇吳江人。葉紹袁、沈宜修季女，崑山張立平聘室。年十七，未嫁而亡，有遺集名《返生香》。

【沈憲英】　字惠思，一作蕙思，又字蘭支。江蘇吳江人。沈自炳長女，葉紹袁第三子葉世侗室。年十七出閣，嫁後二年夫卒，以節聞。

【沈華曼】　字端容，號蘭餘。江蘇吳江人。沈自炳次女，沈憲英妹，諸生丁彤室。工詩詞，兼善繪事。

【顏繡琴】　字清音，一作青音。江蘇吳縣人。適吳江葉氏。葉氏三姊妹以表姊稱之。

【周蘭秀】　字淑英，一字弱英。江蘇吳江人。周應懿之孫女，平湖諸生孫愚公室。蘭秀之母沈媛與沈宜修爲從姊妹關係。

【沈樹榮】　字素嘉。江蘇吳江人。沈永禎、葉小紈女，葉學山室。承母教，工詩詞。居與龐蕙纕比鄰，多詩詞贈答。

【沈蘭英】　字蘭友。浙江湖州人。存詞一首，與沈憲英詞重出，疑非其作。

【龐蕙纕】　字紉芳，一字小畹。江蘇吳江人。同邑吳鏘室。性穎敏，通經義。詩詞書法，擅絕當世。葉小鸞侍妾

隨春於小鸞歿後，歸龐氏。年五十六卒。

◎嘉興黃氏——以黃承昊為核心（附歸淑芬、申蕙）

【周慧貞】　字挹芬。江蘇吳江人。周文亨女，秀水黃鳳藻室。
　　　　　　與沈宜修為舊識。

【沈紉蘭】　字閒靜，一作閒靚。浙江嘉興人。參政黃承昊室。
　　　　　　幼攻書史，雅喜臨池，以孝行聞。

【黃雙蕙】　字柔嘉。浙江嘉興人。參政黃承昊、沈紉蘭次女。
　　　　　　端麗娟靜，年十六而卒。

【黃淑德】　字柔卿。浙江嘉興人。參政黃承昊從妹，屠耀孫室。
　　　　　　集曰《遺芳草》，其姪婦項蘭貞為傳。卒年三十四
　　　　　　歲。

【項蘭貞】　一名淑，字孟畹。浙江嘉興人。貢生黃卯錫室。工
　　　　　　詩，陸卿子為其書題序。嘗與其姑母黃淑德唱和，
　　　　　　為世所珍。

【黃德貞】　字月輝。浙江嘉興人。明瓊州司理黃守正孫女，孫
　　　　　　曾楠室。二女蘭媛、蕙媛、媳屠蕜珮，俱能詩詞。

【孫蘭媛】　字介畹。浙江嘉興人。孫曾楠、黃德貞長女，諸生
　　　　　　陸宙肩室。

【孫蕙媛】　字靜畹。浙江嘉興人。孫曾楠、黃德貞次女，孝廉
　　　　　　莊國英室。早寡，詞工小令。

【陸宛櫰】　字端毓。浙江嘉興人。陸宙肩、孫介畹之女，同里
　　　　　　劉某室。

【黃媛介】　（1620～1669）字皆令。浙江嘉興人。黃德貞從妹，
　　　　　　楊世功室。年十二能詩，十三作賦，布衣蔬食度日。
　　　　　　順治乙酉逢亂被劫，轉徙吳閶，羈遲白下，後入金
　　　　　　沙，閉跡墻東，取資於翰墨，乞食於仕紳。

【歸淑芬】　字素英。浙江嘉興人。高葵庵室。嘗與黃德貞合選

《名閨詩選》。

【申蕙】　字蘭芳，號詩農。江蘇吳縣人。申時行之孫女，嘉
　　　　興沈某室。初入宮闈，後歸嘉興沈氏。與歸淑芬齊
　　　　名。

◎嘉興黃氏──以黃汝亨為核心

【顧若璞】　生活於萬曆年間。字和知。浙江杭州人。上林署丞
　　　　顧友白之女，提學黃汝亨子婦，文學黃茂梧室。幼
　　　　閑詩書，能古文辭。小詞字字婉媚，得花閒之神者，
　　　　有《臥月軒集》。二十八歲即寡，撫育二子四孫成
　　　　人。清康熙十九年（1680）八十九歲，爲其孫媳錢
　　　　鳳綸序《古香樓集》。

【黃埈】　（1635～1653）字智生。黃韞煒之女，顧若璞孫女，
　　　　陸鈁聘室。年十九卒。

【黃修娟】　字媚清。浙江嘉興人。提學黃汝亨之女，杭州諸生
　　　　沈希珍室，顧若璞小姑。

【黃鴻】　一名黃字鴻，字鴻耀。浙江杭州人。大參黃又謙長
　　　　女，顧若群室，顧若璞弟媳。生七子女。著有《閨
　　　　晚吟》，顧若璞爲序。

◎太原張氏

【張學雅】　字古什。山西太原人，寓居於江蘇蘇州。明兵部職
　　　　方張拱端長女，許字金壇于給事中沚。年二十二，
　　　　未嫁而卒。

【張學儀】　字古容。山西太原人，寓居於江蘇蘇州。明兵部職
　　　　方張拱端第三女，金壇于給事中沚室。曾集其姊遺
　　　　稿《繡餘草》。

【張學典】　字古改，一作古政，號羽仙。山西太原人。明兵部
　　　　職方張拱端第四女，吳縣楊無咎室。

【張學象】　字古圖。山西太原人。明兵部職方張拱端第五女，
　　　　　　洞庭沈載公室。早寡且貧，無以自存，依雙胞胎姊
　　　　　　學典維生，白髮絡紗，爲閨塾師。

【張學聖】　字古誠。山西太原人。明兵部職方張拱端第六女，
　　　　　　金壇于廷機室，即于雲石媳婦。

【張學賢】　字古明。山西太原人。明兵部職方張拱端第七女，
　　　　　　金壇于星暐（緯）室。

【張桓少】　字克君。山西太原人。明兵部職方張拱端孫女，諸
　　　　　　生張延邵次女。太學潘景曜室。幼奉祖父及諸姑
　　　　　　教，工古文詩詞。

◎杭州柴氏（附馮嫻）

【柴貞儀】　字如光。浙江杭州人。孝廉柴雲倩長女，同邑諸生
　　　　　　黃介眉室。與其妹靜儀及錢鳳綸、馮嫻、林以寧等
　　　　　　唱和。

【柴靜儀】　字季嫻。浙江杭州人。孝廉柴雲倩次女，同里沈鏐
　　　　　　室。與林以寧、顧姒、錢鳳綸、馮嫻稱蕉園五子。

【張琼】　　字宗玉。浙江杭州人。陳子襄室。柴靜儀女甥。

【馮嫻】　　字又令。浙江杭州人。馮仲虞女，同邑錢照五室。
　　　　　　蕉園七子之一。

◎婁縣倪氏

【郁大山】　字靜如。江蘇青浦人。倪端夫室，倪永清母。

【潘端】　　字愼齋。江蘇婁縣人。倪永清室。

【倪小】　　字茁姑。江蘇婁縣人。倪永清妹，陸某室。

◎海鹽彭氏

【彭琬】　　字玉映。浙江海鹽人。彭期生之妹。彭孫遹之姑母，
　　　　　　適浙江總兵馬夢驊之子。

【彭琰】　字幼玉。浙江海鹽人。彭琬之妹，彭孫遹之姑母，
　　　　　朱化鵬室。

【彭孫婧】　字孌如。浙江海鹽人。彭孫遹之姊，錦縣陳龍孫室。

◎母女詞人

【王鳳嫻】　字瑞卿，號文如子。江蘇華亭人。解元王獻吉姊，
　　　　　進士張本嘉室。女文姝、媚姝皆能詩。嫠居教子，
　　　　　與二女引元、引慶自相倡和。年七十餘乃卒。

【張引元】　（1517～1553）字文姝，又字蕙如。江蘇華亭人。
　　　　　進士張本嘉、王鳳嫻長女，楊安世室。與妹張引慶
　　　　　俱工詩。容止婉孌，天姿穎拔，年二十七卒。其詞
　　　　　多憶母之作，永言孝思。家貧甚，仍吟詠不輟，中
　　　　　年遘疾而逝。

【瞿寄安】　江蘇常熟人。狀元韓敬室。

【韓智玥】　字潔存。浙江烏程人。韓敬、瞿寄安之女，金壇于
　　　　　鑾室。晚精內典，斷綺語，故集中無所載。

【徐淑秀】　自號昭陽遺子。江蘇泰州人。泰州邵某室。原爲南
　　　　　明宮人，甲申變後，流落金臺。劉肇國以餅金贖回，
　　　　　用贈武人邵某。爲詩多抑鬱哀憤之音。

【邵笠】　　字澹庵。江蘇泰州人。徐淑秀之女，黃杜若室。

【吳山】　　字岩子。安徽當塗人。太平縣丞卜琳室。中遭患難，
　　　　　轉徙江淮吳越間，依婿劉峻度，多以詩詞抒故國之
　　　　　思。清順治初，年已六十左右。

【卜氏】　　字元文，號篆生。江蘇南京人。卜琳、吳岩子長女，
　　　　　江都孝廉劉峻度繼室。一名卜夢鈺。

【顧之瓊】　字玉蕊。浙江杭州人。錢繩庵室，錢肇修之母。工
　　　　　詩詞，與徐燦、柴靜儀等結詩社，號蕉園五子。與
　　　　　清代女詞人林以寧爲婆媳關係。

【錢靜婉】　字淑儀。浙江杭州人。錢繩庵、顧之瓊長女。錢元
　　　　　　修、肇修之姊。

◎姊妹詞人（附夏汭）

【顧長任】　字重楣，號霞笈仙姝。浙江杭州人。青浦少尹顧簫
　　　　　　雲女，林寅三（林以畏）室。工詩詞，與表妹錢鳳
　　　　　　綸、小姑林以寧等結社唱和，一說生於清順治初。

【顧姒】　　字啓姬、仲姒。浙江杭州人。顧長任之妹，鄂幼輿
　　　　　　室。一說生於清順治初。

【商景蘭】　（1605～1675）字媚生，一字眉生。浙江紹興人。
　　　　　　吏部尚書商周祚長女，應天巡撫祁彪佳室。明亡，
　　　　　　夫殉國難，時夫人年四十有二。暇則與女弟景徽及
　　　　　　三女二媳唱和。其詞聲情爾雅，不涉濃豔，自是大
　　　　　　方。與黃媛介贈送唱和甚盛。

【商景徽】　字嗣音。浙江紹興人。吏部尚書商周祚次女，徐仲
　　　　　　山（徐咸清）室。幼聰慧，工詩詞，與姊商景蘭齊
　　　　　　名。師事毛奇齡，友黃媛介。

【沈榛】　　字伯虔，一字孟端。浙江嘉興人。南昌司李沈玉虬
　　　　　　長女，孝廉錢書樵室。詩餘一體，遠接漱玉。年五
　　　　　　十二卒。

【沈栗】　　字恂仲。浙江嘉興人。南昌司李沈玉虬次女，陳仲
　　　　　　嚴室。

【吳綃】　　約卒於清順治年間。字冰仙，一字片霞，號素公。
　　　　　　江蘇蘇州人。吳水蒼女，常熟許瑤室。能詩屬文，
　　　　　　兼擅絲竹，以書畫著，詩詞清麗婉約。

【吳琪】　　字蕊仙，號佛眉。江蘇蘇州人。孝廉吳康侯女，管
　　　　　　予嘉室。與冰仙為女兄弟，善畫工詩，能文章，其
　　　　　　詞幽逸，似得源於山谷者。夫死於官，遂薙度，法

名上鑒，號輝宗。

【夏泚】　字湘友。江蘇無錫人。薛既央室。與吳蕊仙爲中表親。

【王靜淑】　字玉隱，號隱禪子。浙江紹興人。侍郎王季重長女，陳樹勳室。父季重殉國難，大節凜然。早寡，清節自守。

【王端淑】　字玉映，號映然子，又號青蕪子。浙江紹興人。侍郎王季重次女，丁睿子（丁肇聖）室。順治中欲援曹大家例，入禁中教諸妃主，端淑力辭。時與四方名流相唱和。

【韓珮】　字照玉。浙江金華人。

【韓宛】　字湘煙。浙江金華人。韓珮之妹。

【趙氏】　浙江杭州人。湖南觀察趙雲岑女，海寧查容室。

【趙承光】　字希孟。浙江杭州人。湖南觀察趙雲岑第五女，朱裔三室。清康熙三十二年（1693）尙在世。

【賀祿】　字宜君。江蘇丹陽人。賀裳女，賀國璘從娣。

【賀潔】　字靚君。江蘇丹陽人。賀裳女，溧陽史左臣室。對小詞頗有探究，然好爲纖險，故鮮神詣。

【吳貞閨】　字首良。江蘇吳江人。進士吳仕銓女，溫子孟室。

【吳靜閨】　字珮典。江蘇吳江人。吳貞閨之妹，汝南周室。

【顧諟】　字天孫。江蘇崑山人。宗伯顧錫疇之女，武進董玉虬室。早卒。

【顧蕙】　字又蘇。江蘇崑山人。宗伯顧錫疇之女，顧天孫之妹，烏程沈氏室。遺稿最富。

【楊徹】　字朝如。江蘇蘇州人。解元楊廷樞之姊，韓君明室。

【楊徵】　字元卿。江蘇蘇州人。楊徹之妹，徐廷棟室。

【章有嫻】　字媛貞，一字瑞麟。江蘇華亭人。羅源知縣章簡長女，楊芍室。

【章有湘】　字玉筐，又字令儀，號橘隱居士。江蘇華亭人。羅
　　　　　　源知縣章簡次女，進士孫中麟室。清順治二年
　　　　　　（1645）父殉節後于歸，卒於康熙十年（1671）。

【章有渭】　字玉璜。江蘇華亭人。羅源知縣章簡季女，侯研德
　　　　　　（侯泫）室。清順治二年（1645）遭難，偕遁，事
　　　　　　定歸里。

◎姑姪詞人

【紀映淮】　字冒綠，小字阿男。江蘇南京人。金陵紀竹遠之女，
　　　　　　紀映鐘之妹，莒州諸生杜李室。明崇禎十五年
　　　　　　（1642），夫被難，守節三十餘年。詩詞係少時作，
　　　　　　夫亡遂絕筆。清康熙十六年（1677）前後尚在世。

【紀松實】　字多零。江蘇南京人。紀映鐘之女，揚州王易室。
　　　　　　幼敏慧，工詩詞。年三十七而卒。

【季嫻】　　字靜姎，一字辰月，號元衣女子。江蘇泰興人。吏
　　　　　　部立事季寓庸之女，李長昂室。清順治十年（1653）
　　　　　　編次己作爲《雨泉龕詩選》。

【李妍】　　字安侶。江蘇興化人。解受茲室。季嫻之女姪。

◎女詞人前後、同時共事一夫者

【翁與淑】　字登子。浙江杭州人。餘姚陸蓋思室。

【邵斯貞】　字靜嫻。浙江杭州人。餘姚陸蓋思繼室。

【武氏】　　陝西三水人。萬曆庚戌榜進士、太僕少卿文翔鳳
　　　　　　室。少聰穎，喜讀書。卒於崇禎初，錢謙益嘗爲
　　　　　　作誥詞。

【鄧太妙】　字玉華。陝西三水人。寧河武順王之裔，進士文翔
　　　　　　鳳繼室。太妙既歸于文，夫婦倡酬，爭先鬥捷。明
　　　　　　崇禎十五年（1642）夫病死，爲文以祭，敘致詳悉，
　　　　　　關中文士，爭傳寫之。

【浦映淥】　字湘青。江蘇無錫人。毘陵黃雲孫（黃永）室。

【周姍姍】　字小姍。江蘇武進人。毘陵黃雲孫（黃永）聘姬。
　　　　　　未嫁而卒。

◎明初三秀（陳德懿詞今未見）

【孟淑卿】　自以所配不偶，號荊山居士，爲明初三秀之一。江
　　　　　　蘇蘇州人。訓導孟澄女。有才辨，工詩詞，爲士林
　　　　　　所稱賞。嘗論詩詞，宜劗落鉛粉，特出心裁，昔惟
　　　　　　李易安差足語耳，若朱淑眞猶未免俗。

【朱仲嫻】　（1423～1506）成化、弘治間人。字令文，號靜庵，
　　　　　　又號妙端，爲明初三秀之一。浙江海寧人。尙寶司
　　　　　　卿朱祚女，海寧光澤教諭周濟室。幼聰穎，博極羣
　　　　　　書，以詩名於時，壽八十四終。

◎吳門二大家

【徐媛】　　（1560～1619）字小淑，法號淨照。江蘇吳縣人。
　　　　　　太僕徐時泰長女，蘇州提學范允臨室。能文善書，
　　　　　　好吟詠，與寒山陸卿子爲詩友。吳中士大夫望風影
　　　　　　從，稱吳門二大家。

【陸卿子】　名服常，以字行。江蘇吳縣人。尙寶卿陸師道女，
　　　　　　太倉趙宧光室。工詩，與徐媛齊名，常相唱和。十
　　　　　　五歲歸趙，與趙宧光偕隱寒山，長齋繡佛，吟詠無
　　　　　　間。其性秉玄澹，不喜繁飾，長齋繡佛，超然有遺
　　　　　　俗之志。子婦文俶（1595～1634），字端容，文徵
　　　　　　明玄孫女，善繪花卉。

◎朋友關係

【王朗】　　生活於萬曆、天啓年間。字仲英，自稱屬提道人，
　　　　　　又曰無生子。江蘇金壇人。學博王彥泓女，無錫秦

松齡之繼母。生而夙悟，詩歌書畫，靡不精工。

【顧氏】　　（1623～1699）江蘇無錫人。侯麟勳之母。一名顧
　　　　　　貞立。

【顧貞立】　原名文婉，字碧汾，自號避秦人。江蘇無錫人。顧
　　　　　　文端公女，顧貞觀之姊，同邑侯晉室。工詩詞，常
　　　　　　與王朗唱和。

【范姝】　　字洛仙。江蘇如皋人。詩人范獻重之姪女，李延公
　　　　　　室。性好文，喜與名媛之能詩者相結。周瓊、吳琪
　　　　　　嘗先後客遊如皋，皆與洛仙稱莫逆交，詩筒贈答不
　　　　　　絕。

【周瓊】　　字羽步，又字飛卿。江蘇吳江人。少警悟，工詩詞，
　　　　　　曾爲某側室，繼又適士人，避所惡，寄栖江北。愛
　　　　　　吹彈，後依婁東吳偉業，復出家爲性道人。

【吳胐】　　字華生，又字凝眞，號冰蟾子。江蘇華亭人。吳叔
　　　　　　純女，嘉善曹焜室。明啓、禎間，與王瑞卿、薄西
　　　　　　眞、莫慧如香閨酬倡，名盛一時。

【薄少君】　字西眞。江蘇吳縣人。秀才沈君烈室。夫有雋才而
　　　　　　早歿，少君作悼亡詩百首以弔之，踰年值夫忌辰，
　　　　　　酹酒一慟而絕。

（二）無明顯群體關係者

【于啓璋】　字靜媛。浙江嘉興人。于世華之女，沈名蕃室。

【王仙媛】　浙江杭州人。韓充室。

【王姜】　　字華姜。榆林人。父世襲總兵。有文才，善騎射，
　　　　　　屈大均遊固原，納爲繼室。後隨大均歸番禺，不久
　　　　　　卒，年方二十四。

【王玭】　　字謝家。湖北武昌人。皖成錢某室。

【王素音】　湖南長沙女子。題良鄉琉璃河館壁詩三首、詞一首，

并有序。王士禎和其詞，清初，爲亂兵所得。

【王虞鳳】　字儀卿。福建閩縣人。林氏室。年十七卒，工詩。

【王嬌鸞】　臨安衛王指揮長女。與松陵周廷章善，往還詩詞甚
　　　　　　多，後廷章負盟別娶，鸞遂自殉。事見馮夢龍《警
　　　　　　世通言・王嬌鸞百年長恨》。

【王曇影】　字文娟。蘭溪人。隨父寄居廣陵，許字劉青夕，未
　　　　　　歸謝世。工蘭善弈，精曉梵典。

【王潞卿】　字繡君，一字仙媚。江蘇通州人。孝廉馬杏颺（馬
　　　　　　振飛）室。善畫花卉。

【王瓊奴】　徐茗郎室。茗郎緣事戍邊，有吳指揮者欲納瓊奴，
　　　　　　以計殺茗郎，瓊奴賦詩自誓，鳴於御史，其冤得白，
　　　　　　遂自殺。

【田玉燕】　字雙飛。浙江杭州人。博士田藝蘅之女，徐懋升室。

【全潔】　　字瑜素。江蘇江陰。土司龍氏養女，靖江陳鼎妾。

【成岫】　　生活於萬曆年間。字雲友。浙江杭州人。董其昌室。
　　　　　　戊子春，與董其昌結褵於不繫園，時雲友年二十二
　　　　　　矣。歸董後，琴瑟靜好，事俱譜入清・李漁《笠翁
　　　　　　十種曲・意中緣傳奇》。

【朱玉樹】　字二珍。浙江杭州人。

【朱衣】　　字點軒。江蘇江陰人。同邑陳茂才（陳寅）室。

【朱素娟】　字月繡。安徽休寧人。

【朱彩】　　字飛紅。江蘇江都人。劉東玉室。

【朱盛藻】　字瓊蕤。湖北黃岡人。朱楚宗女。

【朱瀾】　　字碧波。江寧教坊司女。曼聲遶梁，酷有情致。

【江淑蘭】　字畹芳。安徽休寧人。江蒼玉之女，戴其贇室。

【余淑柔】　豐城人。一說其〈浪淘沙〉詞爲宋閨媛金淑柔所
　　　　　　作。

【吳九思】　字栢隱。浙江嘉興人。平湖陸某室。善寫生，兼工

詞。

【吳月娥】　字雉城。李氏室。

【吳沄】　　字玉泂。江蘇宜興人。陳維室。

【吳芳】　　字若英。江蘇吳江人。銓部吳昌時之女，秀水徐然室。

【吳芳華】　字彥因。浙江杭州人。杭州文學康某室。結縭三月，兵渡杭州，從夫避亂，為清軍所獲，挾之北去。後不知所終。

【吳柏】　　字柏舟。浙江杭州人。吳太末之女，陳允璧室。未嫁而允璧死，柏年十七，衰麻往哭，遂不歸母家，苦節十餘年，年二十七遘疾卒。

【吳紉蘭】　字既滋。

【吳皎臨】　字玉樹。江蘇常熟人。少攻詩詞。偶遊蕭寺，邂逅太倉王郎，遂訂絲蘿。

【吳森扎】　字文照，號瀟湘居士。江蘇吳江人。吳溢之女，周氏室。

【吳馥】　　字分月。江蘇泰興人。

【宋琬】　　字淑直。溧陽人。進士史虞賡室。

【宋蕙湘】　江蘇南京人。年十四選入南明宮中，後為清兵俘掠，其題壁詩四首哀怨悽惻。

【李因】　　（1616～1685）字是庵，號龕山女史，晚號今生。浙江杭州人。光祿寺卿葛徵奇副室。善花卉，工蘆雁。

【李素】　　字冰心。懷慶人。明滄洲觀察李頤女，常熟文學許偉人室。

【李胐】　　字冰影。江蘇華亭人。明太僕李壽生之女，大馬沈猶龍之媳，沈巖生室。通經史，具文武才略，曾隨征閩海。入清，詩皆哀傷。

【李媛】　　江蘇華亭人。李素心之女，朱彥則室。

【李懷】　　字玉燕。江蘇華亭人。李灝女，曹爾垓（曹重）室。
　　　　　　能詩善畫。

【李蕑】　　字天章。江蘇崑山人。葉崙生室。

【杜秀玠】　江蘇蘇州人。孫之龍室。完婚方三月，孫從軍於蜀，
　　　　　　一去三年。秀玠思之，寄書與孫，生作字復妻，忽
　　　　　　遺書於地，邊帥見之惻然，生復以妻之書呈帥，帥
　　　　　　歎曰：「有是哉相思之苦也」，遂命其歸而完聚。

【沈士芳】　浙江紹興人。沈韌庵之妹，蕭山來孫謀室。

【沈貞永】　字瓊山。浙江嘉興人。

【汪嫻】　　安徽休寧人。汪玉峰之妹，許字戴氏。年十四未嫁
　　　　　　而卒。卒後作品被其兄焚毀。

【周蕉】　　字綠天。浙江杭州人。吳近思妾。

【季淑貞】　字玉芳。浙江嘉善人。

【杭錦】　　字七襄。江蘇蘇州人。杭正言之女。

【林瑛佩】　字懸藜。福建莆田人。林西仲女，鄭官五（鄭剡）
　　　　　　室。生於清順治十七年（1660），母蔡捷亦能詩詞。

【林綠】　　字映山。福建莆田人。

【金柔】　　字德頤。浙江紹興人。

【金莊】　　字子嚴。江蘇南京人。王雲門室，一說為雲門王某
　　　　　　室。

【冒德娟】　字嬿婉。江蘇如皋人。冒無譽女，石巨開室。

【姚青娥】　一名少娥，號青娥居士。浙江嘉興人。姚元瑞之女，
　　　　　　嘉興范君和室。博通群籍，才德兩全，年十七歸范，
　　　　　　舉一子，二十六而夭。

【姚倩奴】　自號冷豔樓主人。

【柏葉】　　字清香。陝西武功人。

【柳人月】　字伴月。江蘇蘇州人。

【胥苓第（弟）】　安徽亳州人。

【胡玉鶯】　字瑤林。浙江武康人。同邑吳某室。夫亡,少年守
　　　　　制,詞頗悽惋。

【倪瑞】　　字文嘉。江蘇江都人。同里趙國俊室。

【凌緒】　　字理之。江蘇華亭人。凌元舜女,嘉定徐德與室。

【唐元觀】　字靜因。浙江烏程人。唐存憶之女,沈雲石室。工
　　　　　詩詞。

【唐榛】　　字玉亭。四川夔州人。唐鑄萬女,宜興周書占室。

【孫瑤英】　字孟芝。浙江杭州人。蘄州知州、辰州別駕錢兆元
　　　　　室。

【徐元端】　字延香。江蘇江都人。徐石麒之女,范某室。幼能
　　　　　詩,通音律。約生於清順治七年前後,歿年不詳。

【時嫻】　　字宜幽。江蘇常熟人。時修來之女,程揆伯室。

【晁四娘】　河南河內人。李自成妾。通翰墨,善宮商,每於軍
　　　　　中彈琵琶,以娛軍旅。

【殷玉貞】　字婉緹。江蘇蘇州人。

【秦清芬】　江蘇無錫人。顧文炘室。

【秦疊】　　字疊筠。江蘇無錫人。福建巡撫卞令側室。

【翁孺安】　生活於萬曆、天啓年間。字靜和,號素蘭,自號靜
　　　　　和居士。江蘇常熟人。太常翁憲祥之女,同邑顧象
　　　　　泰室。風流放誕,卒以殺身。天啓七年(1627 年)
　　　　　九月為人磔殺。性喜吟詠,不事鉛華,室中惟琴書
　　　　　圖籍而已。

【袁彤芳】　字履貞,自號廣寒仙客。江蘇吳縣人。文憲袁德門
　　　　　之女。不幸早逝。

【郝湘娥】　河北保定人。竇鴻妾。後鴻為叛寇,卒於獄中,湘
　　　　　娥遂投繯殉節。

【馬淑祉】　號生生子,法名靜因。浙江紹興人。文學金機室。

【馬閒卿】　字芷居。江蘇南京人。翰林陳魯南繼室。賢而能文,

年近八十，不廢吟詠，書法頗與魯南相類；善山水白描，畫畢，多手裂之，不以示人。

【商彩】 字雲衣。浙江紹興人。同邑羅蕚青室。

【張小蓮】 字西坡，一作西陂。江蘇蘇州人。容色倩麗，詩詞雋逸。

【張令儀】 約生於清康熙七年（1668），卒於雍正初。字柔嘉。安徽桐城人。張英之女，姚士封室。

【張紅橋】 福建閩縣人。與福清林鴻善。居紅橋之西，因以自號。聰敏能詩，恃才擇配，常曰欲得才如李青蓮者事之，因林鴻投詩稱意，遂歸焉。後鴻有金陵之遊，作詞留別，紅橋亦塡詞送之，別後竟以念鴻而卒。經後人考證，兩人情事恐爲杜撰。

【張啓】 安徽休寧人。汪汝萃妾。汪楫之庶母。

【張道介】 字椒岑。江蘇吳縣人。顧筠千室。

【張鴻逑】 字琴友。浙江慈谿人。姚與祁（姚籌）室。工詞。

【張鴻庶】 字淑舟。安徽當塗人。張中嚴之女，桐城方念祖室。

【張麗人】 （1615～1633）原名張喬，字喬婧，號二喬。廣東南海人。其先吳籍，其母入粵生喬，遂爲廣州人。萬曆四十三年生，崇禎六年未字而卒，年十九。性巧慧，善彈琴，工畫蘭竹，尤好詩詞。常與黎美周等人聯吟酬唱。

【張蘭】 字畹香。江蘇江都人。張乃孚之女，江都婁拱宸室。

【張蘩】 字采子，一作采于。江蘇吳縣人。吳士安室。張循齋妹。

【梁孟昭】 字夷素。浙江杭州人。梁天敘之妹，茅鼐（茅九仍）室。曾與夫同遊金陵，寓居數年。工詩善畫，其詩清新悠異，王端淑推爲女中元白。

【梁善娘】 廣東番禺人。梁眞祐之女。

【郭璚】　字瑧汝。江蘇吳縣人。埭川顧氏室。畫學寒山趙文淑，其花草爲吳中第一。識者謂其清古秀潔，非一時閨閤所能。

【陳灩】　字杏紅。浙江長興人。所配非偶，鬱憤而逝。

【陳㛹】　字香石，法名無垢。江蘇通州人。諸生陳汝楨之女，監生孫安石室。幼博學，詩文絕工。後家道中落，安石以㛹無子，挈妾異居，㛹乃歸母家，久之落髮。

【陸羽嬉】　字酌泉。江蘇泰州人。黃天濤妾。以詠芙蓉詩知名，吳嘉紀有〈池蓮歌〉記之。

【陸敏】　字若士。江蘇吳縣人。顧端文室。

【傅靜芬】　字孟遠。浙江杭州人。張晉侯室。

【喻撚】　字惟綺。江西吉水人。侯鼎臣室。流寓梅里。

【彭淑】　字又徐。江蘇華亭人。彭又燕之妹，沈友聖（沈麟）室。

【湯萊】　字萊生。江蘇丹陽人。湯寅之妹，興化李大來室。

【童觀觀】　湖北漢陽人。有殊色，工詩詞，善花鳥。

【賀字】　字乃夫。江蘇丹陽人。賀天游女，吳彤本室，即吳綺之媳。

【馮挹芳】　字琴仙。江蘇吳縣人。馬友波室。

【黃幼藻】　字漢薦。福建莆田人。蘇州別駕黃議之女，林恭卿室。姿韻高秀，沉靜知大節。年十三四，工聲律，通經史。年三十九，患心病卒。

【黃峨】　（1498～1569）字秀眉。四川遂寧人。大司空黃珂次女，狀元楊慎繼室。徐渭以爲黃峨詞旨趣嫻雅，風致翩翩，塡詞用韻，自然合律。

【黃淑貞】　字三四。江西星子縣人。侍衛胡紹舜室。流寓江蘇泰州。

【黃蓼鴻】　字節棲。江蘇江陰人。東方初旦室。

【楊文儷】　浙江杭州人。工部員外郎楊應獬女，餘姚孫陞繼室。
　　　　　　聰慧工詩，尤精制義。兒孫俱高官，婦人之貴，無
　　　　　　出其右者。

【楊李】　　江蘇江都人。楊生室。女塾師，曾遊楚，之黃州，
　　　　　　捫赤壁。姓李適楊，故稱楊李。其詞如漱玉，故名
　　　　　　詞曰《玉照》。

【楊琇】　　字倩玉。浙江杭州人。杭州沈遹聲副室。美而慧，
　　　　　　婚姻中更多故，幸而獲偕。

【楊毓貞】　字韞秀，一作蘊秀。浙江青田人。出望族，適名家，
　　　　　　禍遭閩亂，罹入凱師。清康熙十三年，遭福建耿精
　　　　　　忠之亂，被擄入清軍，途中自縊。

【萬淑修】　字宜洲。江蘇彭城人。萬壽祺之女，章醇鄒室。少
　　　　　　治經史，兼工書畫，詩賦亦多具才情。卒於清康熙
　　　　　　五年（1666）。

【葉子眉】　江蘇江都人。初從事宮中，後歸燕宦。

【葉文】　　字素南。江蘇吳江人。初適嚴某，困於貧，落魄吳
　　　　　　門，偶識雲間許太史，往來甚久。後歸武陵張繡虎，
　　　　　　出遊塞外而歿。

【葉弘緗】　字書成，一作書城。江蘇崑山人。葉弘綬之姊，同
　　　　　　邑闞宗寬室。聰敏端淑，能詩善詞。夫亡，家貧，
　　　　　　二十九歲寡居，年八十三卒。

【葛嫩】　　字蕊芳。江蘇南京人。桐城孫克咸室。克咸抗清敗
　　　　　　死，嫩亦殉節。

【董少玉】　西陵人。麻城周弘禴繼室。聰慧絕倫，喜讀史漢諸
　　　　　　子書。為詩詞，皆有韻致。年二十九卒。

【董如蘭】　字畹仙。江蘇華亭人。御史孫志儒繼室。畹仙詞意
　　　　　　悲壯，乃閨閣中有俠氣者。

【端淑卿】　安徽當塗人。教諭端廷弼之女，丹徒芮儒室。賦性

幽閒，天資穎悟，所作詩詞，大類唐人。與其夫白
首相莊，鄉里重之。

【趙昭】　　字子惠。江蘇吳縣人。趙凡夫室。

【趙爾秀】　字劍川。明戶部員外郎炳龍孫女，諸生趙符之女。
許字李報甲，未嫁夫亡。

【齊景雲】　北平人。善琴能詩，對人雅淡，與士人傅春定情後，
不復見客。春謫戍遠方，景雲遂蓬首垢面，閉戶不
出，日讀佛書，未幾痛歿。

【劉存存】　建平知州劉僑之女。明桂王永曆時，因兵亂一門殉
難，時年甫十六。

【劉建】　　字赤霞。浙江杭州人。

【劉淑】　　生活於天啓、崇禎年間。字淑英，一字靜婉。江西
安福人。太僕劉鐸女，同邑王藹室。七歲，父劉鐸
死於閹禍，母教成人，文武兼備。及笄，適同邑王
藹，年十八而寡。甲申變後，散家貲，募勇士，得
千人，並其僮僕婢媵，部勒成旅，欲興明業。事不
濟，遂盡散所部，使歸田里，獨闢小庵曰蓮舫，迎
母歸養，奉佛以終。

【劉雲瓊】　字靜娟，自署曰離石檻花居士。山西臨縣人。舉人
趙褐室。

【劉翠翠】　生活於洪武年間。淮安人。民家女也，生而穎悟，
通詩書，與同學金定約爲夫婦。後值張士誠亂，爲
李將軍所掠，金定詐云兄妹，往見之，尋俱死，二
人合葬左右焉。

【蔣修】　　字潔操。江蘇武進人。

【蔣起榮】　字素行。江蘇泰州人。戚氏室。

【蔣映】　　字玉映。浙江杭州人。和州吳觀莊室。吳廷尊之母。

【鄧湛】　　字定水。四川富順人。少司空敍州金寬室。

【錢宛鸞】　字翔青。江蘇蘇州人。雲間張氏室。

【錢貞嘉】　字含章。浙江杭州人。文學黃氏室。

【錢涓】　　字駦文。浙江嘉興人。孝廉錢泮之妹，平湖薛雍可室。壯歲夫亡，假詩詞以抒懷。

【錢靈修】　字湘音。江蘇蘇州人。

【龍輔】　　字佐君。安徽望江人。蘭陵守元度公之後，武康常陽室。隨任太平官舍。

【戴淑貞】　江蘇蘇州人。殷季修室。

【戴嬌鳳】　揚州人。大學士馬士英妾。

【薛瓊】　　字素儀。江蘇無錫人。李崧室。夫婦皆擅詩詞，時有酬倡。

【謝小湄】　字中季，一作中李。

【謝季蘭】　原名秀孫，字湘芷。江西寧都人。魏禧室。

【謝瑛】　　字玉英。江蘇武進人。東平刺史徐可先室。

【鍾青】　　字山容。浙江杭州人。鹽官吳氏室。

【韓翠屏】　生活於萬曆、天啓年間。江蘇揚州人。七品散官韓芳女，兵部尙書崔呈秀妾。丰姿俊雅，寵冠一時。喜詞曲。呈秀爲閹黨五虎之首，思宗即位（1628年），有詔逮治，自縊死，翠屏亦從死。

【叢祁誌】　江蘇如皋人。諸長叢長茂女，謝魚池室。

【歸湘】　　字蘭風，一字溶溶。江蘇常熟人。王祐商室。善詩詞。

【嚴瓊瓊】　字小瓊。江蘇崑山人。

【蘇瑞蓉】　字淑芳。江蘇吳江人。

【顧信芳】　字湘英。江蘇太倉人。秉直，吳縣程鍾室。工詩詞。

【顧道喜】　一名道善，字靜簾。江蘇吳江人。進士顧自植之女，諸生許季通（許虬）室。

【顧蘭佩】　字珩書，一作珩香。江蘇吳江人。學憲顧道行曾孫

女，玉峰何法瀍室。

【龔靜照】　字鵑紅，一字冰輪。江蘇無錫人。明中書龔廷祥之
　　　　　　女，同邑陳著室。工書善畫。

二、青樓詞人

◎同人異名

【馬湘蘭】　（1548～1604）金陵妓。一名馬守貞。

【馬守貞】　字月嬌，小字玄兒，號湘蘭子。金陵妓。善畫蘭，
　　　　　　工詩書，與王稚登善。詞如花影點衣，煙霏著樹，
　　　　　　非無非有而已。年五十七卒。

【趙今燕】　金陵妓。雅負才情，不忘交接。每抱風塵之慨，知
　　　　　　者憐之。一名趙燕。

【趙燕】　　字彩姬，一字今燕。金陵妓。舉止風流，姿容蘊藉。
　　　　　　有寄吳門張獻翼詞一闋。廣陵冒愈昌贊其詞幽微精
　　　　　　進，絕無閨閣穠纖之態。因梓其同朱泰玉、鄭妥、
　　　　　　馬守貞為秦淮四美人合刻傳之。

【鍾娘】　　字桂仙。江蘇眞州妓。吳鹿源室。一名鍾清。

【鍾清】　　字素娘。江蘇儀眞妓。吳鹿源室。年未三十而死。
　　　　　　其詩詞無穠華之氣。

（一）群體關係密切者

◎姊妹詞人

【寇湄】　　字白門。金陵妓。善畫蘭，能吟詩。甲申年（1644）
　　　　　　京師陷，自贖身，從眾婢南歸，為女俠，築園亭，
　　　　　　結賓客，與文人騷客往來。

【寇韠如】　字貞素。金陵妓。寇白門妹。幼即穎異，深厚晦默。
　　　　　　多宴集詩，各體皆工。

【呼舉】　　字文淑，號素蟾。江夏妓。歸臨皋孝廉王追美。以

放榜日生，因名舉。其父浪遊荊鄂間，遂籍江夏。後墮隸營妓中，幼而貞靜，性疏朗敏慧，容止沖澹，自文墨以至碁畫雙陸、打馬呼盧、蹴踘，無不精曉。與臨皋孝廉王追美交厚，後為其所納。

【呼采】　字文如。江夏營妓。後歸麻城邱謙之。善琴能寫蘭，且知詩詞，與其姊呼舉齊名。所著《遙集編》一書末有徐翩女史跋。

◎朋友關係

【王微】　（1597～1647）字修微，自號草衣道人。廣陵妓，後為女冠。與雲間陳眉公、竟陵譚友夏輩為文字交。《竹窗詞選》云王修微詞皆言情之作，多有俳調。

【楊宛】　（1612～1644）字宛叔。金陵妓。茗上茅元儀室。與王修微同時，年十六歸西吳茅氏，能文詞，行草皆有法。丰姿綽約，先適茅元儀，後從田宏遇。甲申之變，攜田氏女還金陵，路間為盜所殺。

【柳如是】　（1618～1664）一名隱。本姓楊，名愛，字影憐（一作應憐），號我聞居士，又號河東君。浙江嘉興人。名妓，後歸虞山錢謙益。早年赴松江，得到「幾社」陳子龍、宋徵輿等關注。思想和詩詞深受陳子龍影響。所著有《戊寅草》（1638 年刊刻），雲間陳大尊為之序。

◎金陵地區

【朱泰玉】　字無瑕，小字馥。金陵妓。幼學歌舞於朱長卿家，遂冒姓朱。淹通文史，工詩善畫。明萬曆三十七年秋冬間（1610），秦淮有社會，集天下名士，無瑕詩出，人皆自廢。後歸栖霞禪師而終。

【鄭妥】　　　一名如英，字無美。金陵妓。朝夕焚香持課，每以胎骨於煙花爲恨。詩詞流利自然，與卜賽、寇湄相頡頏。

【郗文珠】　　字昭文。金陵妓。才藝殊絕，談論風生，與祭酒馮夢禎有交往。能文章，工詩，尤長書法，與馬如玉齊名。後嫁遼左李通侯家奴。

【馬如玉】　　字楚嶼。金陵妓。本姓張，從假母之姓爲馬。修潔蕭疏，無兒女子態，耽吟詠，慷慨多丈夫行。後受戒棲霞蒼麓法師，易名妙慧。

【尹春】　　　字子春。金陵妓。專工戲劇排場，兼擅生旦，能詩詞。

【卜賽】　　　字賽賽，自稱玉京道人。金陵妓。乞身下髮爲女道士。能詩詞，工小楷，善畫蘭、鼓琴。依良醫鄭保御，長齋繡佛，持戒律甚嚴，用三年時間刺舌血書法華經以報保御。

【王月】　　　字微波。金陵妓。初爲桐城孫武公所寵，後被貴陽蔡如薰奪去。如薰爲安廬兵備道，攜月赴任。崇禎十四年五月，張獻忠破廬州，如薰被擒，搜其家，得月，留營中。以事忤獻忠，被殺害。

【陳元】　　　（1624～1681）字圓圓，本姓邢，名沅，字畹芬。江蘇武進人。吳中名優。田皇親購得至京，入梨園。後吳三桂納爲妾，值李自成軍攻克京師被俘。三桂降清，清軍陷京，仍歸三桂，從至雲南。晚年爲女道士，改名寂靜，字玉庵。

【董白】　　　（1624～1651）字小宛，號青蓮。江蘇南京（江寧）人。冒襄副室。年僅二十七，或云清兵南下被掠未歸，不知所終。

【徐驚鴻】　　字飛卿，又名徐翩，一云名翩翩。金陵妓。眾以翩

若驚鴻目之，由是得名。後爲女冠老焉，號慧月。書法遒媚，能左右手正反雙下，不失絲毫，稱爲絕技。翩有集數卷，多散逸。萬曆十四年（1586），戲曲家汪道昆爲其作〈慧月天人品〉一文。

【王賽玉】　字儒卿，小字玉兒。金陵妓。太學蔣戾室。悒鬱而終。

【朱斗兒】　號素娥。金陵妓。後歸武昌王光祿。風情搖曳，詩畫皆工。

【吳娟】　　字麋仙，別號群玉山人。初名眉，字眉生。金陵妓。本名家女，流落不偶。善作畫，工小楷，與莆田林茂之及金陵諸詞客相唱和，後委身林茂之。

【沙宛在】　字嫩兒，一名沙嫩，又字未央，自稱桃葉女郎。金陵妓。顏色與姊飄飄齊名，慧甚。後歸咤利，鬱鬱而死。

【花夢月】　字紅兒。金陵妓。有文名。

【朔朝霞】　字曙光。金陵妓。善舞，後爲女道士。

【崔嫣然】　字重文，小字媚兒。金陵妓。性耽圖史，工詩。

【張回】　　字淵如。金陵妓。翰墨丹青，時稱逸品。

【陳冉】　　字月素。金陵妓。與如皋冒起宗善。

【喬容】　　字雲生。金陵妓。少與名流嫵婉，濡染歲久，頗通文詞。

【楊琰】　　字玉香。金陵妓。年十五，性喜讀書，不與俗偶，貴游慕之，即千金不肯破顏。閩中林景清遊金陵，訪之，詩詞酬倡，兩情相許。後林歸閩，楊潔身以待，題「一清」自名其軒。景清去後，玉香思之成疾，不久而卒。

【頓文】　　字少文，又字琴心。金陵妓。琵琶頓老孫女。性聰慧，識字義，善琵琶。因事牽連入獄，後爲人所營

救。

【劉仙】　　字蕊珠。金陵妓。蕭疏逸致，澹宕佳懷。

【鍾舉】　　字瓊英。金陵妓。

【花妟】　　字友鸑。金陵妓。後歸蕭某，不知所終。

（二）無明顯群體關係者

【方是仙】　字澹然。浙江歸安名妓。性淡雅，好山水遊，尤愛禪語。

【王尙】　　字影香。古燕大成人。年十三落籍平康。

【王曼容】　字少君。北里名妓，其居表以長楊，人遂呼爲長楊君，爭以文雅相尙，後昵張郎，遂絕跡不出。此後社客稍稍星散，過長楊而唏噓。

【王毓貞】　字月妹。廣陵妓。小詞寫景生動細緻，纖巧而不落俗套。

【白旃香】　字西來。嘉定妓。

【吳眉仙】　名妓，寓京口。

【吳瑛】　　字澹如。原籍安徽太平，雲間妓。少爲雲間老妓所養，班中推爲第一。

【李無塵】　字不染，一字居貞。汴梁妓。能詩善畫，食英毓華。死於汴水。

【李萼】　　字文如。湘南名妓。後多病，終爲道士。酷愛李冶、魚玄機詩。

【李端卿】　字正姝。錢塘妓。

【周文】　　字綺生。浙江橋李名妓。

【林奴兒】　舊院角妓，善鼓瑟吹笙，爲人修潔自好。所適非其志，遂除一室奉佛終。

【柳聲】　　字紫畹。江蘇華亭人。少穎異，淪落平康，色藝無雙，久寓揚州。後歸天長令。

【胡蓮】	字茂生。浙江天臺人，閩妓。才情絕世，工詩畫，性不諧俗，以詩畫遊學士大夫間，一時閩巨公如曹石倉、徐興公皆愛重之，相與往來贈答。
【范翾】	字留雲。舊院名妓。體修而潔，才慧而敏，而詞多清豔。
【范璣】	字舜華。廣陵妓。
【夏雲弱】	字蓮娘。四川成都妓。少敏慧，能詩詞。曾與荀宣子遊。後從何象辰（臣）為妾。何卒，更適黃金榜。
【桂姮】	字月仙。西湖名妓。閩縣徐惟和公車過杭州，與之相遇，後三年歿。事見閩中《謝在杭日記》。
【袁蓮似】	字素如。錢塘妓。與名流唱和，青樓之傑然者也。
【馬瓊瓊】	明妓。一說為明人瞿佑《剪燈新話·寄梅記》中的小說人物。唐圭璋先生編《全宋詞》時，將之列入附錄〈元明小說話本中依託宋人詞〉的部分。
【張婉】	字婉仙。雲間妓。後樓西子湖。
【曹仙】	字小瓊。建春人。為益國宜春院妓。
【梁玉姬】	一名梁小玉，號嫏嬛女史。吳興妓。七歲依韻賦〈落花詩〉，八歲摹〈太常帖〉，長而涉獵經史。
【景翾翾】	字三昧。建昌妓。丁長發室。博學能文，工詩，有古意，亦善曲。以長發為誣訟於官，自縊而死。
【馮絃】	字舜風。浙江紹興人。當壚妓，後為陸氏妾。曾讀西陵毛甡大可桃枝詞乞桐鄉鍾子由邀之，值大可返里，不果，遂為陸氏妾。
【馮湘】	字靜容。玉峰妓。得武弁吳某賞識，置之碧樓，後死於倭寇。能詞，然詩詞多散佚。
【劉勝】	明妓，事見《青樓韻語》。
【蔣英】	字翠桃。蕪湖名妓。歸葛某，未幾復墮火坑。
【薛素】	字素素，小字潤娘，號素卿。江蘇吳郡妓。才技兼

之，能畫蘭竹，作詩詞，善挾彈走馬，以女俠自命。
曾為李征蠻所嬖，中年長齋繡佛，歸富家翁。

【京師妓】　四川成都人。

三、其他女詞人

◎生平不詳

【素貞】　　不詳。

【索四娘】　不詳。

【陳玉娟】　不詳。

◎多重身分

【陸幽光】　字孟珠，又字蛾壑。江蘇吳縣人。天資穎異，過目
成誦。初奔於義興，義興敗，轉徙江湖。後陷囹圄，
又入侯門，繼鄰北里，終入空門，命運多舛，踪跡
怪異。

◎尼姑

【靜照】　　俗姓曹，字月士。宛平人。明泰昌時選入宮中，在
掖庭二十五年。明崇禎十七年祝髮為尼。

【舒霞】　　赤浦賀氏，俗姓賀，名元瑛，字赤浦。江蘇丹陽人。
賀寬之妹。女尼。

【超琛】　　法號玉如。浙江嘉興人。祝髮為尼。

【慈雲】　　燕山尼，寓建昌。

◎道　姑

【自閑道人】　姓丁，字一揆。浙江杭州人。丁藥園女弟，棲雄
聖庵。

【蓑衣道人】　江蘇江陰人。進士盛某室。

◎侍　女

【花麗春二侍姬】 據《名媛詩緯》載：「侍兒衣錦衣，執檀板，歌〈天仙子〉以侑鄒師孟酒，麗春遽止之曰：勿歌此曲，徒增傷感。」

【蓬萊宮娥】不詳。

◎域外女詞人

【鎖戀堅】 西域人。善吟詠。成化間，遊茗城。朱文理座間索賦其家假山，戀堅賦〈沉醉東風〉一闋，為一時所稱。

【權貴妃】 諡恭獻。朝鮮人。朝鮮國王李芳遠之妃。明永樂間朝鮮貢女充掖庭，妃與焉。姿資穠粹，善吹玉簫。帝愛憐之，封貴妃。永樂八年，侍長陵北征，還至臨城，薨。

【李淑媛】 自號玉峰主人。朝鮮人。承旨學士趙瑗妾。遭倭亂死之。

【蘇世讓】 朝鮮人。

【俞汝舟妻】朝鮮人。

【成氏】 朝鮮人。

◎女　仙

【何月兒】 一作瑤宮花史。江蘇山陽人。早夭，王母散花女，歲癸未降乩，如武園。事見《悔庵沙語》。

【楚江】 花史侍女，甲申三月降生趙地。

【玄妙洞天少女】 玉茗堂主人夏夜坐簫館，夢至玄妙洞府，見一少女獨立於中，朗然高頌，其詞最多，僅記其一，以備參考。

◎乩　仙

【沈靜筠】 字玉霞。江蘇吳江人。太史沈位曾孫女（一作沈位

孫女），山人呂元洲室。歿後常降乩作詩詞，與呂
酬答，語意超礦，殆飄飄欲仙矣。事見清・徐釚《詞
苑叢談》。

【王氏】　　乩仙，自言宋時人，年二十卒。事見〔明〕沈宜修
　　　　　　《伊人思》。

【乩仙】　　乩仙，事見清・陳廷焯《雲韶集》。

◎女　鬼

【鄭婉娥】　女鬼。陳友諒姬。有二侍女一名鈿蟬，一名金雁，
　　　　　　亦當時之殉葬者。

【王秋英】　女鬼。

【翠微】　　女鬼。

◎無名氏三人

附錄二　《全明詞》、《全清詞》重收女詞人名錄

序號	《全明詞》	明清女詞人姓名、別名、字號	《全清詞》
1.	第二冊頁 412	儲氏	第八冊頁 4713
2.	第二冊頁 834	王鳳嫻【瑞卿、文如子、張孺人】	第三冊頁 1924
3.	第二冊頁 872	龍輔【佐君】	第十三冊頁 7293
4.	第二冊頁 872	劉碧【映清】	第十六冊頁 9359
5.	第二冊頁 873	袁彤芳【履貞、廣寒仙客】	第五冊頁 3043
6.	第三冊頁 1011 第三冊頁 1368	張長文【嫻倩】	第二冊頁 1020
7.	第三冊頁 1042	徐驚鴻【飛卿、又名徐翩、一云名翩翩。】	第二十冊頁 11855
8.	第三冊頁 1050	張引元【文姝、蕙如】	第三冊頁 1926
9.	第三冊頁 1062 第三冊頁 1506	錢氏【錢夫人】	第一冊頁 44
10.	第三冊頁 1131	郝文珠【昭文】	第四冊頁 2486
11.	第三冊頁 1132	黃淑貞【三四】	第一冊頁 465
12.	第三冊頁 1132	黃淑德【柔卿】	第六冊頁 3131
13.	第三冊頁 1253	尹春【子春】	第九冊頁 5230
14.	第三冊頁 1254	沙宛在【嫩兒、未央、桃葉女郎】〔註1〕	第八冊頁 4712

〔註1〕沙宛在，一云名「漱」，字宛在。

15.	第三冊頁 1282	楊徹【朝如】	第十六冊頁 9360
16.	第三冊頁 1283	楊徵【元卿】 〔註2〕	第十六冊頁 9361
17.	第三冊頁 1284	王曼容【少君】	第八冊頁 4754
18.	第三冊頁 1290	項蘭貞【孟畹】	第十六冊頁 9413
19.	第三冊頁 1293	黃幼藻【漢薦】	第二十冊頁 11448
20.	第三冊頁 1338	張鴻逑【琴友】	第一冊頁 473
21.	第三冊頁 1340	瞿寄安	第一冊頁 476
22.	第三冊頁 1368	張嫻婧【蓼仙（山）】	第二冊頁 1020
	第三冊頁 1011		第二十冊頁 11795
23.	第三冊頁 1368	郭琦【瑤汝】	第五冊頁 3044
24.	第三冊頁 1369	紀映淮【冒綠、阿男】	第九冊頁 5003
25.	第三冊頁 1393	吳貞閨【首良】	第十四冊頁 8477
26.	第三冊頁 1394	吳靜閨【珮典】	第十四冊頁 8478
27.	第三冊頁 1398	王毓貞【月妹】	第一冊頁 46
28.	第三冊頁 1398	白旃香【西來】	第四冊頁 2357
29.	第三冊頁 1419	顧若璞【和知】	第一冊頁 14
30.	第三冊頁 1420	黃鴻【鴻耀】	第一冊頁 16
31.	第三冊頁 1421	黃修娟【媚清】	第六冊頁 3476
32.	第三冊頁 1421	謝季蘭【湘芷】	第八冊頁 4757
33.	第三冊頁 1422	鄧湛【定水】	第四冊頁 2351
34.	第三冊頁 1424	陳冉【月素】	第二十冊頁 11771
35.	第三冊頁 1425	花夢月【紅兒】	第十五冊頁 8501
36.	第三冊頁 1425	胥苓第（弟）	第八冊頁 4402
37.	第三冊頁 1425	卞賽【賽賽、玉京道人】	第十四冊頁 8420
38.	第三冊頁 1465	張婉【婉仙】	第十七冊頁 10092
39.	第三冊頁 1466	顧蕙【又蘇】	第十六冊頁 9285
40.	第三冊頁 1466	吳朏【華生、凝眞、冰蟾子】	第一冊頁 250
41.	第三冊頁 1468	彭琬【玉映】	第二冊頁 1023
42.	第三冊頁 1468	彭琰【幼玉】	第二冊頁 1023
43.	第三冊頁 1499	申蕙【蘭芳、詩農】	第一冊頁 60

〔註 2〕 楊徵，一作「楊澂」。

44.	第三冊頁 1499	歸淑芬【素英】	第一冊頁 57
45.	第三冊頁 1502	顧道喜【道善、靜簾】	第二冊頁 1019
46.	第三冊頁 1503	吳山【岩子】	第一冊頁 51
47.	第三冊頁 1506 第三冊頁 1062	錢夫人	第一冊頁 44
48.	第三冊頁 1565	周慧貞【挹芬】	第十四冊頁 8422
49.	第三冊頁 1565	沈靜筠【玉霞】	第六冊頁 3142
50.	第三冊頁 1573	胡蓮【茂生】	第十五冊頁 8733
51.	第三冊頁 1575	李玉照【潔塵】	第三冊頁 1448
52.	第三冊頁 1576	周蘭秀【淑英、弱英】	第一冊頁 475
53.	第三冊頁 1582	韓智玥【潔存】	第十六冊頁 9402
54.	第三冊頁 1584	顧蘭佩【珩書（珩香）】	第八冊頁 4754
55.	第三冊頁 1584	吳柏【柏舟】	第十三冊頁 7538
56.	第四冊頁 1745	彭孫婧【孌如】	第九冊頁 5234
57.	第四冊頁 1788	范姝【洛仙】	第十六冊頁 9414
58.	第四冊頁 1788	錢涓【裴文】	第二冊頁 739
59.	第四冊頁 1814	季嫻【靜姎、辰月、元衣女子】	第六冊頁 3222
60.	第四冊頁 1815	林綠【映山】	第二十冊頁 11773
61.	第四冊頁 1866	商景蘭【媚生、眉生、祁（忠敏）夫人】	第一冊頁 227
62.	第四冊頁 1873	商景徽【嗣音、徐（仲山）夫人】	第一冊頁 237
63.	第四冊頁 1874	晁四娘	第五冊頁 2701
64.	第四冊頁 1874	吳綃【冰仙、片霞、素公】	第一冊頁 401
65.	第四冊頁 1884	吳琪【蕊仙、佛眉、輝宗、上蓮道人】	第一冊頁 412
66.	第四冊頁 1886	周瓊【羽步、飛卿】	第一冊頁 414
67.	第四冊頁 1894	靜照【俗姓曹、月士】〔註3〕	第一冊頁 258
68.	第四冊頁 1895	超琛【法號玉如】	第八冊頁 4714
69.	第四冊頁 1930	謝瑛【玉英】	第十八冊頁 10247
70.	第四冊頁 1931	董如蘭【畹仙】	第一冊頁 55

〔註3〕 《蕙風詞話續編》卷二「尼靜照詞」條云：「尼靜照，字月上」。

71.	第四冊頁 1933	顏繡琴【清音（青音）】	第十一冊頁 6544
72.	第四冊頁 1933	吳芳【若英】	第十六冊頁 9284
73.	第四冊頁 1934	葉文【素南】	第十六冊頁 9469
74.	第四冊頁 2162	陳元【圓圓、畹芬】〔註4〕	第三冊頁 1923
75.	第四冊頁 2162	薛瓊【素儀】	第二十冊頁 11558
76.	第五冊頁 2235	張令儀【柔嘉】	第二十冊頁 11428
77.	第五冊頁 2255	葉小紈【蕙綢】	第二冊 865
78.	第五冊頁 2352	黃雙蕙【柔嘉】	第一冊頁 476
79.	第五冊頁 2353	陳契【香石、法名無垢】	第四冊 2357
80.	第五冊頁 2354	鄧太妙【玉華】	第十八冊頁 10249
81.	第五冊頁 2354	劉雲瓊【靜娟、離石檻花居士】	第八冊頁 4559
82.	第五冊頁 2375	張麗人【原名喬、喬婧、二喬】	第四冊 1953
83.	第五冊頁 2390	李因【今生、今是、是庵、龕山逸史】	第二冊頁 1166
84.	第五冊頁 2393	沈憲英【惠（蕙）思、蘭支】	第四冊 2358
85.	第五冊頁 2394	沈華曼【端容、蘭餘】	第十二冊頁 6938
86.	第五冊頁 2394	沈樹榮【素嘉】	第十冊頁 5893
87.	第五冊頁 2443	柳如是【柳隱、我聞居士、河東君】	第三冊頁 1471
88.	第五冊頁 2505	歸湘【蘭風、溶溶】	第一冊頁 61
89.	第五冊頁 2520	張小蓮【西坡（西陂）】	第五冊頁 2979
90.	第五冊頁 2520	郝湘娥	第十四冊頁 8478
91.	第五冊頁 2521	馮紜【舜風】	第七冊頁 3749
92.	第五冊頁 2537	孫瑤英【孟芝】	第十五冊頁 8734
93.	第五冊頁 2538	顧諟【天孫】	第六冊頁 3478
94.	第五冊頁 2539	張蘭【畹香】	第十九冊頁 11141
95.	第五冊頁 2572	夏雲弱【蓮娘】	第十七冊頁 10092
96.	第五冊頁 2587	徐淑秀【昭陽遺子】	第三冊頁 1923
97.	第五冊頁 2588	顧長任【重楣、霞笈仙姝】	第十四冊頁 8304
98.	第五冊頁 2589	顧姒【啟姬、仲姒】	第十六冊頁 9632

〔註4〕陳圓圓名「元」，一作「沅」。

99.	第五冊頁 2661	劉淑【淑英】	第四冊頁 2088
100.	第五冊頁 2726	趙氏	第十二冊頁 6728
101.	第五冊頁 2729	柴貞儀【如光】	第五冊頁 2988
102.	第五冊頁 2730	柴靜儀【季嫻】	第五冊頁 2989
103.	第五冊頁 2810 第六冊頁 2999	顧貞立【顧文婉、碧汾、避秦人】	第七冊頁 3755
104.	第五冊頁 2840	徐元端【延香】	第十五冊頁 8932
105.	第五冊頁 2844	沈榛【伯虔、孟端】	第十二冊頁 6764
106.	第五冊頁 2850	賀祿【宜君】	第十一冊頁 6270
107.	第五冊頁 2851	賀潔【靚君】	第四冊頁 2423
108.	第六冊頁 2864	夏沚【湘友】	第一冊頁 414
109.	第六冊頁 2864	趙承光【希孟】	第二十冊頁 11562
110.	第六冊頁 2897	賀宇【乃夫】	第十五冊頁 8551
111.	第六冊頁 2898	浦映淥【湘青】 〔註 5〕	第五冊頁 2880
112.	第六冊頁 2899	周姍姍【小姍】	第五冊頁 2882
113.	第六冊頁 2899	蔣晱【玉映】	第十冊頁 5714
114.	第六冊頁 2998	秦清芬	第二十冊頁 11427
115.	第六冊頁 2998	張縈【采子（采于）】	第十三冊頁 7291
116.	第六冊頁 2999	吳沄【玉洄】	第二十冊頁 11774
117.	第六冊頁 2999 第六冊頁 3088	林少君	第二冊頁 865
118.	第六冊頁 3000	舒霞【赤浦賀氏（俗姓賀、名元瑛、赤浦）】	第四冊頁 2447
119.	第六冊頁 3000	沈蘭英【蘭友】	第六冊頁 3141
120.	第六冊頁 3005	李朓（眺）【冰影】	第四冊頁 2520
121.	第六冊頁 3007	李懷【玉燕】	第三冊頁 1358
122.	第六冊頁 3010	黃德貞【月輝】	第一冊頁 466
123.	第六冊頁 3013	黃媛介【皆令】	第一冊頁 238
124.	第六冊頁 3016	湯萊【萊生】	第四冊頁 1938
125.	第六冊頁 3026	董白【小宛、青蓮】	第七冊頁 3754

〔註 5〕「浦映淥」一作「浦映綠」，見陳維崧《婦人集》。

126.	第六冊頁 3027	龐蕙纕【紉芳、小畹】	第四冊頁 1951
127.	第六冊頁 3028	卞氏【元文、篆生】	第一冊頁 53
128.	第六冊頁 3029	馮嫻【又令】	第四冊頁 2373
129.	第六冊頁 3030	黃蓼鴻【節棲】	第九冊頁 4980
130.	第六冊頁 3037	秦曡【曡筠】	第二十冊頁 11519
131.	第六冊頁 3039	李蒕【天章】	第四冊頁 2305
132.	第六冊頁 3040	戴淑貞	第五冊頁 3045
133.	第六冊頁 3040	朱素娟【月繡】	第八冊頁 4401
134.	第六冊頁 3040	朱彩【飛紅】	第十五冊頁 8501
135.	第六冊頁 3041	朱衣【點軒】	第十四冊頁 8417
136.	第六冊頁 3041	張琮【宗玉】	第十八冊頁 10775
137.	第六冊頁 3047	韓珮【照玉】	第八冊頁 4758
138.	第六冊頁 3049	顧信芳【湘英】	第一冊頁 415
139.	第六冊頁 3051	顧之瓊【玉蕊】	第一冊頁 460
140.	第六冊頁 3053	唐元觀【靜因】	第一冊頁 464
141.	第六冊頁 3080	韓宛【湘煙】	第八冊頁 4759
142.	第六冊頁 3081	錢貞嘉【含章】	第十四冊頁 8374
143.	第六冊頁 3081	尹氏	第十四冊頁 8110
144.	第六冊頁 3082	朱玉樹【二珍】	第六冊頁 3130
145.	第六冊頁 3082	鍾清【素娘】	第十三冊頁 7294
146.	第六冊頁 3087	錢宛鸞【翔青】	第二十冊頁 11732
147.	第六冊頁 3087	李萼【文如】	第十四冊頁 8421
148.	第六冊頁 3088	馮挹芳【琴仙】	第十八冊頁 10249
149.	第六冊頁 3088 第六冊頁 2999	林韞【少君】	第二冊頁 865
150.	第六冊頁 3110	桂姮【月仙】	第八冊頁 4714
151.	第六冊頁 3110	唐榛【玉亭】	第一冊頁 464
152.	第六冊頁 3111	張回【淵如】	第十冊頁 5714
153.	第六冊頁 3111	花妟【友鶯】	第十五冊頁 8668
154.	第六冊頁 3112	范璣【舜華】	第十四冊頁 8422
155.	第六冊頁 3112	紀松實【多零】	第二冊頁 1158
156.	第六冊頁 3115	周文【綺生】	第十五冊頁 8500

157.	第六冊頁 3116	蔣英【翠桃】	第十五冊頁 8516
158.	第六冊頁 3116	章有嫻【媛貞】	第十四冊頁 8416
159.	第六冊頁 3116	章有湘【玉筐、令儀、橘隱居士】	第十四冊頁 8415
160.	第六冊頁 3117	章有渭【玉璜】	第十四冊頁 8416
161.	第六冊頁 3205	張啓	第十一冊頁 6194
162.	第六冊頁 3206	孫蘭媛【介畹】	第一冊頁 471
163.	第六冊頁 3207	孫蕙媛【靜畹】	第一冊頁 469
164.	第六冊頁 3233	張學雅【右什】〔註6〕	第十五冊頁 9040
165.	第六冊頁 3235	張學儀【古容】	第十五冊頁 9044
166.	第六冊頁 3236	張學典【古改（古政）、號羽仙】	第十五冊頁 9045
167.	第六冊頁 3238	張學象【古圖】	第十五冊頁 9048
168.	第六冊頁 3238	張學聖【古誠】	第十五冊頁 9050
169.	第六冊頁 3239	張學賢【古明】	第十六冊頁 9051
170.	第六冊頁 3254	王素音	第十一冊頁 6543
171.	第六冊頁 3254	王靜淑【玉隱、隱襌子】	第二冊頁 1017
172.	第六冊頁 3255	王端淑【玉映、映然子、青蕪子】	第二冊頁 1017
173.	第六冊頁 3256	吳瑛【澹如】	第十五冊頁 8667
174.	第六冊頁 3257	蔣修【潔操】	第十九冊頁 10861
175.	第六冊頁 3322	陸幽光【孟珠、蛾塦】	第二冊頁 740
176.	第六冊頁 3322	陸羽嬉【酌泉】	第三冊頁 1592
177.	第六冊頁 3322	陳豔【杏紅】	第十五冊頁 8733
178.	第六冊頁 3323	鍾娘【桂仙】	第十三冊頁 7295
179.	第六冊頁 3328	于啓璋【靜媛】	第二十冊頁 11730
180.	第六冊頁 3329	喻撚【惟綺】	第四冊頁 2487
181.	第六冊頁 3329	沈貞永【瓊山】	第六冊頁 3477
182.	第六冊頁 3331	張鴻廉【淑舟】	第二十冊頁 11685
183.	第六冊頁 3332	胡玉鸞【瑤林】	第八冊頁 4405
184.	第六冊頁 3332	柳人月【伴月】	第二十冊頁 11681
185.	第六冊頁 3332	喬容【雲生】	第十九冊頁 10862
186.	第六冊頁 3333	王尚【影香】	第六冊頁 3476

〔註6〕　「右什」應作「古什」。

187.	第六冊頁 3335	倪瑞【文嘉】	第六冊頁 3130
188.	第六冊頁 3336	李媛	第十八冊頁 10775
189.	第六冊頁 3336	葉弘緗【書成（書城）】	第十七冊頁 10173
190.	第六冊頁 3337	金莊【子嚴】	第十八冊頁 10248
191.	第六冊頁 3342	商彩【雲衣】	第十九冊頁 10900
192.	第六冊頁 3343	王潞卿【繡君、仙媚】	第四冊頁 2494
193.	第六冊頁 3343	梁善娘	第十冊頁 5693
194.	第六冊頁 3344	林瑛佩【懸藜】	第十四冊頁 8324
195.	第六冊頁 3345	郁大山【靜如】	第十三冊頁 7362
196.	第六冊頁 3346	劉建【赤霞】	第十六冊頁 9150
197.	第六冊頁 3352	吳森扎【文照】	第二十冊頁 11731
198.	第六冊頁 3353	龔靜照【鵑紅、冰輪】	第四冊頁 2352
199.	第六冊頁 3355	蘇瑞蓉【淑芳】	第十一冊頁 6467
200.	第六冊頁 3356	汪嫻	第十四冊頁 7964
201.	第六冊頁 3356	凌緒【理之】	第二十冊頁 11815
202.	第六冊頁 3356	王玳【謝家】	第八冊頁 4406
203.	第六冊頁 3357	彭淑【又徐】	第四冊頁 2096
204.	第六冊頁 3357	秦氏	第二十冊頁 11427
205.	第六冊頁 3358	楊李	第七冊頁 3753
206.	第六冊頁 3365	齊景雲	第十一冊頁 6543
207.	第六冊頁 3365	童觀觀	第三冊頁 1922
208.	第六冊頁 3366	周蕉【綠天】	第四冊頁 2356
209.	第六冊頁 3366	倪小【茁姑】	第四冊頁 2355
210.	第六冊頁 3367	邵斯貞【靜嫻】	第八冊頁 4459
211.	第六冊頁 3370	沈士芳	第十六冊頁 9202
212.	第六冊頁 3370	江淑蘭【畹芳】	第十四冊頁 8419
213.	第六冊頁 3371	翁與淑【登子】	第八冊頁 4401
214.	第六冊頁 3371	李妍【安侶】	第六冊頁 3457
215.	第六冊頁 3372	時嫻【宜幽】	第七冊頁 3801
216.	第六冊頁 3387	潘端【愼齋】	第四冊頁 2467
217.	第六冊頁 3387	錢靈修【湘音】	第六冊頁 3456

218.	第六冊頁 3388	金柔【德頤】	第八冊頁 4758
219.	第六冊頁 3388	季淑貞【玉芳】	第六冊頁 3457
220.	第六冊頁 3389	李淑媛【玉峰主人】	第二十冊頁 11774
221.	第六冊頁 3396	嚴瓊瓊【小瓊】	第八冊頁 4709
222.	第六冊頁 3396	吳皎臨【玉樹】	第十九冊頁 10903
223.	第六冊頁 3397	沈栗【恂仲】	第十六冊頁 9401
224.	第六冊頁 3398	蔣起榮【素行】	第八冊頁 4407
225.	第六冊頁 3398	吳月娥【雉城】	第九冊頁 5392
226.	第六冊頁 3398	鍾青【山容】	第六冊頁 3138
227.	第六冊頁 3402	吳九思【栢隱】	第八冊頁 4711
228.	第六冊頁 3402	趙昭【子惠】	第五冊頁 3044
229.	第六冊頁 3402	邵笠【澹庵】	第十四冊頁 7963
230.	第六冊頁 3403	楊琇【倩玉】	第八冊頁 4556
231.	第六冊頁 3405	殷玉貞【婉緹】	第五冊頁 3043
232.	第六冊頁 3405	王仙媛	第二十冊頁 11561
233.	第六冊頁 3408	張道介【椒岑】	第二冊頁 1022
234.	第六冊頁 3408	楊毓貞【韞秀（蘊秀）】	第十六冊頁 9201
235.	第六冊頁 3409	杭錦【七襄】	第一冊頁 462
236.	第六冊頁 3409	錢靜婉【淑儀】	第十四冊頁 8367
237.	第六冊頁 3412	姚倩奴【冷豔樓主人】	第十五冊頁 8669
238.	第六冊頁 3412	袁蓮似【素如】	第十九冊頁 10901
239.	第六冊頁 3412	全潔【瑜素】	第八冊頁 4713 第九冊頁 5229
240.	第六冊頁 3413	吳芳華【彥因】	第五冊頁 2958
241.	第六冊頁 3417	柏葉【清香】	第八冊頁 4560
242.	第六冊頁 3417	張桓少【克君】	第十六冊頁 9053
243.	第六冊頁 3418	吳馥【分月】	第六冊頁 3223
244.	第六冊頁 3422	陸宛櫺【端毓】	第一冊頁 472
245.	第六冊頁 3422	萬淑修【宜洲】	第六冊頁 3455
246.	第六冊頁 3423	冒德娟【嬫婉】	第十四冊頁 8457
247.	第六冊頁 3424	陸敀【若士】	第十三冊頁 7362

248.	第六冊頁 3425	傅靜芬【孟遠】	第一冊頁 356
249.	第六冊頁 3436	自閑道人【丁一揆】	第六冊頁 3202
250.	第六冊頁 3437	成都女郎	第二十冊頁 11868
251.	第六冊頁 3438	劉仙【蕊珠】	第十九冊頁 10862
252.	第六冊頁 3438	方是仙【澹然】	第十五冊頁 8517
253.	第六冊頁 3439	柳聲【紫畹】	第二十冊頁 11681
254.	第六冊頁 3440	何月兒【瑤宮花史】	第十五冊頁 8669

附錄三　明代女詞人詞作重出對照表

第一類：錯把一闋當兩闋（共九例）

姓　名	詞　牌	詞　題	冊　頁	詞　　作
楊宛	江城子	夏閨	第四冊頁1779	晚妝纔罷月初生。淡雲輕。拜雙星。怕人偷覷，佯做數流螢。又到愁來無意緒，人不見，露泠泠。
			第四冊頁1787	晚雲收盡四天清。背銀屏。拜雙星。怕人瞧見，佯做數流螢。一陣新涼侵薄袂，斜月轉，露泠泠。
	滿宮花	暑夜與諸女郎同外家宴	第四冊頁1782	山正曛，涼早早。青海月兒洗澡。花叢誰識幾多花，只覺幽香重遶。　　玉露猶輕人已悄。各各深情精巧。盡從花裏捉流螢，一半醉眠芳草。
		暑夜與諸女郎外家宴	第四冊頁1786	樹陰陰，涼早早。共盼月來天杪。不知花裏幾多花，只覺幽香重遶。　　露猶輕，人已悄。各各深情情巧。盡從花裏捉流螢，一半醉眠芳草。
	浪淘沙	茉莉	第四冊頁1782	盡日若含愁。別樣嬌羞。晚涼香散上簾鈎。此際開來明又落，一夜風流。　　脫煞恁輕柔。怎耐深秋。相攜開對小妝樓。不忿淒涼伊似我，說甚風流。

		海棠	第四冊 頁1786	盡日若含愁。別樣嬌羞。晚涼香散上簾鉤。帶露摘來斜插鬢，一段風流。　　蜇語玉階幽。又是深秋。相攜閒對小妝樓。不解斷腸伊似我，我似伊否。
	楊柳	本意	第四冊 頁1786	嫋嫋疏枝帶露輕。隔窗櫺。絲絲縮著別離情。最難勝。　　幽恨祇憑羌管訴，調應清。臨風吹作斷腸聲。不堪聽。
		太平時	第四冊 頁1786	嫋嫋疏枝帶露輕。隔簾櫺。絲絲牽綴別離情。最難勝。　　幽恨祇憑羌管訴，調應清。臨風半是斷腸聲。不堪聽。
葉紈紈	滿江紅	秋思・其一	第四冊 頁2174	桂苑香消，芙蓉老、白蘋浪起。又漸是、寒煙古木，夕陽流水。玉笛悲涼秋旅怨，金砧淒楚關山思。看斷霞、明月照涼輝，黯凝倚。　　詩酒興，消殘矣。愁與悶，偏無已。念啼鶯別後，水雲煙瀰。惆悵不通天際信，江南風景空如此。聽秋聲、蕭瑟夜蜇清，心如死。
			第四冊 頁2177	桂子香消，芙蓉老、白蘋浪起。唯賸見、夕陽古木，淡烟流水。遠夢頻驚梧影下，新寒早度砧聲裏。看畫樓、曲曲碧闌干，人慵倚。　　游冶事，消殘矣。吟咏興，聊爾耳。念鶯岑燕寂，水雲渺瀰。惆悵天涯尋不得，江南風景還如此。聽塞鴻、嘹唳砌蜇清，心如死。
葉小鸞	訴衷情令	秋夜	第五冊 頁2379	蜇聲泣罷夜初闌。香潤彩籠殘。多情明月相映，一似伴人閒。　　燈蕊細，漏聲單。透輕寒。蕭蕭瑟瑟，側側淒淒，落葉聲乾。
	訴衷情		第五冊 頁2389	剪刀初放夜將闌。花落一燈殘。多情明月相映，一似伴人閒。　　珠箔掩，翠衾單。透輕寒。蕭蕭瑟瑟，側側悽悽，落葉聲乾。
	踏莎行	秋景	第五冊 頁2386	悴葉零愁，清香入繡。王孫桂小塗黃就。畫簾日影上銀鉤，松風一枕消清晝。　　片雨涼生，小風波皺。疏疏翠玉琅玕逗。斷雲飛盡碧天長，數枝煙柳斜陽瘦。

詞牌	詞題	姓名	卷頁	詞作
	過芳雪軒憶昭齊姊・其三		第五冊頁2389	憔悴零愁，清香入繡。小山叢桂塗黃就。畫樓日影上簾鉤，松風一枕消清晝。　片雨涼生，小風波皺。疏疏碎玉琅玕逗。斷雲飛盡碧天長，數枝煙柳斜陽瘦。
	歸國遙	四姑約歸雨阻	第五冊頁2816	分飛久。相約同舒雙黛皺。昨夜夢中攜手。訴愁還是舊。　悵望曉粧時侯。正珠鈿翠袖。此恨卿卿知否。淚花看浥逗。
		四姑約歸雨阻	第五冊頁2837	分飛久。相約相逢舒黛皺。昨夜夢中攜手。訴愁還是舊。　悵望曉粧時候。怪花鈿翠袖。此恨卿卿知否。滿庭花露透。
顧貞立	滿江紅	春寒夜雨不能成寐復起擁鑪命酒陶然竟醉賦此	第五冊頁2817	摘碎花魂，鄉夢杳、擁衾還起。凄絕處、鐙昏香燼，重門深閉。握管欲吟紅雨曲，啼痕先把青衫漬。卸金釵、閒自撥鐙灰，書愁字。　今古事，醉而已。死歸也，生如寄。任旁人妒口，或憐或鄙。嘯傲久成衰鳳侶，粗疏好與頑仙似。問從來、淪落孰如予，應無二。
		春寒夜雨不寐擁爐命酒	第五冊頁2838	碎滴花魂，鄉夢杳、擁衾還起。凄涼處、燈昏香燼，重門深閉。握管欲吟紅雨曲，啼痕先把青衫洗。弄金釵、閒自撥爐灰，書愁字。　眉邊恨，簾櫳際。心中事，煙霞裏。任傍人妬口，或憐或鄙。笑傲人抔衰鳳似，粗疏好與頑仙比。問古今、淪落若如余，應無二。

第二類：誤將一家作兩家（共十五例）

詞牌	詞題	姓名	卷頁	詞作
浪淘沙	新秋	劉氏	第二冊頁492	昨夜雨綿綿。寒澀燈煙。薄衾蕭索不成眠。曉起牀頭看曆日，換了秋天。　綠葉尚新鮮。猶想爭妍。教他知道也淒然。眼底韶光容易過，樹且堪憐。
	新秋	劉碧	第二冊頁872	昨夜雨綿綿。寒澀燈煙。薄衾蕭索不成眠。曉起牀頭看曆日，換了秋天。　綠葉尚新鮮。猶想爭妍。教他知道也淒然。眼底韶光容易改，樹且堪憐。

		劉氏	第三冊頁1012	昨夜雨綿綿。寒澀燈烟。薄衾蕭索不成眠。曉起牀頭看曆日,換了秋天。　綠葉故新鮮。猶想爭妍。教他知道也淒然。眼底韶光容易改,樹且堪憐。
浣溪沙	其一	朱柔英	第二冊頁945	樓上輕寒病起遲。樓前楊柳弄新枝。曉妝纔罷理殘絲。　紫燕怯寒應未至,綠苔知暖暗生衣。可憐春在別離時。
		朱氏	第三冊頁1009	樓上輕寒病起遲。樓前楊柳弄新枝。曉粧纔罷理殘絲。　紫燕畏寒還未到,綠楊迎雨不勝垂。可憐春在別離時。
浣溪沙	其二	朱柔英	第二冊頁945	露浥霜華曉未稀。樹梢斜月隱簾幃。征鴻嘹嚦過天西。　故國迢遙鄉夢遠,寒宵荏苒漏聲微。小窗欲曙怯晨雞。
		朱氏	第三冊頁1010	草浥霜華曉未稀。樹梢斜月隱餘暉。征鴻嘹嚦過天西。　故國迢遙歸夢遠,寒宵荏苒漏聲稀。小窗欲曙怯晨鷄。
虞美人	其二	朱柔英	第二冊頁947	流鶯乍囀桃英小。簾額東風曉。又驚新柳舞宮腰。曾繫當年離恨一條條。　去年花下同攜手。往事還能否。欲憑雙燕問歸期。只恐芳郊小徑落紅稀。
		朱氏	第三冊頁1010	流鶯乍囀桃英小。簾額東風曉。驚看新柳弄纖腰。曾繫玉人離恨一條條。　去年花下憑肩處。往事渾無據。欲憑雙燕問歸期。愁絕小窗微雨落紅時。
踏莎行		朱柔英	第二冊頁947	碧沼新荷,彩簷飛燕。薔薇滿架都開遍。絲絲細雨濕蒼苔,輕寒乍暖尋芳倦。　寶鼎氲氳,玉碪清淺。好風幾陣來亭院。畫橋流水綠陰濃,倚欄厭聽黃鸝囀。
		朱氏	第三冊頁1010	碧沼新荷,畫檐飛燕。薔薇滿架都開徧。絲絲細雨濕蒼苔,玉樓人困尋芳倦。　紈扇風輕,紵衣寒軟。湘簾拂拂飄烟篆。芳郊處處綠陰濃,倚闌厭聽黃麗囀。

金人捧露盤		朱柔英	第二冊頁948	憶當年，鼓吹絕，漢離宮。正朧朧、樹隱新豐。荒亭草合，露盤仙掌月明中。懷恩未忍，車輪沒、愁出關東。　思依依，歸鄈下，遙望處，故園空。任銅臺、歌舞香濃。千秋感慨，憶君清夜淚花紅。渭城秋老，波聲咽、恨滿西風。
		朱氏	第三冊頁1010	憶當年，歌吹絕，漢離宮。正疏疏、樹隱新豐。荒庭草合，露盤仙掌月明中。懷恩未忍，車輪□〔註1〕、愁出關東。　思依依，歸鄈下，遙望處，故園空。任銅臺、歌舞香融。千秋感慨，憶君清夜淚花紅。渭城秋老，波聲咽、恨滿西風。
雨霖鈴		朱柔英	第二冊頁948	禁苑春深，海棠初睡，帳暖芙蓉。玉笛銀箏歌吹徧，霓裳漫舞，酒暈腮濃。堪羨雛鸞嬌鳳，竝戲花叢。羯鼓南來，龍車西幸，春散馬嵬東。　金釵鈿合當年事，歎人間天上信難通。遺恨空餘羅襪，沈香亭、花染新紅。被底鴛鴦，情留錦帶，恨隔芳容。不忍聽、離宮秋老，腸斷雨聲中。
		朱氏	第三冊頁1010	禁苑春深，海棠初睡，帳煖芙蓉。玉笛銀箏歌吹徧，霓裳慢舞，酒暈腮濃。堪羨雛鸞嬌鳳，并戲花叢。羯鼓空來，龍車西幸，春散馬嵬東。　金釵鈿合當年事，歎人間天上，有信難通。長恨空遺羅襪，沉香亭、花染新紅。被底鴛鴦，情留錦帶，帳隔芳容。不忍聽、離宮秋老，腸斷雨聲中。
憶舊遊		朱柔英	第二冊頁948	東風搖柳色，鶯慵蝶困，春徧江皋。記同時行樂，地綠窗朱戶，曲沼橫橋。挈侶尋芳拾翠，妝點競花嬌。奈夢遠繡屏，情餘錦字，恨寄文簫。　迢迢。音信斷，歎歡娛當日，寂寞今宵。水闊山高，總青青堪折，難寄長條。惟有多情燕子，雙舞戲花巢。爲語東風，相見還須醉碧桃。

	朱氏	第三冊 頁1010	東風搖柳色，鶯狂蝶橫，春徧江皋。舊時行樂地，記綠窗朱戶，曲沼橫橋。挈侶尋芳拾翠，粧點競花嬌。奈夢遠繡屏，情餘錦字，恨寄文簫。　　迢迢。音信斷，歡娛娛當日，寂寞今宵。水闊山還阻，縱青青堪折，難寄長條。唯有多情燕子，雙舞戲花巢。爲傳語東風，相逢還待攀碧桃。
長相思	趙今燕	第三冊 頁1011	去悠悠。意悠悠。水遠山長無盡頭。相思何日休。　　見春愁。對春羞。日日春江認去舟。含情空倚樓。
	寄 張幼于	趙燕	第三冊 頁1131	去悠悠。意悠悠。水遠山長無盡頭。相思何日休。　　見春愁。對春羞。日日春江認去舟。含情空倚樓。
滿庭芳	寄夫美承 掌憲并次 來韻	錢氏	第三冊 頁1062	古樹陰濃，新篁翠淺，午陰過雨俄晴。方塘對岸，留得小紅英。消受茶芽蕨筍，槃几淨、雲母輕明。薰風至，釣絲搖曳，無處立蜻蜓。　　喜灌園君志，辟纑吾職，兩意相並。把當前小景，直擬蓬瀛。怎便塵勞盡謝，長無事、心境雙清。家園好，藕花如錦，波面想盈盈。
	寄夫美承 掌憲并次 來韻·其 一	錢夫人	第三冊 頁1506	古樹陰濃，新篁翠淺，午陰過雨俄晴。方塘對岸，留得小紅英。消受茶芽蕨筍，槃几淨、雲母輕明。薰風至，釣絲搖曳，無處立蜻蜓。　　喜灌園君志，辟纑吾職，兩意相并。把當前小景，直擬蓬瀛。怎便塵勞盡謝，長無事、心境雙清。家園好，藕花如錦，波面想盈盈。
		錢氏	第三冊 頁1062	一片松陰，半庭梧葉，縱橫占滿空階。授衣時節，砧響隔墻來。漸老懶親刀尺，搴簾望、秋色佳哉。眞難料，千餘里外，來看木樨開。　　歡閣浮峽小，鬥爭堅固，利嫁名媒。怕胸中塊磊，孤負新醅。但使逍遙鵬鷃，知何事、荏苒縈懷。高樓晚，孤鴻別浦，鄉思忽相催。
	寄夫美承 掌憲并次 來韻·其 二	錢夫人	第三冊 頁1507	一片松陰，半庭梧葉，縱橫占滿空階。授衣時節，砧響隔墻來。漸老嬾親刀尺，褰簾望、秋色壯哉。眞難料，千餘里外，來看木樨開。　　嘆閣浮狹小，鬥爭堅固，利嫁名媒。怕胸中塊磊，辜負新醅。但使逍遙鵬鷃，知何事、荏苒縈懷。高樓晚，孤鴻別浦，鄉思忽相催。

天仙子	寫懷	馮玄玄	第三冊 頁1478	文姬遠嫁昭君塞。小青又續風情債。也虧一陣黑罡風，火輪下。抽身快。單單另另清涼界。　　原不是鴛鴦一派。休算做相思一概。自思自解自商量，心可在。魂可在。著衣又撚裙雙帶。
		小青	第五冊 頁2668	文姬遠嫁昭君塞。小青又續風流債。也虧一陣黑罡風，火輪下，抽身快。單單別別清涼界。　　原不是、鴛鴦一派。休猜做、相思一梳概。自思自解自商量，心可在。魂可在。着衫又撚雙裙帶。
浣溪沙	和王夫人仲英韻	顧貞立	第五冊 頁2812	百囀嬌鶯喚獨眠。起來慵自整花鈿。浣衣風日試衣天。　　幾日不曾樓上望，粉紅香白已爭妍。柳條金嫩滯春煙。
		顧氏	第六冊 頁2999	百囀嬌鶯喚獨眠。起來慵自整花鈿。浣衣風日試衣天。　　幾日不曾樓上望，粉紅香白已爭妍。柳條金嫩滯春煙。
滿江紅	中秋旅泊	顧貞立	第五冊 頁2820	爲問嫦娥，何事便、一生擔擱。也曾來、百子池邊，長生殿角。伴我綺窗朱戶影，辜他碧海青天約。倩回風、迢遞寄愁心，隨飄泊。　　五色管，今閒卻。千石酒，誰斟酌。想天涯羈旅，鬢絲零落。別夢匆匆偏易醒，遠書草草渾難託。判長眠、憔悴過三秋，人如削。
		顧氏	第六冊 頁2999	爲問姮娥，何事便、一生耽閣。也曾到、濯龍池畔，長生殿角。伴我綺窗朱戶影，辜他碧海青天約。倩回風、迢遞寄愁心，隨飄泊。　　五色管，今閒卻。千石酒，誰斟酌。又天涯羈旅，鬢絲零落。別夢匆匆偏易醒，遠書草草仍難托。判長眠、憔悴過三秋，人如削。
浣溪沙	贈程村	林少君	第六冊 頁2999	麟篆知從九夜捫。詩王金誥佩隨身。映梅爭羨氣絪縕。　　繡紙百番傳虎僕，蒸雲千首動龍賓。于今壇坫自推君。
	贈鄒程村	林韞	第六冊 頁3088	麟篆知從九夜捫。詩如李杜是前身。映梅爭羨氣絪縕。　　繡紙百番傳虎僕，蒸雲千首動龍賓。於今壇坫自推君。

第三類：一闋詞分屬兩人（共三十八例）

詞牌	詞題	姓名	卷頁	詞作
謁金門		權貴妃	第一冊頁252	眞堪惜。錦帳夜長虛擲。挑盡銀燈情脈脈。描龍無氣力。　宮女聲停刀尺。百和御香撲鼻。簾捲西風窺夜色。天青星欲滴。
	閨情	玄妙洞天少女	第一冊頁253	眞堪惜。錦帳夜長虛擲。挑罷銀燈情脈脈。繡花無氣力。　女伴聲停刀尺。蟋蟀爭啼四壁。自起捲簾窺夜色。天青星欲滴。
菩薩蠻	春閨	蘇世讓	第一冊頁266	若到晚鐘春已過。春光此日傷時暮。誰送斷腸聲。黃鸝知客情。　山光嬌黛濕。似帶傷春泣。綠酒瀉杯心。捲簾空抱琴。
	送春	鎖懋堅	第一冊頁365	曉鐘纔到春偏度。一番日永傷遲暮。誰送斷腸聲，黃鸝知客情。　山光青黛濕，仍帶傷春泣。綠酒瀉杯心。卷簾空抱琴。
西江月	寄外	端淑卿	第二冊頁836	簾外紛紛風絮，金鉤雙控頻敲。銀缸明滅麝烟消。羅帳夢魂縹緲。　梅折一枝相寄，長途驛使虛勞。寂寥更漏夜迢迢。展轉不知天曉。
	雪夜寄商孟和	鄭妥	第三冊頁1424	簾外紛紛飄絮，金鉤雙控頻敲。搖紅燭影麝香消。錦帳夢魂縹緲。　梅折一枝相寄，長途驛使虛勞。聲沉玉漏夜迢迢。輾轉不知天曉。
醉花陰	春去	端淑卿	第二冊頁836	春到人間能幾月。愁去清明節。花柳正爭妍，妒雨紛紛，杜宇聲啼血。　茫茫山水經年別。感事歸心切。無計可留春，一片花飛，兩鬢堆霜雪。
	春恨	卞賽	第三冊頁1426	春到人間能幾日。愁過清明節。陌上正繁華，裊裊游絲，杜宇聲啼血。　茫茫山水經年別。感事歸心切。無計可留春，陣陣楊花，吹起漫天雪。

浪淘沙	憶外	端淑卿	第二冊 頁 836	灑淚卜金錢。爻象移遷。荷筒折斷藕絲連。夢裏還家愁裏語，總是虛占。　　時事苦迍邅。一別經年。北堂萱草望懸懸。雲樹參差山水遠，魚雁難傳。
	思家	桂妲	第六冊 頁 3110	洒淚卜金錢。爻象移遷。荷筒折斷藕絲連。夢裏還家愁裏語，總是虛占。　　時事苦迍邅。一別經年。北堂萱草望懸懸。雲樹參差山水遠，魚雁難傳。
長相思		趙今燕	第三冊 頁 1011	去悠悠。意悠悠。水遠山長無盡頭。相思何日休。　　見春愁。對春羞。日日春江認去舟。含情空倚樓。
	寄 張幼于	趙燕	第三冊 頁 1131	去悠悠。意悠悠。水遠山長無盡頭。相思何日休。　　見春愁。對春羞。日日春江認去舟。含情空倚樓。
	寄 期連生	鄭妥	第三冊 頁 1424	去悠悠。思悠悠。水遠山高無盡頭。相思何日休。　　見春愁。對春愁。日日春江認去舟。含情空倚樓。
謁金門	秋思	崔嫣然	第三冊 頁 1252	風蕭瑟。猛聽霜砧搗急。應念征鴻無信息。教人愁似織。　　無限驚心透骨。都在眉頭堆積。明月梧桐清露滴。蛩吟聲唧唧。
		寇瑝如	第三冊 頁 1583	風蕭瑟。遠聽寒砧聲急。應念征鴻無信息。夜涼吹玉笛。　　幾許紅樓岑寂。夢斷楚江蘭澤。明月梧桐清露滴。暗蛩吟敗壁。
醉春風	秋閨	尹春	第三冊 頁 1254	池上殘荷盡。籬下黃花嫩。重陽還有幾多時，近。近。近。曾記舊年，那人索句，評香鬥茗。　　肺渴相如病。怕去臨妝鏡。湘簾搖曳晚風來，陣。陣。陣。雙袖生寒，一燈明滅，博山香燼。
		徐元端	第五冊 頁 2844	池上殘荷盡。籬下黃花嫩。重陽還有幾多時，近。近。近。曾記當年，有人同和，華箋新韻。　　不似今來困。憔悴誰相問。珠簾搖曳晚風來，陣。陣。陣。翠袖生寒，銀燈明滅，玉爐香燼。

踏莎行	游絲	馬守貞	第三冊頁1274	裊裊隨風,盈盈怯雨。浮踪長日渾難主。卻看旖旎聚還分,最憐繚繞來兼去。　弱比飛塵,輕同吹絮。無端不解尋歸處。碧天春晝任悠颺,有時力困縈芳樹。
		沈榛	第五冊頁2849	裊裊垂風,盈盈怯雨。浮蹤盡日渾難主。卻看旖旎亂還閒,最憐繚繞來兼去。　弱比飛埃,輕如吹絮。無端不解尋歸處。碧窗春晝盡悠颺,有時力困縈芳樹。
鷓鴣天	暮春日即事	朱泰玉	第三冊頁1337	連日蜂喧煖氣侵。清明過了覺春深。斜推團扇拋殘夢,立抱雲和擁繡衾。　邀姊妹,到園林。蒼苔掃淨坐花陰。共來鬥草宜男少,輸卻搔頭碧玉簪。
		徐元端	第五冊頁2842	宿雨纔收暖氣侵。清明過了覺春深。斜推玉枕拋殘夢,輕閣犀梳聽鳥音。　邀女伴,到芳林。碧苔淨掃坐花陰。閒尋鬥草消長日,輸卻搔頭小玉簪。
玉樓春	晚春中橋看月	郭琦	第三冊頁1368	花飛錦帶春波簇。殘月流輝明水縠。萬珠的皪照新妝,故向嫦娥纖手掬。　柳線牽烟輕重綠。漁燈高下鴛鴦宿。無情花柳送春歸,不管離人腸斷續。
	晚春三橋看月	顧若璞	第三冊頁1419	花飛錦帶春波起。殘月流輝明水底。萬珠的皪照新妝,故掬嫦娥纖手裏。　柳線牽烟輕重綠。漁燈高下鴛鴦宿。無情花柳送歸春,不管離人腸斷續。
小重山	秋閨	紀映淮	第三冊頁1369	蕭瑟幽閨更漏長。庭前叢桂發、暗飄香。月明露白漸生涼。輕風起,時拂鬱金裳。　遠雁一行行。相看還竚立、怯空房。幽懷幾許總難量。蘭缸炧,花影欲窺牆。
		沈榛	第五冊頁2850	蕭瑟幽閨更漏長。庭前叢桂發、暗飄香。月明露白漸生涼。輕風起時拂、鬱金裳。　遠雁一行行。相看還竚立、怯空房。幽懷幾許總難量。蘭缸暗花影、欲窺牆。

詞牌	詞題	作者	出處	詞作
海棠春	咏秋海棠	薛素	第三冊頁1397	紫絲步障胭脂片。嬌怯處、睡醒難辨。試捲畫簾看，酒暈楊妃面。　　幾枝無力腸兒斷。花意還嗔秋色淡。故把雨絲飄，點染紅酥亂。
		張學雅	第六冊頁3234	西風吹展臙脂片。愁絕處、睡醒難辨。試捲畫簾看，酒暈楊妃面。　　霧籠烟鎖供腸斷。花史還嫌秋色淡。故把雨絲飄，染得紅堪玩。
臨江仙		薛素	第三冊頁1397	喚起提壺池上飲，春歸滿地紅英。忽聞墙外子規聲。不如歸去也，細聽不分明。　　自抱雲和彈一曲，曲終還擬湘靈。風前淚眼幾時晴。月高星數點，香冷漏三更。
	送春，和陳簡齋韻	徐元端	第五冊頁2843	攜酒一尊池上飲，春歸滿地紅英。遙聞外杜鵑聲。不如歸去也，欲聽未分明。　　獨抱琵琶彈一曲，曲終水冷魚驚。風前淚眼幾時晴。月高星數點，人倦夜三更。
江城子	懷蔡幼嫈	薛素	第三冊頁1397	陌頭如霧又如烟。作春寒。送春闌。寂寞一枝、紅杏淚欄干。遙憶王孫芳草路，應自怯，舞衣單。　　尋思昨夜夢兒圓。錦屏前，燭花殘。不禁醒來、依舊鎖眉端。鴛枕和愁還獨擁。嗟別易，會偏難。
	雨夜春思	張學典	第六冊頁3236	輕塵如霧雨如烟。作春寒。送春闌。寂寞一枝、紅杏淚欄干。遙憶王孫芳草路，應自怯，素衣單。　　尋思昨夜夢兒圓。畫屏前。燭花殘。不禁醒來、依舊鎖眉端。鴛枕和愁還獨擁。嗟別易，會偏難。
謁金門	落花	馬如玉	第三冊頁1423	風正陡。枝上乍驚消瘦。寂寂長門空自守。東皇還顧否。　　無那鶯啼長晝。苦自將春拖逗。片片胭脂零落後。歌喉招舞袖。
		沈榛	第五冊頁2847	風正陡。枝上乍驚消瘦。寂寂青條空獨秀。東君還顧否。　　無奈鶯啼長晝。苦自將春拖逗。片片隨風零落後。芳魂歸碧甃。

秋波媚		王氏	第三冊 頁1565	流水東回憶故秋。疏雨滴更愁。雁來楚峽，風淒江渚，瘦損輕柔。　　誰憐絕世嬌憨在，斜倚小粧樓。慵窺寶鏡，淚懸情眼，恨鎖眉頭。
		賀字	第六冊 頁2898	流水迂迴憶舊秋。疏雨暗添愁。雁來楚峽，風淒江渚，瘦損溫柔。　　無端蕭瑟添惆悵，斜倚向妝樓。慵窺寶鏡，淚懸雙眼，恨鎖眉頭。
南鄉子	聞笛	沈靜專	第三冊 頁1581	殘月下迴廊。陣陣飛來葉打窗。小婢背燈偏睡穩，凄涼。欲睡還欹繡枕旁。　　何處笛聲長。寶鴨頻添隔夜香。那管愁人聽不得，商量。黑甜何處破愁腸。
		徐元端	第五冊 頁2843	殘月下迴廊。陣陣飛來葉打窗。小婢背鐙疑睡穩，凄涼。欲睡還欹繡枕旁。　　何處笛聲長。那管深閨聽者傷。央及西風吹去也，它鄉。不信無情不斷腸。
清平樂	初夏	王月	第三冊 頁1583	綠陰庭院。梁畔呢喃燕。飛向風前新試羽。蹴落舊巢新茜。　　無情春色偷歸。等閒斷送芳菲。獨剩夜闌明月，影來扶上花枝。
		林瑛佩	第六冊 頁3345	青苔庭院。梁畔呢喃燕。飛向風前試新剪。蹴落楊花幾片。　　無情春色偷歸。等閑斷送芳菲。獨剩夜闌明月，影來扶上花枝。
憶王孫	本意二調 ·其一	季嫻	第四冊 頁1814	花光月色影霏微。陣陣香風拂繡幃。閒倚畫屏蘭麝郁。夜闌時。塞外雙鴻歸不歸。
	本意	林綠	第四冊 頁1815	花陰月色共霏微。澹冶春風拂繡幃。獨倚書樓吹玉笛。盼人歸。梅落空階腸斷時。
賣花聲	春暮寄外	宋珹	第四冊 頁1816	日日怕春歸。不展雙眉。柳條無計繫斜暉。又是落花時候也，腸斷天涯。　　繡戶閉簾衣。兀坐樓西。無情燈慣把人欺。夜夜虛開花一穗，賺我歸期。
	春暮	徐元端	第五冊 頁2842	屈指怕春歸。不展雙眉。柳絲無計繫斜暉。又是黃昏時候也，煙靄如迷。　　繡戶閉簾衣。兀坐窗西。無情鐙慣把人欺。夜夜虛開花一穗，賺我歸期。

搗練子	閨夜	吳琪	第四冊 頁 1885	星耿耿，石悠悠。小夢依依鸚鵡洲。菡萏冰荷通繡帳，玲瓏碧月下金鉤。
		嚴瓊瓊	第六冊 頁 3396	星耿耿，石悠悠。小夢依依鸚鵡洲。菡萏冰河通繡帳，玲瓏碧月下金鉤。
玉樓春	病夜	吳琪	第四冊 頁 1885	珊瑚枕畔寒光小。搖蕩輕魂愁未了。淚濺紅裳夢落花，風飄翠袖疑芳草。 　城頭遠角黃昏早。歷亂聲傳驚宿鳥。夜長何處是相思，影滿秦樓明月皎。
		嚴瓊瓊	第六冊 頁 3396	珊瑚枕畔寒光小。搖蕩輕魂愁未了。淚濺鮫綃夢落花，風飄翡翠疑芳草。 　城頭遠角黃昏早。歷亂聲傳驚宿鳥。夜長何處是相思，影滿秦樓明月皎。
踏莎行	過芳雪軒憶昭齊先姊	葉小紈	第五冊 頁 2256	芳草雨乾，垂楊烟結。鵑聲又過清明節。空梁燕子不歸來，梨花零落如殘雪。 　春事闌珊，春愁重疊。篆烟一縷銷金鴨。憑闌寂寂對東風，十年離恨和天說。
	過芳雪軒憶昭齊姊·其一	葉小鸞	第五冊 頁 2389	芳草雨乾，垂楊煙結。鵑聲又過清明節。空梁燕子不歸來，梨花零落如殘雪。 　春事闌珊，春愁重疊。篆煙一縷銷金鴨。憑欄寂寂對東風，十年離恨和天說。
蝶戀花	立秋	葉小紈	第五冊 頁 2256	屈指西風秋已到。薄簟單衾，頓覺涼生早。疏雨數聲敲葉小。小亭殘暑渾如掃。 　流水年華容易老。秋月春花，總是知多少。準備夜深新夢好。露蛩又欲啼衰草。
		葉小鸞	第五冊 頁 2387	屈指西風秋已到。薄簟單衾，頓覺涼生早。疏雨數聲敲葉小。小亭殘暑渾如掃。 　流水年華容易老。秋月春花，總是知多少。准備夜深新夢好。露蟲又欲啼衰草。
蝶戀花	咏蘭	葉小紈	第五冊 頁 2257	碧玉裁成瓊作蕊。馥郁清香，長向風前倚。楚畹當年思帝子。紫莖綠葉娟娟美。 　自道全無脂粉氣。笑殺春風，紅白勻桃李。幽谷芳菲誰得比。漪漪獨寄琴聲裏。
	蘭花	葉小鸞	第五冊 頁 2387	碧玉裁成瓊作蕊。馥郁清香，長向風前倚。楚畹當年思帝子。紫莖綠葉娟娟美。 　自道全無脂粉氣。笑殺春風，紅白勻桃李。幽谷芳菲誰得比。猗猗獨寄琴聲裏。

減字木蘭花	秋思·其二	葉小鸞	第五冊頁2380	睡花蝴蝶。枕上夢魂輕似葉。幾許秋聲。惱亂琴心病茂陵。　雲橫霧靄。天外青山何處在。蕉雨瀟瀟。不管人愁只亂敲。
		章有嫻	第六冊頁3116	睡花蝴蝶。枕上夢魂輕似葉。幾許秋聲。惱亂琴心病茂陵。　雲橫霧斂。天外青山何處遠。蕉雨蕭蕭。不管人愁只亂敲。
卜算子	秋思	葉小鸞	第五冊頁2380	天澹水雲平，風嫋花枝動。羅幬涼生翠袖輕，柳外飛煙共。　獨坐思悠揚，簫管慵拈弄。帳冷西窗一夜香，寂寞添幽夢。
		章有嫻	第六冊頁3116	天淡水雲輕，風嫋花枝動。羅袖涼生雁字橫，柳外烟飛冥。　獨坐思悠揚，簫管慵拈弄。帳冷西樓一夜香，寂寞添幽夢。
滿庭芳	中秋坐月，同素嘉甥女	沈憲英	第五冊頁2393	螢火流空，蛩吟向夕，冰輪碾破瑤天。香飄雲外，桂子靜娟娟。對月幾人無恙，多半隔、遠樹蒼煙。難逢是，一庭聯袂，把盞看重圓。　無限淒涼況，含毫欲寫、累紙盈箋。任金風拂面，玉露侵肩。還惜良宵景促，無繩繫、皓魄長懸。應飛去，廣寒宮裏，清影共愁眠。
	中秋坐月，和素嘉甥女	沈蘭英	第六冊頁3000	螢火流空，蛩吟向夕，冰輪碾破瑤天。香飄雲外，桂子靜娟娟。對月幾人無恙，多半隔、遠樹蒼煙。難逢是，一庭聯袂，把盞看重圓。　淒涼無限況，含毫欲寫，累紙盈箋。任金風拂面，玉露侵肩。還惜良宵景促，無繩繫、皓魄長懸。應飛去，廣寒宮裏，清影共愁眠。
朝中措	春情	徐元端	第五冊頁2841	鏡中蹙損小雙蛾。憔悴卻因何。新作傷春一曲，綠窗教取鸚歌。　瀟瀟風雨懨懨，愁緒九十都過。試問落花流泪，一春誰少誰多。
	春悶	李萼	第六冊頁3088	曉來對鏡損雙蛾。憔悴卻因何。新製惜春一曲，簾前教學鸚哥。　五更風雨，千迴愁緒，九十都過。試問淚流花落，日來誰少誰多。

南柯子	畫扇美人	徐元端	第五冊頁2842	拂砌垂新柳，臨窗醮綠蕉。含情脈脈自無聊。立向花陰深處怕人瞧。　　卻月雙蛾淺，春風笑臉嬌。朱脣一點奪櫻桃。不待向人私語勾魂消。
	題畫美人	陸宛櫰	第六冊頁3426	拂檻垂新柳，臨窗映綠蕉。含情脉脉自無聊。立向花陰深處，怕人瞧。　　卻月雙蛾淺，迎風笑臉嬌。朱脣一點奪櫻桃。不待向人私語，總魂消。
望江南	晚步	沈榛	第五冊頁2845	閒晚步，蓦跡印苔深。蕉響疏風來別院，煙迷宿鳥語幽林。明月出花陰。
		冒德娟	第六冊頁3423	閑晚步，蓦跡印苔深。蕉響疏風來別院，烟迷宿鳥語幽林。明月出花陰。
虞美人	初夏	沈榛	第五冊頁2849	鉤簾滿院萋萋草。睍睆流鶯好。亭亭榴蘂未舒花。裊裊遊絲撩亂逐風斜。　　碧闌干外消凝久。綠樹清陰逗。青陽頓去曉窗空。拂拂薰風吹盡一庭紅。
		冒德娟	第六冊頁3423	鉤簾滿院萋萋草。睍睆流鶯好。亭亭榴葉未舒花。裊裊遊絲撩亂逐風斜。　　碧闌干外徘徊久。綠樹清陰逗。青陽頓去曉窗空。拂拂薰風吹盡一庭紅。
如夢令	秋宵	賀潔	第五冊頁2851	寶鳳斜飛慵整。一種閒愁誰省。紅壓小闌干，扶住一枝花影。花影。花影。淚眼且看秋景。
	春閨	楊李	第六冊頁3358	寶鳳斜飛慵整。一種閑愁猛省。紅抹小欄干，扶住一枝花影。花影。花影。淚眼且看春景。
憶秦娥	秋夜，憶姊月輝	黃媛介	第六冊頁3014	秋寂寂。月寒風細涼無力。涼無力。今宵情怨，舊時離隔。　　黃昏門擲秋天碧。寒江縹緲聞吹笛。聞吹笛。樓高夢遠，夜長聲急。
	秋夜	王端淑	第六冊頁3256	秋寂寂。月寒風細涼無力。涼無力。今宵情願，舊時離憶。　　黃昏門掩秋蕪碧。寒江縹緲聞吹笛。聞吹笛。樓高夢遠，夜長聲急。

醉春風	春暮	韓珮	第六冊 頁 3047	淑氣催鶯囀。飛來紅隔扇。泠泠睆睆弄嬌音，喚。喚。喚。報道芳菲，九分消歇，暗增長嘆。　　纖指拈檀翰。罷吟凭玉案。近來情緒更如綿，亂。亂。亂。無限春光，有時還盡，愁懷難斷。
	暮春	張學儀	第六冊 頁 3235	淑氣催鶯囀。飛來紅杏畔。泠泠新舌弄嬌音，喚。喚。喚。報道芳菲，九分消歇，暗增長歎。　　纖指拈檀翰。罷吟凭玉案。近來情緒更如絲，亂。亂。亂。無限春光，有時還盡，愁懷難斷。
浣溪沙	午睡	韓宛	第六冊 頁 3080	珊枕欹斜睡思濃。鬢雲嬌壓髻花紅。流鶯驚醒眼朦朧。　　香汗微生肌玉潤，翠蛾淡掃曲如弓。輕搖紈扇倚薰風。
		蔣英	第六冊 頁 3116	珊枕斜敧睡思濃。鬢雲嬌壓髻花紅。流鶯驚醒眼朦朧。　　香汗微生肌玉潤，翠蛾重掃曲如弓。輕搖紈扇倚薰籠。
如夢令		蔣英	第六冊 頁 3116	許久無心織錦。腰瘦如今似沈。燒得夜香時，欲睡難捱孤枕。孤枕。孤枕。有箇愁人未寢。
		王靜淑	第六冊 頁 3254	許久無心織錦。腰瘦如今似沈。燒得夜香時，欲睡難禁清冷。清冷。清冷。有箇愁人未寢。

附錄四　明代女性詞和作一覽表

詞牌	詞題	姓名	卷頁	詞作
念奴嬌	寄女文姝	王鳳嫻	第二冊 頁835	花嬌柳媚，問東君、正是芳菲時節。帳煖流蘇雞報曉，睡起悄寒猶怯。烏鳥情牽，青鸞信杳，追憶當年別。臨歧淚滴，衷腸哽哽難說。　　淒涼望斷行雲，柴門倚徧，空對閒風月。屈指歸期無限恨，添得愁懷疊疊。鏡影非前，人情異昔，怎禁心摧折。憑誰訴得，一宵滿鬢華髮。
	春日懷家寄母	張引元	第三冊 頁1050	燕舞鶯嬌，看韶光、又是清明時節。乍捲湘簾春晝永，病體素羅猶怯。恨寫孤桐，書傳隻雁，字字傷離別。欄杆徙倚，一腔心事難說。　　繁華瞬息當年，舊遊回首，惟有西樓月。親老北堂違菽水，望裏暮雲遮疊。事業無成，紅顏易改，風景摧心折。珠沉璧委，恐驚明鏡容髮。
鵲橋仙	七夕，和女冠王修微	項蘭貞	第三冊 頁1290	秋葉辭桐，虛庭受月，漫道雙星踐約。人間離合總難期，空對景靜占靈鵲。　　遙想停梭，此時相晤，可把別愁訴卻。瑤階獨立且微吟，睹瘦影薄羅輕綽。
	七夕	王微	第四冊 頁1776	葰萏開霞，輧軿蔽月，曾赴書生密約。人間較得合歡頻，又何事、凌波盼鵲。　　一隻鳴雞，千年舊樣，也合從新換卻。織成絹素不裁襦，愛鄰近、霓裳袖綽。

漁家傲	題延陵別業	徐媛	第三冊 頁1322	板扉小隱清溪曲。夜月羅浮花覆屋。木籠戞戛搖生穀。莊田熟。桔橰懸向茅簷宿。　青山一片芙蓉簇。林皋逸韻敲橫竹。遠浦輕帆低幾幅。濃睡足。笑看小婦雙鬟綠。
	秋日家園即事,次徐小淑韻	無名氏	第六冊 頁3449	家在蘆花深曲屋。半泓水抱三間屋。礱下拖青新搗穀。朝餉熟。雪描猶護熏籠宿。　倦思侵眉渾一簇。無端又聽風敲竹。試展屏山三四幅。看未足。日斜醒夢香橙綠。
蝶戀花	桂影	朱盛藻	第三冊 頁1340	寶魄初臨青玉樹。萬疊穠陰,一點窺人處。笑印參差眉黛譜。暈灰學畫檀深注。　庭轉金波疑漸曙。鸞尾偏棲,乍怯霓裳露。待到深秋金粟吐。輕裾又襲幽芬暮。
	桂影,次楚女子朱瓊蕤韻	沈宜修	第三冊 頁1557	蟾兔清輝浮碧樹。簾榭橫枝,恍惚淹留處。畫出淮南招隱譜。廣寒卻趁幽芳注。　葉底金鵝愁欲曙。蠹餌空濛,似滴廬山露。漢殿靈波奇豔吐。風來雲外飄香暮。
蝶戀花	竹影	朱盛藻	第三冊 頁1340	幾箇琅玕浮翠羽。防鷺含風,更喜流暉聚。庭藻交加疑細步。羅衣巧繡分明睹。　卻蔭立軒穿北戶。夢入芳蘭,竟體清如許。濯魄珊瑚還自顧。冰心秀殺閨房婦。
	竹影,次楚女子朱瓊蕤韻	沈宜修	第三冊 頁1557	曲徑扶疏棲鳳羽。細數花階,露冷桃枝聚。歷亂湘妃羅襪步。斑斑淚點渾難睹。　拂袖檀欒低映戶。綠蔭葳蕤,柯笛森如許。仙人壇石遙相顧。琅玕粉拂紅粧婦。
蝶戀花	柳影	朱盛藻	第三冊 頁1340	永日三眠鬖較嫵。困態初舒,莫遣紅妝妒。自有明珠生遠浦。舞低恍向樓心覷。　拂地長條誰是主。露下芙蓉,只恐難留住。好趁煙光凝地護。交枝漫鎖長門路。
	柳影,次楚女子朱瓊蕤韻	沈宜修	第三冊 頁1557	幾度春來眉黛嫵。一夜池塘,楚女腰肢妒。棲得啼鴉垂遠浦。梨花好共風前覷。　綠倩東君曾作主。欲繫行人,難綰征鞍住。灞上依依芳草護。斜陽去後章臺路。

蝶戀花	梅影	朱盛藻	第三冊 頁1340	玉路橫斜剛道誤。穠綠成陰，借把黃昏賦。佳實纍纍難計數。低頭錯認蒼苔膴。　　麟閣調羹曾繪素。眾蕚朦朧，指出其風度。歷盡炎霜還似故，弄珠先擬梨雲句。
	梅影，次楚女子朱瓊蕤韻	沈宜修	第三冊 頁1557	庚嶺南枝看漸誤。清淺浮香，空憶詩人賦。上苑同心誰並數。江城笛裏吹還膴。　　公主猶憐粧額素。千里江南，又把穠陰度。雪夜揚州非似故。詠花樹下成新句。
蝶戀花	蕉影	朱盛藻	第三冊 頁1341	袖剪湘羅新楚楚。帝子瑤臺，飄向空中舉。滿地婆娑憑綻舞。輕軀好跨青鸞去。　　半嚲紅心嬌欲助。紅蝠差池，猜聽呢喃語。好夢貪成渾忘暑。人如紅蝠花間覆。
	蕉影，次楚女子朱瓊蕤韻	沈宜修	第三冊 頁1557	嫩綠輕翻巫峽楚。長倚湖山，縹緲臨風舉。翠袖不禁霜下舞。霓裳恐化雲飛去。　　夢入瀟湘疏雨助。淅瑟清宵，似向纖阿語。花露潤堪消肺暑。藥欄晚弄移陰覆。
蝶戀花	薇影	朱盛藻	第三冊 頁1341	亞朵蒙茸聞暮雨。池水空明，倒寫如紅霧。百日芳菲香漸布。三番屈指看三五。　　禁院仙郎傳伴侶。瞥睹如花，省識難憑據。綺閣輕陰須記取。玉纖指處篩金縷。
	薇影，次楚女子朱瓊蕤韻	沈宜修	第三冊 頁1557	濃染臙脂初雨過。綺閣紅霞，滿地餘煙霧。偏向黃昏重疊布。繁枝不比梅花五。　　卻憶元郎聊共侶。官舍潯陽，不與春風據。一樹堪憐難折取。開樽且自歌金縷。
減字木蘭花	月夜聞沈媚清夫人吹簫	顧若璞	第三冊 頁1419	雨收風細。一片清光疑是洗。秦女樓頭。吹出柔腸幾許愁。　　花枝掩映。素腕金環頻弄影。香軟寒輕。寂寂簾幃夜不扃。
	秋夜吹簫，答顧和知夫人	黃修娟	第三冊 頁1421	篆沉香細。銀漢無聲天似洗。黃菊垂頭。如向離人訴別愁。　　簾燈交映。月上粉墻枝弄影。羅袖涼輕。深院黃昏鑰自扃。

錦帳春	元夕和孫夫人	申蕙	第三冊 頁 1499	銀燭澄輝，星毬耀熠。揮象管淋漓香墨。舞霓裳，歌錦瑟，此樂難重得。閒情堪惜。　蟾兔紆青，魚龍吹碧。莫辜負太平春陌。剔燈花，聽玉漏、探紫姑消息。嬉遊永夕。
	元夕觀燈	歸淑芬	第三冊 頁 1499	火樹紅搖，高堂燈熠。捲簾看、畫屏灑墨。暗塵來，明月滿，好句良宵得。雁書難識。　百和香消，九天雲碧。金鼓雜、笙歌滿陌。鵲成巢，風拂座，願清閑靜息。逍遙今夕。
	元夕觀燈	黃德貞	第六冊 頁 3011	月影稀微，燈光閃熠。看佳製、鏤紗剔墨。疊冰綃，裁艷錦，巧樣誰傳得。畫堂歡識。　不夜城紅，宜春天碧。任歌管、東風巷陌。爇沉香、添絳蠟，喜忘眠數息。不虛此夕。
	元夕次韻	孫蕙媛	第六冊 頁 3208	雪滿庭除，烟迷宵熠。任閉戶、烹茶濡墨。笑兒頑傳燈謎，閑坐聊猜得。豈圖知識。　玉鏡鋪銀，珠毬凝碧。想景色、當年綺陌。歡灰心，成幻夢，向今宵太息。喟然永夕。
卜算子	惜花，和黃月輝韻	歸淑芬	第三冊 頁 1499	睡起捲疏簾，春帚還停掃。細細蒼苔片片紅，燕覓香泥繞。　新綠滿枝頭，蜂蝶無端鬧。有意隨流卻送春，風雨摧殘早。
	惜花，和歸素英韻	黃德貞	第六冊 頁 3011	憑欄嗔曉風，堆徑休教掃。幾日傷心怨落紅，小燕飛繚繞。　謝豹不勞呼，急管何須鬧。烟波畫舫最關情，只是黃昏早。
浣溪沙	侍女隨春破瓜時善作嬌憨之態，諸女詠之，余亦戲作・其一	沈宜修	第三冊 頁 1541	袖惹飛煙綠鬢輕。翠裙拖出粉雲屏。飄殘柳絮未知情。　千喚懶回佯看蝶，半含嬌語恰如鶯。嗔人無賴惱秦箏。
	同兩妹戲贈母婢隨春	葉紈紈	第四冊 頁 2171	楊柳風初縷縷輕。曉粧無力倚雲屏。簾前草色最關情。　欲折花枝嗔舞蝶，半回春夢惱啼鶯。日長深院理秦箏。

	為侍女隨春作	葉小紈	第五冊頁 2256	鬢薄金釵半軃輕。佯羞微笑隱湘屏。嫩紅染面太多情。　　長怨曲闌看鬥鴨，慣嗔南陌聽啼鶯。月明簾下理瑤箏。
	同兩姊戲贈母婢隨春	葉小鸞	第五冊頁 2378	欲比飛花態更輕。低徊紅頰背銀屏。半嬌斜倚似含情。　　嗔帶澹霞籠白雪，語偷新燕怯黃鶯。不勝力弱懶調箏。
菩薩蠻	元夕後送別長女昭齊	沈宜修	第三冊頁 1547	畫屏開宴燒銀燭。一樽重按陽關曲。小院罷燈紅。落梅吹斷風。　　簾前今夜月。明晚傷離別。到得看花時。依然愁獨知。
	和老母贈別	葉紈紈	第四冊頁 2172	樽前香焰消紅燭。可憐今夜傷心曲。衫袖淚痕紅。離歌凄晚風。　　匆匆苦歲月。相聚還相別。腸斷月明時。後期難自知。
蝶戀花	七夕	沈宜修	第三冊頁 1558	佳節漫憑真與誤。聊設罍樽，看取橋成渡。倩得蟬聲邀日暮。斜河一帶疏雲度。　　乘興花陰杯莫負。望裏星飛，卻是流螢錯。遙憶難堪歸去路。明朝愁殺殘機坐。
		葉小鸞	第五冊頁 2387	飛鵲年年真不誤。機石停梭，掩映河邊渡。清露未消楊柳暮。落花借點疏螢度。　　月色風光都莫負。酒酌芳樽，不把佳時錯。女伴隨涼池上路。海棠花畔吹簫坐。
蝶戀花	和張倩倩思君庸作	沈宜修	第三冊頁 1558	竹影蕭森淒曲院。那管愁人，吹破西風面。一日柔腸千刻斷。殘燈結淚空成片。　　細語傷情過夜半。陣陣南飛，都是無書雁。薄倖難憑歸計遠。梨花雨對羅巾伴。
		張倩	第三冊頁 1575	漠漠輕陰籠竹院。細雨無情，淚濕霜花面。落葉西風吹不斷，長溝流盡殘紅片。　　千遍相思繞夜半。又聽樓前，叫過傷心雁。不恨天涯人去遠，三生緣薄吹簫伴。
水龍吟	丁卯，余隨宦冶城，諸兄弟應秋試，俱得相晤。仲韶遷北，獨赴燕	沈宜修	第三冊頁 1562	西風昨夜吹來，閒愁喚起依然舊。苔錢繡澀，蓉姿粉淡，悴絲搖柳。煙褪餘香，露流初引，一番還又。想秦淮故迹，六朝遺恨，江山不堪回首。　　莫問當年秋色，瑣窗長

中，余幽居忽忽，怳焉三載，賦此志慨·其一			自簾垂繡。淹留歲月，消殘今古，落花波皺。客夢初回，鐘聲半曙，雁飛歸候。便追尋、錦字春綃，多付與、寒笳奏。
庚午秋日，余作〈水龍吟〉一闋。兒輩俱屬和，書之扇頭。今又經三載，偶簡篋中扇上之詞宛然，二女已物是人非矣。可勝腸斷，不禁淚沾衫袖。因續舊韻賦此·其一	沈宜修	第三冊頁1563	空明擊碎流光，迴腸一霎難尋舊。芳華消盡，涼蟾何意，半垂疏柳。飛葉恨驚，凝雲愁結，重重還又。愴秋霄寥廓，夜蟲悽楚，傷心幾回低首。　　盼望音容永絕，斷腸祇剩文如繡。橫煙拂漢，征鴻將度，月寒花皺。斜日唧江，圍山歆陌，昔年時候。痛而今、淚與江流，總向西風同奏。
次母韻早秋感舊，同兩妹作·其一	葉紈紈	第四冊頁2176	秋來憶別江頭，依稀如昨皆成舊。羅巾滴淚，魂消古渡，折殘煙柳。砌冷蛩悲，月寒風嘯，幾驚秋又。歎人生世上，無端忽忽，空題往事搔首。　　猶記當初曾約，石城淮水山如繡。追遊難許，空嗟兩地，一番眉皺。枕簟涼生，天涯夢破，斷腸時候。願從今、但向花前，莫問流光如奏。
秋思，和母韻	葉小紈	第五冊頁2256	西風一夜涼生，小院秋色還依舊。井梧聲碎，驚回殘夢，鴉啼衰柳，竹粉全消，荷香初散，韶光難又。看階前細草，凝愁凝怨，無語慵慵低首。　　幽徑湖山徒倚，雨方收、苔痕如繡。萍蕪飄盡，曲池清淺，照人眉皺。野寺疏鐘，長江殘月，去年時候。謾追思、付與東流，聽取夕陽蟬奏。
秋思，次母憶舊之作，時父在都門·其一	葉小鸞	第五冊頁2388	井梧幾樹涼飄，滿庭景色仍如舊。啼鴉數點，斜陽一縷，掛殘疏柳。有恨林花，無情衰草，風吹重又。看輕陰帶雨，天涯萬里，樓高漫頻搔首。　　記泊石城煙渚，落紅孤鶩常如繡。輕舟畫舫，布帆蘭枻，暮雲天皺。水靜初澄，蓼紅將醉，早秋時候。對庭前、蕭索西風，惟有寒蟬高奏。

初夏避兵，惠思三妗母棲鳳館有感，追和外祖母憶舊原韻	沈樹榮	第五冊頁2395	誰知到處徘徊，謝庭風景都非舊。畫堂塵掩，蓬生三徑，門垂疏柳。白晝初長，清風自至，流年空又。看多情燕子，飛來飛去，眞箇不堪回首。　昔日嬌隨阿母，學拈針臨窗挑繡。斜陽樓外，熨殘銅斗，線紋渾皺。蠶欲三眠，鶯猶百囀，落花時候。問重來應否，消魂試聽，江城笛奏。
水龍吟	丁卯，余隨宦冶城，諸兄弟應秋試，俱得相晤。仲韶遷北，獨赴燕中，余幽居忽忽，怳焉三載，賦此志慨·其二	沈宜修	第三冊頁1563	砧聲敲動千門，渡頭斜日疏煙逗。蓮歌又罷，蒬房將採，愁凝翠岫。巫峽波平，蘅皋木脫，粉雲涼透。歎無端心緒，臺城柳色，難禁許多消瘦。　古道長安漫說，小庭閒晝應憐否？紅綃雨細，碧欄天杳，三更銀漏。塞雁無書，清燈空藥，但餘綠酒。想當年、白傅青衫，還倩淚、留雙袖。
	庚午秋日，余作〈水龍吟〉一闋。兒輩俱屬和，書之扇頭。今又經三載，偶簡篋中扇上之詞宛然，二女已物是人非矣。可勝腸斷，不禁淚沾衫袖。因續舊韻賦此·其二	沈宜修	第三冊頁1564	石城潮打千秋，消磨不盡還相逗。閒雲無定，野水長縈，繽紛遶岫。古古今今，朝朝暮暮，如何參透。歎依然風景，茫茫交集，但憑得、秋容瘦。　看取嬋娟秋色，西風搖落應憐否？碧天空闊，寒煙無數，怨砧淒漏。把杯邀月，醉濃愁極，情同苦酒。恨幽山、叢桂飄殘，何處斷香盈袖。
	次母韻早秋感舊，同兩妹作·其二	葉紈紈	第四冊頁2176	蕭蕭風雨江天，淒涼一片秋聲逗。香消蒬苕，綠摧蕙草，煙迷遠岫。浪捲長空，雲輕碧漢，薄羅涼透。恨西風吹起，一腔閒悶，那勝鏡中消瘦。　寂寞文園秋色，這情懷、問天知否？簷鈴敲鐵，琅玕折玉，聽殘更漏。淡月疏簾，小庭曲檻，且還斟酒。算從來、千古堪悲，何用空沾衫袖。
	秋思，次母憶舊之作，時父在都門·其二	葉小鸞	第五冊頁2389	芭蕉細雨瀟瀟，雨聲斷續砧聲逗。憑欄極目，平林如畫，雲低晚岫。初起金風，乍零玉露，薄寒輕透。

				想江頭木葉，紛紛落盡，只餘得、青山瘦。　　且問沉寥秋氣，當年宋玉應知否。半簾香霧，一庭煙月，幾聲殘漏。四壁吟蛩，數行征鴈，漫消杯酒。待東籬、綻滿黃花，摘取暗香盈袖。
水龍吟	六月二十四日和仲韶	沈宜修	第三冊頁1563	碧天清暑涼生，流鶯啼徹閒庭院。又逢佳景，誰家遊冶，芰裳蘭釧。曲岸扶疏，遙山晻映，鉛華勻遍。看盈盈無數，簾鉤畫舫，煙渚落霞千片。　　一望臙脂簇錦，恍當年、館娃遺鈿。朱顏既醉，粧窺水鏡，珠翻團扇。露濕雲凝，六郎何似，比將花面。還羨取、十里香風，皓月素波長見。
	次父六月二十四日作～辛未	葉小鸞	第五冊頁2388	晝長人靜沈沈，綠楊正嫋深深院。畫簾低映，薄羅無暑，汗消珠釧。蘭畹香清，湘筠影瘦，翠陰遮徧。聽蓮歌處處，悠揚逸韻，半入水風煙片。　　一霎雨餘明淨，晚雲如黛花如鈿。舟移萍亂，芳香袖惹，媚風輕扇。一色紅粧，千重翠蓋，參差江面。更堪憐、歸路平波杳杳，夕陽斜見。
減字木蘭花		張麗人	第五冊頁2375	盈盈淚眼。往日青樓天樣遠。秋月春花。輸與尋常姊妹家。　　水村山驛。日暮行雲無氣力。錦字偷裁。立盡西風雁不來。
		王素音	第六冊頁3254	塵沙障眼。細計來程家漸遠。野草閒花。不見當年阿母家。　　詩題古驛。雞骨柔情無筆力。錦字偷裁。立到黃昏雁不來。
滿庭芳	中秋坐月，同素嘉甥女	沈憲英	第五冊頁2393	螢火流空，蛩吟向夕，冰輪碾破瑤天。香飄雲外，桂子靜娟娟。對月幾人無恙，多半隔、遠樹蒼煙。難逢是，一庭聯袂，把盞看重圓。　　無限淒涼況，含毫欲寫、累紙盈箋。任金風拂面，玉露侵肩。還惜良宵景促，無繩繫、皓魄長懸。應飛去，廣寒宮裏，清影共愁眠。

	中秋同妗母坐月和韻	沈樹榮	第五冊頁2395	宿雨全收，晚涼乍爽，微雲黯淡長天。廣寒宮敞，素面露嬋娟。影浸閒庭如水，看浮動、梧竹和煙。相依處，團圞共語，人月恰雙圓。　記欄干十二，桂花叢下，分劈紅箋。許詩成險韻，學步隨肩。一向秋光隔斷，清輝好、兩地空懸。今夜永，參橫斗轉，幽賞不成眠。
	中秋坐月，和素嘉甥女	沈蘭英	第六冊頁3000	螢火流空，蛩吟向夕，冰輪碾破瑤天。香飄雲外，桂子靜娟娟。對月幾人無恙，多半隔、遠樹蒼煙。難逢是，一庭聯袂，把盞看重圓。　淒涼無限況，含毫欲寫，累紙盈箋。任金風拂面，玉露侵肩。還惜良宵景促，無繩繫、皓魄長懸。應飛去，廣寒宮裏，清影共愁眼。
點絳脣	懷吳夫人龐小畹	沈樹榮	第五冊頁2394	隔箇墻頭，幾番同聽墻頭雨。別來情緒。向北看春樹。　一院藤花，底是臨池處。還記取。綠窗朱戶。裊裊茶煙縷。
	次沈素嘉韻	龐蕙纕	第六冊頁3027	十載芳鄰，自憐一別還如雨。看愁緒。隔箇江天樹。　佳句曾題，小楷紅箋處。頻看取。相思難據。

附錄五　王微詞補輯

　　本附錄輯王微詞四十八首，叢殘斷句二。按：王微詞，《全明詞》收二十五首，尚有失收者，乃從〔明〕潘游龍《精選古今詩餘醉》〔註1〕輯出，汰其重複，計得二十一首；餘則由馬祖熙〈女詞人及其期山草詞〉〔註2〕補入，計得二首，殘篇二。

首數	書名	卷頁	姓名	詞牌	詞題	詞　作
1.	全明詞	第四冊頁 1778	王微	竹枝		幽踪誰識女郎身。銀浦前頭好問津。朝罷玉晨無一事，壇邊願作掃花人。
2.	全明詞	第四冊頁 1778	王微	竹枝		不信仙家也不閒。白雲春亂碧桃關。棋亭偶向茅君弈，一局未終花已殘。
3.	全明詞	第四冊頁 1775	王微	搗練子	送遠	雨初收，花淚歎。歌送行人不成曲。花落花開俄頃間，歸期合將花卜。
4.	全明詞	第四冊頁 1777	王微	搗練子	暮春病中	心縷縷。愁踽踽。紅顏可逐春歸去。夢中猶殢惜花心，醒來又聽催花雨。

〔註1〕　〔明〕潘游龍輯，梁穎校點：《精選古今詩餘醉》（遼寧：遼寧教育出版社，2003 年 3 月），總 446 頁。本附錄輯自該書之詞作內容，包含斷句、標點、頁碼，悉依此版本，不另附注。

〔註2〕　馬祖熙：〈女詞人王微及其期山草詞〉（《中國國學》第二十二期，1994 年 10 月），頁 41〜52。本附錄輯自該文之詞作內容，包含斷句、標點、頁碼，悉依此版本，不另附注。

5.	馬祖熙	頁49	王微	江南春	代宛叔寄止生	月自明，愁自生。分飛雖已慣，長歎若爲情，月入疏簾桐影薄，幽思應怯洞簫聲。
6.	馬祖熙	頁49	王微	江南春	中秋賦戲宛叔	霜滿枝，月滿枝，彷彿孤衾薄，徘徊就枕遲，年年此夜翻成恨，落盡芙蓉知不知？
7.	全明詞	第四冊頁1775	王微	如夢令	臨別似譚友夏	只合喚他如夢。前後空拈新詠。風便欲懸帆，一片離雲生棟。休送。休送。今夜月寒珍重。
8.	全明詞	第四冊頁1775	王微	如夢令	夢到舊居	月到閒庭如畫。修竹曲闌依舊。相向黯無言，忽道別來消瘦。迤豆。迤豆。風底落紅傺儌。
9.	全明詞	第四冊頁1775	王微	如夢令	靜夜	簾外月消烟冷。凍瘦一枝梅影。空館不勝情，此際知誰管領。夢醒。夢醒。又把閒愁思整。
10.	精選古今詩餘醉	頁218	王微	如夢令	冬夜	早自不禁悽惋，那更雁聲續斷。近日瘦腰圍，想比別時更緩。夜半，夜半，夢去似他低喚。
11.	全明詞	第四冊頁1776	王微	長相思		人悠悠。路悠悠。不覺秋光入暝流。憐他獨依樓。　爲伊愁。怕伊愁。愁得相逢愁始休。郎家鸚鵡洲。
12.	精選古今詩餘醉	頁404	王微	浣溪沙	啄瓶內荷花	但聽清歌不學舞，生來曾住鴛央浦。有時月底雙雙語。　偶因雙槳載歸來，不復成蓮心自苦。藕絲斷作相思縷。
13.	精選古今詩餘醉	頁116	王微	浣溪沙	春日	春濃陌上暗飛香，個個情癡似蝶忙，梨花初嫩不勝妝。　簇簇海棠雲外月，趁風輕漾捕鴛鴦，小灣曲曲足行觴。
14.	全明詞	第四冊頁1776	王微	生查子	春夜	久病怯凭闌，況憶人同倚。月寒花影篩，愁至歡難替。　離魂未得飛，擔帶愁同去。芳草在天涯，綠到無迴避。
15.	全明詞	第四冊頁1778	王微	生查子	冬日懷韓夫人	雁過紙窗寒，月到空階冷。病已不堪愁，夢去人初醒。　猶憶少年時，寄跡如萍梗。一幅落梅巾，相攜問花影。

16.	全明詞	第四冊 頁 1778	王微	生查子	閨怨	已知無見期，隻影誰賡和。山水怯登臨，拈韻何曾做。　偏是薄情郎，夢也如眞個。睡去怕相逢，夜夜挑燈坐。
17.	精選古今詩餘醉	頁 218	王微	生查子	冬夜	欲寄別時心，怯在人前寫。欲寄別時容，愁郎展時訝。　驚雁自尋群，那管魂逢乍。直箇幾時歸，並影梅花下。
18.	全明詞	第四冊 頁 1778	王微	卜算子		燈盡正無聊，忽夢郎遺玦。永夜深江月似烟，清恨寒如雪。　心斷路沉沉，暗枕空凝血。莫怨郎心似玦離，曾有圓時節。
19.	精選古今詩餘醉	頁 85	王微	卜算子	春暮	飛花點繡苔，殘春染羅袂。鶯時寂寂掩重門，春色東鄰滯。　夢裡惜浮雲，覺後情難避。風流大慣盟言，也灑風流淚。
20.	精選古今詩餘醉	頁 210	王微	巫山一段雲	初夏	小榭籠輕雨，孤衾留嫩涼。楊花不解春歸去，猶自學人狂。　遠眺愁偏近，閒行晝自長。何須羨煞雙飛燕，秋來空玳梁。
21.	精選古今詩餘醉	頁 297	王微	巫山一段雲	宮怨	咫尺君恩斷，角枕爲誰施？月華本是無情物，猶解照相思。　未得長門賦，宮題團扇詩。莫怪飛霜欺寂莫，朝來點鬢絲。
22.	全明詞	第四冊 頁 1776	王微	菩薩蠻	春日	風吹楊柳春波急。桃花雨細蒼苔泣。此際若爲情。殘膏滅復明。　幾回鴛被底。染就相思淚。捲起待君歸。歸看架上衣。
23.	全明詞	第四冊 頁 1778	王微	錦堂春	初春，用呅韻	柳弱花嬌堪賦，誰與儂兒賡和。那得春愁也學郎，不憶人閒坐。　夢裏幽期雖訂，未卜幾時眞個。孤幃寂寂漏聲殘，靜看燈花做。
24.	全明詞	第四冊 頁 1776	王微	憶秦娥	湖上有感	多情月。偷雲出照無情別。無情別。只似清輝，暫圓常缺。　傷心好對西湖說。湖光如夢湖流咽。湖流咽。又似離愁，半明不滅。

25.	全明詞	第四冊頁1776	王微	憶秦娥	月夜代偶	清光冷。梧桐一葉飛金井。飛金井。相思此際，倩誰管領。　　有夢一生何必醒。離愁只恁依花影。依花影。猶記堤邊，風迴小艇。
26.	全明詞	第四冊頁1776	王微	憶秦娥	月夜臥病懷宛叔	因無策。夜夜夜涼心似摘。心似摘。想他此際，閉窗如昔。　　烟散月消香徑窄。影兒相伴人兒隔。人兒隔。夢又不來，醒疑在側。
27.	全明詞	第四冊頁1776	王微	憶秦娥	戲留譚友夏	閒思遍。留君不住惟君便。惟君便。石尤風急，去心或倦。　　未見烟空帆一片。已掛離魂隨夢斷。隨夢斷。翻怨天涯，這番重見。
28.	精選古今詩餘醉	頁219	王微	玉樓春	寒夜	影忽無端向我說，隨爾飄流何日歇？年將三十不回思，猶作東西南北客。　　我聞此言心始怯，強倩梅花更相質。梅影含情亦怨梅，梅花無語寒心咽。
29.	精選古今詩餘醉	頁346	王微	望江南	湖上月	湖上月，生小便風流。花間游女醒還醉，水面笙歌散復留，夜半自悠悠。　　難描處，一點遠山浮。不共芙蓉憔悴死，西冷渡口冷如秋，相伴是閒鷗。
30.	精選古今詩餘醉	頁346	王微	望江南	湖上水	湖上水，月寒生靜光。采蓮歌斷人歸去，蘆荻風輕澹映霜，雙槳下橫塘。　　峰數點，草色界垂楊。秋去不傳紅葉怨，春來偏喜浴鴛鴦，花落浪紋香。
31.	精選古今詩餘醉	頁346	王微	望江南	湖上柳	湖上柳，烟里自依依。柔絲不綰閒游性，落絮還從靜處飛，腰細翠眉低。　　疏影外，兩兩早鶯啼。無語似傳離別恨，有愁時入笛中吹，張郎果似伊。
32.	精選古今詩餘醉	頁346	王微	憶江南	湖上花	湖上花，種出便流霞。風起日烘留不住，飛來偏落七香車，到底愛繁華。　　清幽處，還是野人家。一段清香尋亦到，孤山山腳蘸胡麻，籬落有冰芽。

33.	精選古今詩餘醉	頁 346	王微	望江南	湖上女	湖上女，新妝映水明。折罷開花還入寺，三三兩兩踏堤行，羅襪不生塵。　　呼伴侶，含笑復低評。想得游人魂斷矣，翻將紈扇指流鶯，去也不留名。
34.	精選古今詩餘醉	頁 347	王微	望江南	湖上草	湖上草，未解憶王孫。烟外雨中青不了，水光襯貼更分明，鋪勻翡翠茵。　　才堪門，一捻指痕新。到手認眞爭勝負，霎時拋擲路旁塵，誰種這愁根？
35.	精選古今詩餘醉	頁 347	王微	望江南	湖上雨	湖上雨，如縷復如塵。半落青山半花上，一回冷落一回新，似淚不曾晴。　　聲乍急，點斷水中紋。別浦已歸魚父棹，遠山幻出米家神，偏只惱佳人。
36.	精選古今詩餘醉	頁 347	王微	望江南	湖上雪	湖上雪，淨與水光分。松下老僧如病鶴，溪邊古寺鎖寒雲，喚醒老梅魂。　　南北渡，日煖酒旗溫。新詩已入山陰棹，幽興閒歸詠絮人，驢背莫傷神。
37.	精選古今詩餘醉	頁 347	王微	望江南	湖上舫	湖上舫，不定也夷猶。禁得琴簫聲落拍，曬來書畫更當頭，穿過斷橋幽。　　還嫌鬧，何處白萍洲？四面卷簾烟一縷，美人垂手在高樓，仙裙水上留。
38.	精選古今詩餘醉	頁 347	王微	望江南	湖上酒	湖上酒，有價也難酬。濕盡六橋春一片，梨花消瘦杏花羞，痛飲莫空留。　　堪清賞，月下聽箜篌。數斗不消花底恨，一番提起枕邊愁，風雪強登樓。
39.	全明詞	第四冊頁 1776	王微	鵲橋仙	七夕	菡萏開霞，輼輬蔽月，曾赴書生密約。人間較得合歡頻，又何事、凌波盼鵲。　　一隻鳴雞，千年舊樣，也合從新換卻。織成絹素不裁襦，愛鄰近、霓裳袖綽。
40.	精選古今詩餘醉	頁 218	王微	鵲橋仙	冬夜偶成	新月朦朧，回廊悄寂，簾外早梅初唾。香漸不溫燈漸炧，相思無夢知何處？　　病也綿綿，愁偏瑣瑣，此際誰堪說與？假饒中夜倩離魂，斷橋流水無情阻。

41.	全明詞	第四冊頁1778	王微	蝶戀花	春恨	今夜三更春去矣。湛綠嫣紅，總是傷心底。明日曉來何忍起。黃鶯催殺無人理。　惟有酒杯消得此。酒到醒時，春去千千里。捱過這番除是死。年年一度難消你。
42.	全明詞	第四冊頁1777	王微	天仙子	別懷	烟水蘆花愁一片。箇中消息難分辨。舉杯邀月不成三，君不見。儂不見。伊人獨與寒燈面。　欲寄封箋情有限。除非做本相思傳。幾回擲筆費成吟，君也念。儂也念。霜驄曉路雞聲店。
43.	全明詞	第四冊頁1777	王微	風中柳	代賦	憔悴花容，祇被那人擔擱。為愁忙、何曾寂寞。殘膏垂淚，亦自傷離索。剪頻頻、不知花落。　欲寄封題，又怕雁兒難託。恨春光、鶯花送卻。畫梁歸燕，更雙穿簾幙。這心情，好生難著。
44.	全明詞	第四冊頁1777	王微	醉春風	代怨嘲	誰勸郎先醉。窗冷燈兒背。拋琴抱婢倚香幃。睡。睡。睡。忘卻溫柔，一心只戀，醉鄉滋味。　慚愧鞋兒謎。耽閣鴛鴦被。問郎曾否脫羅衣，未。未。未。想是高唐，美人惜別，不容分袂。
45.	全明詞	第四冊頁1777	王微	醉春風	怨思	心似當時醉。眼到何時睡。燈花落盡影疑冰。悔。悔。悔。展轉尋思，是誰催促，別時偏易。　無限天涯淚。難定天涯會。接君尺素表離情，啐。啐。啐。一半糢糊，不如夢裏，問他真偽。
46.	精選古今詩餘醉	頁59	王微	滿庭芳	五日	艾節菖鬚，榴花葵樹，夢中還是端陽。病懷離緒，客久厭吳閶，難倩朱絲續命，和腸斷流水春光。閒凝望，晴窗遠岫，慚愧白雲忙。　幾年逢此日，符挑玉股，香襯羅囊，又誰信心情物候參商。行吟澤畔，看滿眼、惟有雌黃。聞人道，游龍舞燕，煙景勝錢塘。

47.	精選古今詩餘醉	頁 72	王微	水龍吟	除夜	歲去矣，花燭紅爐，難送卻閑惆恨。芳根似夢，香心未醒，千般愁釀。記起秋晬，各含清淚，欲開離舫。更回車佇苦停車，卻又匆匆，去添悽愴。　　兩地牽思一樣，不隨緣那聲楚榜。還堪暫住，何妨徐解，偏生早放。人遠如天，別長於死，幾時重訪。悔并刀剪得，穠雲朵朵，飛來眉上。
48.	全明詞	第四冊頁 1777	王微	賀新郎	對月有懷	醉裏眉難熨。正秋宵、半簾霜影，滿林楓葉。攪亂閑愁無歇處，況是酒醒更絕。猛拍闌干歌一闋。轉調未成聲已咽。想那人、此際同蕭瑟。山水遠，夢飛越。　　別來積念從誰說。喜相逢、伊邇屈指，尚須十日。見了定應先問取，曾覺幾番耳熱。又恐怕、見時倉卒。待寫相思爭得似，不如六字都拈出。隔千里，共明月。
49.	馬祖熙	頁 49	王微	西江月	湖上	有約故人何處，無情江水長流，青山也不管人愁，一點白雲斜透。〔未知此爲上片或下片〕
50.	馬祖熙	頁 48	王微	長相思	春夜送止生東歸	月落紅潭煙水寒，離恨欲無端。

書　影

書影一　王端淑選《名媛詩緯初編·詩餘》

名媛詩緯初編卷三十六　山陰王端淑玉映選輯

詩餘集下

劉翠翠　見卷二音集

端淑曰詞意不雅

臨江仙　新婚帳中作

曾向書窗同筆硯 依今作新人洞房花燭十分

春汗染綃蝶粉身惹射香塵 纔雨尤雲渾未慣

純逸眉黛羞顰細惜莫辭頻顧郎今日始慣

名媛詩緯初編卷三十五　山陰王端淑玉映選輯

詩餘集上

孟淑卿　見卷三正集一

端淑曰詩餘纏綿慳摯最為近古閨閣多粉

黛更離樂解欲得遠遠輕新面盡情致正

未易得淑卿以剌明月作幽懷妹出詞人

在百尺懷上

減字木蘭花　幽懷

〔清〕康熙間清音堂刊本

書影二　歸淑芬等《古今名媛百花詩餘》

〔清〕康熙二十四年乙丑刊本

書影三　朱柔英《雙星館集》

清雍正十年雍里顧氏藏板